LE

ROI DES GRECS

AUTRES ROMANS D'ADOLPHE BELOT

ROMANS ÉCRITS EN COLLABORATION

LE
ROI DES GRECS

PAR

ADOLPHE BELOT

PREMIER VOLUME

PARIS

E. DENTU, ÉDITEUR

LIBRAIRE DE LA SOCIÉTÉ DES GENS DE LETTRES

PALAIS-ROYAL 15-17-19, GALERIE D'ORLÉANS

—

1881

LE

ROI DES GRECS

I

A Paris, les maisons où le démon du jeu semble
avoir établi son domicile officiel, où la fièvre du
baccarat sévit avec le plus de force, peuvent se divi-
ser de cette façon :

1° Les *clubs* ou cercles autorisés ; 2° les cercles
seulement tolérés ; 3° les tripots.

Les cercles autorisés s'administrent, d'ordinaire,
eux-mêmes. Le gérant n'est qu'un employé recevant
des appointements fixes. La *cagnotte*, c'est-à-dire la
redevance, l'impôt prélevé sur les joueurs est en-

tièrement consacré à payer les frais de la maison, à
augmenter la part de bien-être de tous les membres
de l'association. C'est ainsi que les sages, ceux qui
ressentent pour les cartes une légitime horreur,
vivent et vivent bien, aux dépens de leurs collègues,
grands-prêtres de l'écarté, du piquet, du baccarat et
de la bouillotte. Le vice entretient la vertu.

Les clubs dont nous parlons sont connus de tous.
Ils commencent au Jockey-Club, près de l'Opéra,
pour finir à la Crèmerie, rue Saint-Arnaud, en passant par le Cercle de la rue Royale, dit le Petit Cercle, le Cercle des Champs-Elysées, appelé commu-
nément l'Impérial, le Sporting, le Cercle agricole ou
des Pommes de Terre, l'Union, l'Union artistique, plus
connue sous la désignation du Mirliton, les Deux-
Mondes, surnommés les Américains, le Grand Cercle
du boulevard Montmartre, qu'on appelle plaisamment
les Ganaches, etc...

Dans ces différentes maisons privilégiées, le jeu
est souvent le passe-temps favori, mais seulement
par intermittence, à certaines époques de l'année, à
certaines heures; en général, de cinq à sept, ou
après le théâtre, de minuit à quatre heures du
matin. Il est discret, il ne s'impose pas. Il règne sans
gouverner, et son empire n'a rien de despotique.
Des hommes du monde, des hommes politiques,

quelques financiers, des artistes, se réunissent dans un local bien situé, au centre de leurs affaires, de leurs relations et de leurs plaisirs, pour causer des événements du jour, des courses de la veille, de celles du lendemain, de choses mondaines, d'art, de littérature, du dernier scandale, et, si le cœur leur en dit, s'ils recherchent les émotions, s'ils veulent brûler le temps, en attendant l'heure du dîner ou celle de l'alcôve, ils quittent leurs salons de lecture ou de conversation, se dirigent vers une pièce spéciale, d'ordinaire isolée, et se mettent à chiffonner des cartes. Mais, pour la plupart d'entre eux, le jeu n'existe qu'à l'état d'accessoire, comme complément d'une autre existence. Ils ne vivent ni pour le jeu ni par le jeu, ils se contentent de vivre en bonne intelligence avec lui, sans trop l'aimer ni trop le rechercher, mais en même temps sans le craindre ni le haïr. Nous avons appelé cercles *autorisés,* ces réunions d'hommes de choix, parce qu'ils dépendent directement du ministre de l'intérieur, qu'ils ont, grâce à son patronage, une existence légale, et qu'ils sont entourés de toutes les garanties et de toute la sécurité désirables.

Les cercles *tolérés,* compris dans notre seconde catégorie, sont, au contraire, sous la dépendance immédiate du préfet de police. Sur une demande

écrite, signée par quelques personnes plus ou moins
influentes, il les a autorisés à s'ouvrir, sans leur
cacher qu'il se réservait le droit de les fermer s'il
arrivait qu'on s'écartât des statuts ou qu'on donnât
lieu à quelque plainte.

Leur existence n'est donc pas légale ; elle est simplement administrative. Elle est surtout provisoire,
précaire, et nous ne saurions nous en étonner, car
ces clubs diffèrent des autres par un point essentiel :
ce n'est plus une réunion de personnes qui apportent
à la masse un premier capital et certaines rede-
vances pour bénéficier ensemble, à part égale, des
avantages de l'association et de la vie commune ;
c'est simplement un groupe de quelques individus,
formé par un spéculateur. Celui-ci, qui prend le titre
de gérant, d'administrateur ou de directeur, et que
les joueurs appellent parfois plaisamment le _colonel_,
se charge de tous les frais du cercle, mais touche
aussi tous les revenus, quels qu'ils soient, y compris la cagnotte, et, comme elle est le plus beau
fleuron de sa couronne, le plus clair de l'affaire,
comme elle rapporte dans certaines maisons, jusqu'à
trois ou quatre mille francs par soirée, il cherche
à la grossir, à la bien cultiver, à la faire sans cesse
progresser. Aussi ne néglige-t-il rien pour cela et
pousse-t-il sans cesse à la consommation, suivant

l'expression vulgaire. Chez lui, les tables de baccarat, au lieu de se dérober dans un lieu retiré, se
développent partout sans la moindre discrétion.
Elles empiètent tous les jours davantage sur le
salon de lecture, le salon de conversation; elles
débordent le billard, elles mangent la salle à
manger.

Les admissions deviennent aussi trop faciles. A
peine un individu est-il signalé comme un grand et
beau joueur, que, sans se préoccuper assez de ses
antécédents et de sa moralité, on essaie de l'attirer
à soi. « Venez donc chez nous, lui murmure-t-on à
l'oreille, la partie est superbe en ce moment. »

Cependant, grâce à un comité vigilant et rigoureux, qui tient en bride le gérant et maîtrise son
amour du lucre; grâce aussi parfois à ce gérant,
homme de tact et de bonne compagnie, plusieurs de
ces cercles sont parfaitement tenus et des mieux
composés. Il ne s'y commet aucune fraude. Le jeu
est aussi régulier et aussi correct dans ces maisons
que dans les grands clubs, et on serait injuste envers les cercles tolérés si on les jugeait d'après les
surnoms qu'ils se sont donnés eux-mêmes dans un
moment de douce gaieté ou que leur a décochés, en
se retirant, un joueur *décavé*.

Voici quelques-uns de ces surnoms fantaisistes :

le Petit-Marathon, Gredins-Club, l'Oriental, le Cercle des Pannés, la Bande des Grecs, les Travaux-Forcés, le Péloponèse, les Bonnets-Verts, Nouméa, le Petit-Mazas, les Révérends Pères-Neuf, etc. Mais, nous le répétons, aucun de ces titres peu rassurants n'est justifié, et la plupart des cercles susnommés méritent la tolérance dont ils jouissent.

Les tripots, qui, d'après notre classement, viennent en dernier lieu, ne sont dignes, au contraire, d'aucun intérêt. Ce sont des maisons, ou plutôt des coins, de mauvais coins où le jeu essaye de se cacher et de se dérober à tous les regards. Ici, un *grec* de profession réunit, dans un affreux logement, quelques étudiants qu'il dévalise. Dans cette arrière-boutique, louée par un industriel malhonnête, de petits employés, quelquefois des ouvriers, souvent des domestiques, perdent dans une nuit leurs appointements, leur semaine ou leurs gages. Enfin, cette courtisane sur le retour, à qui ses anciens revenus échappent, essaye de s'en créer de nouveaux, en attirant chez elle quelques mineurs ou quelques décavés de la vie qu'elle frappe d'un dernier impôt. La préfecture de police a toujours l'œil ouvert sur ces maisons clandestines, y fait subitement irruption, saisit les enjeux et arrête les exploiteurs. Cependant, malgré les dangers qu'ils courent, ces tripots sont

tellement nombreux à Paris, que toutes les semaines
on en découvre de nouveaux. Le jeu n'a jamais sévi
avec plus de rage. Ce n'est plus une maladie, c'est
une épidémie.

Le 20 novembre 187., vers dix heures du soir, un
coupé de remise s'arrêta au coin d'une des rues qui
aboutissent au boulevard des Italiens, devant un cercle de la seconde catégorie, mais sur le point de
passer dans la première, grâce à la façon dont il est
administré et à l'honorabilité de ses membres.

Un homme élégamment vêtu, dans toute la force
de l'âge, brun de visage, descendit vivement de
voiture, renvoya le cocher et s'élança vers la
maison.

Bientôt, débarrassé de son pardessus, que des valets
de pied lui avaient enlevé dans l'antichambre, il tra-
versait un premier salon à peu près désert, et pénétrait dans une salle, la salle consacrée au baccarat
et où tous les membres du cercle semblaient s'être
donné rendez-vous.

— Tiens ! le comte de Bussine, fit Lafleur, un jeune
avocat de beaucoup d'esprit, et de grand avenir, s'il
aimait moins les cartes.

Son voisin, d'Amelin, le député, reconnut aussi le
nouvel arrivé et ajouta :

— Il ne pouvait manquer de venir. Il a beaucoup perdu la nuit dernière. Il essaiera de se rattraper.

— Je ne crois pas au retour de sa veine, reprit Lafleur. S'il *taille,* je *ponte* contre lui.

— Tiens! hier, vous vous étiez juré de ne plus jouer.

— Ce matin je me suis rendu ma parole, fit Lafleur en tournant le dos à son interlocuteur et pour se rapprocher de la table de baccarat.

Il y avait foule autour de cette table : les douze chaises réglementaires étaient occupées, et derrière, au second et au troisième plan, se tenaient debout une cinquantaine d'autres joueurs qui pressaient les premiers, se penchaient sur le tapis pour voir les cartes, étudier le coup, ou jeter leur mise. La table était couverte de jetons rouges, blancs, en nacre, en ivoire ou en os, représentant les uns, cinquante louis, les autres vingt-cinq, ceux-ci cent francs, ces derniers un simple louis. L'or, les billets se voyaient aussi, mais clairsemés, comme égarés sur la table. Dans les cercles, on joue le plus souvent avec des jetons échangés au commencement de la partie contre des billets de banque ou des bons d'égale somme, et, à l'heure du départ, ces jetons de convention sont à leur tour transformés en valeurs plus sérieuses. Cette métamorphose de l'or en ivoire, du billet de banque en nacre, permet d'avoir toujours de la monnaie sous la main, de compter plus facilement les enjeux, de payer plus vite, d'activer la partie, et, en même temps, de la faire monter, car il est reconnu qu'un joueur jette plus facilement sur le tapis une plaque de cinquante louis qu'un billet de mille francs, quoiqu'ils aient absolument la même valeur.

Au moment où le comte de Bussine entrait dans la salle, le banquier, assis au milieu de la table, prononçait à haute voix ces mots :

— Faites vos jeux, Messieurs.

Aussitôt une véritable pluie de jetons de toutes dimensions inonda le tapis.

— Le jeu est fait ? reprit le banquier en promenant autour de lui un long regard.

— Combien y a-t-il en banque ? demanda tout à coup le comte de Bussine.

— Ce que vous voudrez, répondit le banquier. La banque est ouverte, tous les coups sont tenus.

— Alors, dit le comte, d'une voix émue, je fais cinq cents louis au premier tableau.

Et, tout en parlant, il tirait de son portefeuille dix billets de mille francs et les jetait sur le tapis.

— Rien ne va plus, fit le banquier.

— Rien ne va plus, répéta docilement le croupier.

1.

II

Le croupier est un personnage inconnu dans les clubs de première classe, à moins que la partie n'y prenne des proportions exagérées. En effet, les joueurs des grands cercles qui se connaissent tous entre eux font eux-mêmes leur *ménage :* ils battent les cartes, payent à droite et à gauche s'ils ont perdu, ramassent l'argent avec la main ou avec de petits râteaux, s'ils ont gagné. De leur propre mouvement ils prélèvent aussi la part de la *cagnotte,* leur propriété à tous, et qu'ils n'ont aucun déplaisir à *engraisser.*

Mais, dans les cercles de second ordre, administrés par un gérant, cette cagnotte est moins chère aux joueurs, et ils l'oublieraient si le croupier n'était chargé de la réclamer ou de la prélever lui-même. Telle est sa principale fonction, inavouée peut-être, mais des plus sérieuses ; à la table de baccarat, il représente les intérêts de la caisse. Quant à ses fonctions apparentes, elles consistent à débarrasser les jeux de cartes de leur enveloppe, à les étaler, à les battre, à les passer aux joueurs pour qu'ils les battent après lui. Puis, la partie engagée, il paye les gagnants avec l'argent du banquier, ou bien, lorsque celui-ci a gagné, il ramasse avec sa grande latte, une véritable latte d'arlequin dont il se sert très habilement, les jetons, les louis ou les billets disséminés sur la table.

Le banquier, après avoir prononcé ces mots : « Rien ne va plus », répétés par le croupier, avait distribué deux cartes à droite, deux cartes à gauche, et s'en était donné deux à lui-même.

Le coup était important; on pouvait compter près de quarante mille francs sur les deux tableaux.

Aux murmures des voix, aux interpellations amicales, aux causeries de voisin à voisin, se contant leurs infortunes et calculant leurs pertes, à l'agitation naturelle chez des gens énervés, grisés par le jeu, succéda comme par enchantement un grand silence, un grand calme. Les *pontes,* c'est-à-dire les personnes engagées dans le coup, se recueillaient en attendant que leur sort se décidât, et la *galerie,* composée des gens qui ne jouaient pas, ne pouvait se défendre de l'émotion que cause même aux désintéressés, aux neutres, une bataille sérieuse. Quant au banquier, le plus engagé de tous, puisqu'il luttait contre tous les joueurs réunis, et qu'il s'agissait pour lui d'une différence de quatre-vingt mille francs, il releva tranquillement son jeu, le regarda avec le plus de précaution possible, et dit d'une voix calme, ces mots :

— Je donne des cartes.

Les *pontes* respirèrent. C'était une première victoire : le banquier n'abattait ni huit ni neuf.

Le tableau de droite, sur lequel le comte de Bussine avait placé son enjeu, refusa la carte qu'on lui offrait.

Le banquier se tourna vers le tableau de gauche.

— Carte, dit le joueur qui avait *la main*.

On lui donna une figure.

Alors le banquier eut un moment d'hésitation. Tirerait-il ? Ne tirerait-il pas ?

Il était évident pour tous que son point se trouvait inférieur à celui du tableau de droite qui s'y était tenu et supérieur à celui de gauche qui avait pris une carte et tiré une figure.

— Quel est le plus fort des deux tableaux ? demanda-t-il.

Le croupier fit le compte, des yeux, en un instant.

— Vingt-cinq mille francs environ au premier tableau, dit-il ; quinze mille au second.

— Je tire, fit le banquier.

Il amena un trois.

— J'ai huit, ajouta-t-il aussitôt en abattant son jeu.

En effet il avait tiré à cinq.

Les deux tableaux avaient perdu, et tous les jetons, tout l'argent, y compris les dix billets de mille francs du comte de Bussine, raclés ou prestement enlevés par la latte du croupier, vinrent grossir la masse qui s'étalait déjà devant le banquier.

— Avez-vous joué sur ce coup? demanda d'Amelin, le député, à l'avocat Lafleur.

— Non, Dieu merci! J'allais hasarder cinq louis, lorsque j'ai vu de Bussine jeter ses dix mille francs. Alors, persuadé qu'il était toujours en déveine, je vous l'ai dit, et qu'il nous porterait malheur, j'ai remis tranquillement ma plaque dans ma poche... Je jouerai contre lui; c'est plus sûr, et j'attends qu'il taille.

— Vous n'attendrez pas longtemps. On va mettre la banque aux enchères, et il essaiera de se la faire adjuger.

En effet, le banquier, satisfait de sa victoire, venait de *brûler* ses cartes, c'est-à-dire de les jeter au panier. En même temps, il prenait, à pleines mains, les jetons, l'or et les billets qu'il avait gagnés, les entassait pêle-mêle dans une de ces corbeilles destinées aux banquiers heureux, et s'éloignait de la table de jeu avec son trésor.

Sans perdre de temps, le croupier battait de nouvelles cartes et mettait la banque aux enchères.

Après une courte lutte, elle atteignit cinq cents louis, et fut adjugée au comte de Bussine.

Il prit la place que venait de quitter son vainqueur, tira de son portefeuille dix nouveaux billets de mille francs, et, après avoir fait couper, se mit à tailler.

Ses premiers coups furent heureux : en quelques instants, il tripla sa mise. Mais, au lieu de s'arrêter, de se contenter de ce gain déjà respectable, il continua, perdit et fut obligé de renouveler sa banque.

Lafleur, assis depuis un instant, se tourna vers d'Amelin, debout derrière lui et lui dit :

— Eh bien, je ne m'étais pas trompé ; il est toujours en pleine déveine.

— Vous en profitez ?

— Parbleu ! Avec mon petit jeu, je gagne déjà quarante louis, et je gagnerai bien davantage. Regardez-le, il commet faute sur faute : après avoir donné des *bûches* aux deux tableaux, il vient de tirer à quatre ; c'est de la démence.

— En effet, je ne l'ai jamais vu comme ça. D'ordinaire il se défend mieux. Ses pertes consécutives des jours passés lui ôtent tout son sang-froid.

— Il joue peut-être, ce soir, son va-tout.

— C'est bien possible. Savez-vous s'il est riche, ce comte de Bussine ?

— Ma foi, non, je n'en sais rien. Que nous importe, pourvu qu'il ait beaucoup d'argent.

— Et qu'il le perde, ajouta d'Amelin en souriant.

— Bien entendu. Vous savez, dans les maisons de jeu, on n'est pas bégueule. Il ne faut pas avoir de préjugés pour venir ici... Tiens, nous avons gagné avec le point de trois. Quelle veine ! Je fais *paroli*.

— Prenez garde !

— Laissez donc. Je vous dis qu'il perdra tout ce qu'il voudra ou plutôt tout ce qu'il ne voudra pas. Je sens cela.

Cette conversation n'était pas la seule qui se tînt en ce moment autour de la table. Si la perte abat les joueurs, les rend silencieux et taciturnes, en revanche, le gain les anime et leur donne une gaieté bruyante. Tout le monde gagnait depuis un instant : les petits *pontes* à cinq francs et les gros à mille ; les perdants de la soirée se refaisaient peu à peu sur les banques malheureuses du comte de Bussine, et les nouveaux arrivants voyaient, en un instant, grossir, s'élever leurs colonnes de jetons.

Seul, le banquier, qui supportait toutes les pertes, gardait le silence. Si les joueurs étaient capables

de quelque pitié lorsqu'ils jouent, ses adversaires
se seraient émus et l'auraient plaint. Pâle, les yeux
éteints, les lèvres serrées, décolorées, il faisait mal
à voir. Ces mots : « Faites vos jeux, messieurs.
J'en donne », les seuls à peu près qu'il eût à
prononcer, sortaient de sa gorge desséchée par l'émotion, âpres, durs, stridents. Quand il distribuait les
cartes, aux crispations de sa main, aux frémisse-
ments seuls de ses doigts, on devinait son agitation
nerveuse, ses émotions, ses souffrances. La pâleur
augmentait, l'énervement devenait plus visible, la
douleur semblait plus intense, la voix plus rauque,
lorsque s'apercevant qu'il n'y avait plus d'argent
devant lui, il disait : « Je renouvelle la banque »,
et cherchait dans son portefeuille de nouveaux billets. Il les jetait par tas au croupier, lui laissant le
soin de les compter, comme s'il ne voulait pas les
voir, comme s'il avait peur d'en connaître le nombre.

Les pontes causaient, riaient toujours, s'interpel-
laient. On aurait dit une bande de corbeaux volti-
geant, piaillant, se becquetant sur un cadavre.

Le comte de Bussine venait de gagner un coup,
par hasard, un de ces coups de déveine où il n'y
a pas d'argent sur la table, où tous les joueurs d'un
commun accord semblent avoir prévu la perte, et se
réservent pour le coup suivant, qu'ils gagneront,

celui-là. Il venait donc de regagner quelques louis, une obole, un morceau de pain, dans cette grande orgie qu'on faisait à ses dépens, lorsqu'un domestique s'approcha de lui et murmura ces mots à son oreille :

— Quelqu'un désire voir monsieur le comte, pour une affaire urgente, de la dernière importance.

— Ah! laissez-moi tranquille! s'écria M. de Bussine. Je vous ai déjà dit que je ne voulais pas être dérangé lorsque je taillais.

Le domestique s'éloigna et le comte donna des cartes.

Il gagna de nouveau. Un sourire se dessina sur ses lèvres, un éclair brilla dans ses yeux. Mais le domestique, qu'il venait de renvoyer, était rentré et lui présentait une lettre posée sur un plateau.

— Encore! s'écria-t-il, furieux cette fois.

— Ce n'est pas ma faute, monsieur le comte, répliqua le domestique. Ce monsieur fait du tapage dans l'antichambre. Il a déclaré que, si je ne vous apportais pas ce mot, il viendrait vous parler lui-même. J'ai voulu éviter un scandale...

— C'est bien, donnez, fit M. de Bussine.

Il prit, dans le plateau, le papier qu'on lui présentait. C'était un mot écrit au crayon, à la hâte. Il lut :

« Je vous cherche depuis longtemps. Votre femme vous demande... Elle est mourante. »

Le comte de Bussine fit un mouvement comme s'il allait se lever. Mais, en même temps, son regard se porta sur la table couverte de jetons, d'or et de billets, avancés par tous les joueurs pour le coup suivant, lancés contre lui comme un défi. Il se souvint aussi que la fortune, si cruelle jusque-là, semblait lui sourire depuis un instant, et alors, s'adressant au domestique :

— Dites à cette personne, fit-il, d'aller en avant annoncer que j'arrive; je la suis.

Puis, se tournant vers les joueurs :

— Je tiens le coup, Messieurs, leur dit-il, la banque est *ouverte*.

Et il distribua les cartes.

III

L'individu à qui le domestique du Cercle vint transmettre la réponse du comte de Bussine, s'appelait Petithomme et jamais nom ne s'était trouvé

plus en désaccord avec celui qui le portait. M. Petithomme avait une taille de tambour-major ou de
suisse d'église... un mètre quatre-vingt-huit à un
mètre quatre-vingt-dix... des épaules larges, carrées,
un torse d'Hercule, des bras, des mains, des cuisses,
des jambes, des pieds en rapport avec la taille.
La tête seule faisait contraste. C'était une toute
petite tête de femme ou d'enfant, ornée de petites
oreilles, de petits yeux, d'un petit nez et d'une petite
bouche, d'où sortait un petit filet de voix. Cette voix,
sonore peut-être à son début, lorsqu'elle s'échappait
de la vaste poitrine, du centre, s'amincissait, en sortant par le haut.

Malgré ces dissonances, M. Petithomme était fort
imposant, et, lorsqu'il avait menacé d'aller chercher
dans les salons du Cercle M. de Bussine, on comprenait que les domestiques eussent préféré ne pas
être obligés de lui barrer le chemin.

Quand il apprit que le comte, au lieu de le rejoindre, annonçait seulement son départ prochain, il eut
une seconde d'hésitation. Se contenterait-il de cette
réponse ? N'essayerait-il pas plutôt de pénétrer de
force, comme il en avait d'abord eu l'intention, dans
les salons, d'aller droit à M. de Bussine et de lui
dire : « Vous n'avez donc pas compris, vous avez mal
lu ce que je vous ai écrit ? Je vous dis qu'elle se

meurt, qu'elle est peut-être morte en ce moment.
Allons, venez! »

Mais ce colosse était, comme la plupart des colos-
ses, doux comme un agneau, aussi doux que sa voix
était douce. Ses épaules auraient pu soulever des
montagnes; sa petite tête était incapable de grandes
résolutions. Il avait surtout la timidité, la crainte
de sa force et redoutait de briser quelque chose, de
broyer quelques os, d'effondrer un objet, un meuble,
ou un individu, s'il se livrait à une gymnastique trop
vive. Aussi renonça-t-il à s'avancer contre les domestiques, qui, esclaves de la consigne, se disposaient
à lui fermer le passage. Puis il se disait sans doute
qu'il valait mieux retourner auprès de Mme de Bussine et lui annoncer la prochaine arrivée de son mari.
Il fit donc tout à coup volte-face, traversa l'antichambre, et descendit l'escalier d'un pas lourd,
pesant, mais précipité.

Dans la rue, il eut un nouveau mouvement d'hésitation. Prendrait-il une voiture? Mais il tira sa montre, constata qu'il était une heure du matin, fit la
grimace à cette idée qu'il faudrait payer une course
de nuit et confia économiquement à ses jambes la
mission de le porter. Elles répondirent à sa confiance, et, quelques minutes après, elles le dépo-

saient vers le milieu de la rue Caumartin, devant
une maison de belle apparence.

On ne le fit pas trop attendre pour lui tirer le cor-
don; il jeta de sa petite voix bien reconnaissable son
nom au concierge et gravit trois étages.

La porte, devant laquelle il s'arrêta, était entre-
baillée. Il n'eut qu'à la pousser; on l'attendait évidemment.

En effet, sa femme, Mme Petithomme, un bougeoir
à la main, se dressa devant lui. Elle avait entendu
son pas dans l'escalier.

— Tiens! tu es encore ici? fit-il en l'apercevant.

— Oui, répondit-elle. On pouvait avoir besoin de
moi pendant ton absence... Du reste, pourquoi se-
rais-je remontée, là-haut, chez nous? Je n'aurais pas
pu m'endormir avant ton retour, et notre lampe aurait brûlé inutilement.

Petithomme trouva sans doute cette réponse digne
d'une récompense, car il se baissa, prit dans ses
doigts puissants la taille de Mme Petithomme, enleva
de terre la chère dame, comme il aurait enlevé un
fétu de paille, et, lorsque leurs deux visages furent
en face l'un de l'autre, les lèvres du mari déposèrent
deux baisers bruyants sur les joues de l'épouse. C'est
ainsi que, pour embrasser sa femme, Petithomme
s'y prenait toujours. S'il s'était simplement con-

tenté de se baisser, il n'aurait jamais pu, même avec des efforts de souplesse, descendre jusqu'à son front.

Césarine Petithomme était, en effet, aussi petite, aussi maigre, aussi grêle, aussi plate, que son mari était grand, fort, rembourré. Et, comme si la nature, lorsqu'elle avait fabriqué ces deux êtres, s'était plu à multiplier les contrastes, elle avait donné à Césarine une tête en complet désaccord avec sa personne. Il existe des individus qui sont tout en buste et en taille; Mme Petithomme était tout en tête, et de la grande bouche, située au milieu de cette puissante tête, sortait une voix pleine, sonore, une voix de contralto. Aussi, lorsque M. et Mme Petithomme étaient assis dans un salon, et que l'un des deux parlait, on faisait d'étranges erreurs : la petite voix aigre du mari avait l'air de sortir du petit corps de la femme, et la grosse voix de Césarine de la puissante poitrine de Cornélius.

Ces deux êtres, qui se ressemblaient si peu physiquement, se fondaient l'un dans l'autre au moral. C'étaient deux têtes dans un même bonnet. Depuis leur mariage, qui remontait à plus de trente-cinq ans, ils avaient partagé les mêmes idées, n'avaient eu qu'une seule et même pensée, n'obéissaient qu'à une seule volonté…. la volonté de

Mme Petithomme, devant laquelle son mari s'était toujours incliné. Le colosse avait changé sa tête trop petite contre la forte tête de sa femme et se trouvait de cette façon complet, superbe, physiquement et moralement.

Au moment où, après avoir embrassé Césarine, Cornélius la déposait à terre, une des portes de l'antichambre s'ouvrit pour donner passage à une jeune fille ou plutôt à une enfant de quinze à seize ans. Dès qu'elle eût reconnu M. Petithomme, elle s'élança vers lui et lui dit :

— Avez-vous trouvé mon père ?

— Oui, Mademoiselle, je l'ai enfin trouvé après bien des recherches.

— Et pourquoi n'est-il pas venu avec vous ?

— Je ne sais pas, fit-il troublé. Il était occupé sans doute.

— Occupé ! et vous lui avez fait dire que ma mère était très malade, qu'elle le demandait ?

— Oui, Mademoiselle.... oui.... Mais, rassurez-vous, il va venir, je vous promets qu'il va venir ; il me suit.

— C'est bien, fit-elle tristement, je vous remercie.

Puis, sur le point de se retirer, elle ajouta :

— Remontez chez vous, mes bons amis, vous devez avoir besoin de repos; il est tard.... S'il arrivait quelque chose j'enverrais la bonne vous chercher là-haut.

— Pourquoi cela? fit Césarine, nous sommes très bien ici. Une nuit est vite passée... N'est-ce pas, monsieur Petithomme?

— Certainement, certainement, répondit Cornélius, fidèle écho de sa femme.

— A votre aise. Mais il fait froid, installez-vous dans la salle à manger; le poêle est allumé, et vous trouverez du thé sur la table.

D'un geste gracieux de la main, elle leur dit au revoir et passa dans le salon. Elle allait le traverser et gagner la chambre à coucher de la malade, lorsque tout à coup elle s'arrêta et se jeta sur un fauteuil.

Son pauvre petit courage l'abandonnait, son jeune cœur encore inhabile à supporter la souffrance se dégonflait, s'ouvrait : elle éclata en sanglots. L'enfant, sur le point de devenir jeune fille, venait de se dire : « Je n'ai pas de père!... Si j'avais un père, il serait ici... Et là, dans cette chambre, ma mère se meurt!... Bientôt je serai seule au monde! »

Elle pleura quelques instants, silencieusement, dans la crainte qu'on l'entendît de la chambre voisine. Puis, comme les larmes des enfants et des toutes jeunes filles ressemblent aux pluies d'été, abondantes mais courtes, avec un petit coin de ciel bleu derrière les nuages les plus noirs, elle cessa de pleurer en se disant : « Il va peut-être venir, et demain ma mère sera mieux portante. »

Alors elle voulut revoir le plus vite possible cette mère adorée, et, afin de lui cacher qu'elle avait pleuré, elle prit son mouchoir, le trempa dans un verre d'eau placé sur un guéridon, et, se posant devant la glace de la cheminée, elle s'humecta les yeux. Jamais glace, peut-être, n'eut la mission de réfléchir un plus joli tableau, une plus délicieuse image. Suzanne avait encore toutes les grâces de l'enfant et déjà une partie des charmes de la jeune fille. Ses cheveux à moitié dénoués, d'un blond chaud, ardent, s'épandaient en flots pressés le long d'un visage aux rondeurs exquises ; ses grands yeux bleus, à qui l'eau avait déjà enlevé leur légère rougeur, pétillaient de jeunesse et de vie ; le sang vif de ses lèvres fortes, un peu relevées, donnaient plus d'éclat à des dents parfaites, et le menton, avec une petite fossette dans un coin, était d'un dessin aussi pur que le nez et le front. Si, plus tard, ces charmes, à peine éclos, tenaient toutes leurs promesses, si le dessin restait à la hauteur de l'esquisse, Suzanne, après avoir été une délicieuse jeune fille, serait certainement une femme d'une rare beauté.

Mais elle était encore une enfant, car, malgré son

2

grand chagrin, malgré son cœur si gros, elle ne quitta pas la glace sans avoir souri à sa propre image. Ce petit tribut payé à la jeunesse, elle redevint sérieuse, marcha sur la pointe des pieds vers la 'porte qu'elle avait été déjà sur le point d'atteindre et l'ouvrit doucement.

Un homme assis, dans un fauteuil, se leva en la voyant entrer, et lui fit signe de se taire. Elle s'arrêta tout court, sans oser ni avancer ni reculer.

Mais une personne couchée dans le lit dit doucement : Je ne dors pas. Puis ajouta, après avoir respiré avec peine : Georges est-il là ?

— Non, maman, fit Suzanne ; mais il va venir, on l'a trouvé.

La malade secoua la tête comme si elle doutait de ce qu'on affirmait, et, après un nouveau silence elle dit encore :

— Vous êtes toujours près de moi, Lucien ?

— Oui, ma chère Henriette, répondit celui qui avait fait signe à la jeune fille de se taire.

— Eh bien, mon ami, il faut que je vous parle... à vous seul... Suzanne, ma chère enfant, va prendre un peu de repos... Je t'appellerai dans une heure au plus tard ; je te le promets.

L'enfant s'approcha du lit, déposa un long baiser sur le front de sa mère, et, comprenant que le mo-

ment était solennel, qu'il fallait obéir, elle sortit.
Mais de nouvelles larmes inondaient son visage.

IV

Dès que Suzanne se fut retirée, la malade, se tournant vers celui qui était resté auprès d'elle :

— Approchez-vous, Lucien, fit-elle. J'ai bien des
choses à vous dire, et je ne veux pas que mes forces
me fassent défaut.

Il s'approcha comme elle l'en priait ; mais, prenant
la parole à son tour :

— Pourquoi, ma chère Henriette, ne remettez-
vous pas cet entretien à un autre moment ? Le doc-
teur vous a conseillé le plus grand repos ; il vous
a suppliée et nous a suppliés nous-mêmes d'éviter
tout ce qui pourrait vous causer la moindre émotion.
Essayez de passer une bonne nuit ; demain, si vous
êtes mieux...

Elle l'arrêta d'un geste, et dit lentement :

— Demain ne m'appartient pas... Demain, je serai
morte.

— Vous! vous! quelle pensée, quelle folie!

— Non, non, reprit-elle, et, tout en parlant, elle portait la main à sa poitrine, qui semblait se soulever avec violence... Je sais ce que j'ai là... Cette maladie de cœur, cette affection au cœur, comme ils disent, a fait depuis quelque temps de terribles progrès... C'est par miracle que je ne suis pas morte durant cette crise qui vous a tant effrayés... Mais elle se renouvellera... dans un instant peut-être... Je le sens à ces étouffements, à cette suffocation... et ce sera fini cette fois.

— Vous vous exagérez votre mal, fit-il sans conviction, car les craintes qu'elle venait d'exprimer étaient d'accord avec les prévisions du médecin.

Puis, comme elle souriait tristement au lieu de lui répondre, comme il sentait bien qu'elle ne se faisait aucune illusion:

— Ce que vous avez à me dire, ajouta-t-il, Georges doit sans doute l'entendre... Attendez qu'il soit ici pour nous parler à tous deux en même temps, pour nous faire vos recommandations, nous donner vos ordres.

Elle secoua la tête et dit tristement, amèrement:

— Georges ne viendra pas.

— Comment! Pourquoi? Puisqu'on l'a trouvé, puisqu'il vous sait malade?

— Il ne viendra pas, vous dis-je. Sa funeste passion est plus forte que sa tendresse pour moi.

— Je ne comprends pas... De quelle passion voulez-vous parler ?

— De sa passion pour le jeu.

— Lui, mon frère ! Georges est joueur ?

— Oui. Et c'est de cela que je meurs.

— Que me dites-vous là ?.. Et c'est aujourd'hui que vous m'apprenez...

— Pourquoi vous aurais-je infligé les douleurs que j'éprouvais ?.. Vous l'aimez comme un fils... et ses fautes vous auraient fait autant de mal qu'à moi.

— Mais je les lui aurais reprochées ! Je l'aurais guéri de sa passion.

— Non, vous n'auriez pu triompher là où j'ai succombé... Si vous saviez quelles prières je lui ai adressées, quelles supplications !... J'ai fait intervenir Suzanne. Elle l'entourait de ses bras, et lui disait de sa jolie voix : « Père, reste avec nous, passe comme autrefois ta soirée près de ma mère et de moi... Ne nous quitte pas pour ton vilain cercle... Maman est malade... Elle souffre de te voir l'abandonner ainsi... Ne sors pas, je t'en conjure. » Il se laissait toucher, il promettait de rester... Il restait même souvent, impatient, nerveux, fébrile ;

2.

mais à onze heures, à minuit au plus tard, il n'y pouvait plus tenir et partait tout à coup pour ne revenir que le lendemain.

— Et je ne me doutais de rien!... Et vous me cachiez tout cela, à moi?

— Il ne m'aurait point pardonné de vous avertir, de vous livrer son secret que le hasard m'a fait connaître... Puis, j'espérais, j'espérais toujours... Il n'est pas mauvais au fond, il n'est que faible... Pendant de longues années, il m'a rendu heureuse... C'est depuis quelques mois seulement qu'il a été entraîné... Il a perdu une somme importante ; il a voulu la regagner... et notre petite fortune s'en est allée.

— Comment, il vous a ruinée?

— Non, pas moi, mais sa fille... Moi je ne lui ai apporté aucune dot... Je n'ai pas le droit de me plaindre... Tout venait de lui... et de vous, qui, au jour de notre mariage, pour que nous fussions plus à notre aise, lui avez abandonné votre part de la succession paternelle... Vous êtes si bon, si grand, et vous l'aimiez tant.

— Oui, je l'aimais, fit-il. Oh! oui je l'aimais!

Et, oubliant qu'il se trouvait dans la chambre d'une malade, presque d'une mourante, il se leva, et se mit à marcher de long en large, tout en parlant.

— Oui, je l'aimais, faisait-il tout entier à ses

souvenirs... Mais ce n'était pas seulement parce qu'il était mon frère, mon frère cadet, que je l'avais vu naître lorsque j'étais déjà un grand garçon... qu'il avait fait, guidé par moi, ses premiers pas dans le salon ou sur le sable du jardin... qu'en ma qualité de grand frère aîné, j'avais été son maître, son ami, son père... Je l'aimais encore pour autre chose... en souvenir de la mère adorée que nous avons perdue.

Il revint brusquement vers le lit d'Henriette et ajouta :

— Ah! si vous l'aviez connue... Quelle femme, quelle admirable femme! Et quelle vénération j'avais pour elle... Jeune encore, un jour, elle est tombée malade... La maladie s'est aggravée... Elle a compris qu'elle allait mourir...

— Comme moi, murmura la malade.

Le cœur tout plein du passé, il n'entendit pas et continua :

— Alors elle me fit appeler... J'avais vingt ans alors, et je vois la scène comme si elle se passait en ce moment... Sa chambre ressemblait à celle-ci... Il y avait, entre les deux croisées, un grand portrait de mon père... Tenez, à la place où vous avez mis le portrait de Georges... Ah! ce sont les mêmes traits, la même physionomie... Georges lui ressemble d'une façon frappante... et je l'aime aussi en souvenir de cet autre mort chéri.

Tout en marchant, il continuait :

— Lorsque je fus près d'elle, ma mère me dit : « Lucien, je serai bientôt séparée de toi pour toujours... Je vais rejoindre ton père... C'est affreux de mourir lorsqu'on laisse deux enfants encore jeunes et qui auraient tant besoin de conseils et d'affection... Mais je quitterai ce monde moins tristement... si tu veux bien t'agenouiller là, près de mon lit, et me faire un serment. »

Je m'agenouillai. « Jure-moi, continua-t-elle, de me remplacer auprès de Georges, de te montrer indulgent et tendre pour lui, de le protéger, de l'aimer comme je vous ai aimés tous les deux... »

Toujours agenouillé, d'une voix lente, les mains dans les mains de ma mère, mes yeux dans ses yeux, je dis :

— Je jure de le protéger, de l'aimer comme mon enfant, de me dévouer pour lui, et au besoin de me sacrifier.

Ma mère voulut m'arrêter. Elle n'entendait pas sans doute que le dévouement allât jusqu'au sacrifice. Mais le serment était fait. Je l'ai tenu jusqu'à ce jour. Je le tiendrai toute ma vie.

Henriette avait écouté son beau-frère sans l'in-

terrompre, et, depuis un instant, un doux sourire
relevait ses lèvres, son visage s'éclairait.

Comme il se taisait maintenant, et qu'il était
venu s'asseoir à ses côtés, elle fit un effort, se
rapprocha encore davantage de lui, et dit :

— Vous sentez-vous, mon ami, assez bon, assez
généreux, assez grand, pour prêter un nouveau
serment ?

— Quel serment ? demanda-t-il.

Elle continua, sans lui répondre directement,
d'une voix basse, la main toujours appuyée sur son
cœur, comme si elle voulait l'empêcher de se briser, l'obliger de vivre, tant qu'elle aurait quelque
chose à dire.

— Je vous répéterai, murmurait-elle, les paroles
que votre mère a prononcées autrefois : « Je mourrai
moins tristement, mes dernières heures seront
moins tourmentées, si vous vouliez me faire, Lucien,
le serment que je vais vous demander. »

— Parlez, dit-il, en lui prenant les mains comme
il les avait prises autrefois à sa mère.

Une nouvelle angoisse la força de s'arrêter. Mais
la volonté triompha du mal, et elle ajouta, en se
pressant un peu cette fois, comme si elle avait peur
de ne pouvoir aller jusqu'au bout :

— Jurez-moi que vous aimerez ma fille Suzanne,

comme vous aimez votre frère. Que, moi morte, s'il venait aussi à lui manquer... d'une façon ou d'une autre... vous nous remplaceriez auprès d'elle... Que vous la protégerez toujours, toujours... contre tous.

Elle fut sur le point d'ajouter : et même contre lui.

Au bout d'un instant, il dit :

— Le serment que vous me demandez ne me coûte pas à faire, car ces deux serments se tiennent, s'enchaînent... J'aime déjà Suzanne comme si elle était ma fille, puisqu'elle est la sienne... Je l'aimerai aussi en souvenir de vous, dont les vertus m'ont toujours rappelé ma mère... Je l'aime enfin pour elle, parce que c'est une adorable enfant.

Ce serment n'avait qu'imparfaitement satisfait la mourante. Il le comprit à son regard encore suppliant. Alors il ajouta :

— Il ne vous suffit pas que je jure de l'aimer, n'est-ce pas? Vous voulez encore que je jure de la faire heureuse, de me dévouer à elle, de lui consacrer mon temps, ma vie, de vous remplacer auprès d'elle.

— Oui, oui... répondait-elle des lèvres, de la tête et du cœur.

— Eh bien, fit-il, avec un sourire d'une douceur infinie, puisqu'il paraît que ma mission sur cette

terre est de me dévouer, de me sacrifier aux autres,
je vous jure de me dévouer, de me sacrifier pour
Suzanne.

— Merci ! merci !... murmura-t-elle, radieuse,
rayonnante.

Tout à coup, son regard se dirigea vers la porte,
qui venait de s'ouvrir doucement. C'était peut-être
Georges. Elle aurait été bien heureuse de le voir.
Elle l'aimait encore, malgré ses fautes, malgré la
cruelle indifférence qu'il lui témoignait en ce moment.
Elle l'aimait en souvenir du passé, des jours heureux.

Mais ce n'était pas lui. C'était Suzanne, qui n'avait
pas le courage d'attendre plus longtemps.

— Viens, mon enfant, viens, lui dit la malade.

Et, lorsque la jeune fille fut auprès d'elle, Henriette prit sa main, la mit dans celle de Lucien, et
le désignant des yeux :

— Aie toujours confiance en lui, fit-elle, et, quoi
qu'il arrive, quoi que tu entendes jamais dire, crois
en cet homme de cœur, en cet ami fidèle que je te
donne, comme tu croyais en moi.

Sa tête retomba sur l'oreiller. Tant d'efforts, tant
d'émotions l'avaient épuisée. Elle étouffait... elle
suffoquait.

V

Et, pendant que sa femme se mourait, Georges de Bussine jouait toujours au baccarat.

A une heure du matin, lorsque M. Petithomme était venu le chercher, le sort, qui depuis le commencement de la soirée se montrait inclément pour lui, semblait moins hostile. Il avait gagné plusieurs coups importants, et sa banque était assez considérable, l'enjeu de ses adversaires assez fort, la partie assez belle, pour qu'il pût espérer se *refaire*. On voit souvent au jeu de ces revirements soudains : le vaincu des premières heures devient parfois le vainqueur de la nuit. Mais la fortune s'était simplement montrée coquette envers le comte de Bussine. Elle lui avait souri pour le retenir, pour l'empêcher de se désespérer, et maintenant, quand il croyait qu'elle allait enfin se livrer, lui appartenir, elle s'éloignait, elle devenait sévère, elle lui résistait cruellement.

Quelques coups de perte lui enlevèrent en un instant tout ce qu'il venait de gagner. Son regard s'éteignit de nouveau, son visage pâlit, ses mains redevinrent fébriles, comme elles l'étaient une heure auparavant. Bientôt ses derniers billets de banque disparurent. Alors, sans quitter sa place, il appela le chef de partie pour lui demander de l'argent. Il devait déjà une assez forte somme, empruntée les jours précédents et qu'il n'avait pas encore rendue. Mais il était difficile de refuser quelques centaines de louis à un joueur qui tenait des coups si formidables, qui faisait si bien marcher la maison. Son portefeuille, gonflé de billets de banque, au commencement de la soirée, avait inspiré en même temps de la confiance, et on prêta au comte une dizaine de mille francs, pour lui permettre de lutter encore, de continuer à tailler.

La partie maintenant ne ressemblait plus à ce qu'elle avait été.

Le jeu est toujours un triste spectacle. Mais, lorsqu'il est animé, fiévreux, nombreux ; lorsque de grosses sommes, des fortunes souvent, sont engagées, ce spectacle ne manque pas d'un certain cachet; il a son genre de grandeur. On peut dire d'une forte partie, ce qu'on dit d'un incendie : c'est une belle horreur ! Mais le jeu mesquin, petit, à la fin de la nuit, au matin, quand quelques derniers combattants essayent encore de se dépouiller, de se

3

dévorer, de se *plumer,* de s'arracher leurs derniers
louis, leurs dernières pièces de cent sous, est triste,
hideux, honteux.

C'était, cependant, cette partie de la dernière heure,
cette partie désespérée, que jouait maintenant le
comte de Bussine. C'était pour livrer ce· dernier
combat d'arrière-garde, cette dernière escarmouche
qu'il laissait sa femme mourir, sans lui dire un dernier adieu. Espérait-il donc encore regagner ce qu'il
avait perdu? Non. Il avait trop l'expérience du jeu pour
ne pas savoir que c'était impossible. Tous ses adversaires sérieux n'étaient-ils pas partis depuis longtemps, enrichis de ses dépouilles, pleins de ses billets
de banque ? Il ne voyait plus autour de lui que des
noctambules, des gens qui ne savent se coucher qu'au
matin, et qui tuent leur nuit comme ils peuvent, en
jetant de temps en temps sur le tapis quelque louis
timide. Il voyait aussi quelques-uns de ces petits
joueurs âpres au gain, résolus à profiter de cette
grande déveine jusqu'à complet épuisement, et à
dévorer le cadavre jusqu'aux os.

Alors, pourquoi restait-il, puisqu'il voyait tout cela,
puisqu'il sentait tout cela, puisqu'il n'avait plus
d'espoir? Ah ! il restait, parce qu'il avait peur de se
lever, de quitter les cartes, de ne plus jouer; parce
que ce jeu précipité, nerveux, fébrile, tout infime

qu'il était, occupait ses mains, occupait son esprit,
et qu'il craignait de ne plus rien faire et de songer.
Il reculait le moment où il allait se trouver seul,
sans personne auprès de lui, sans cartes devant lui,
au petit jour, dans la rue, en face de quelque terrible
pensée.

Aussi, lorsqu'un joueur, enfin satisfait de son béné-
fice, de sa curée, ou las d'être assis à la même place
depuis sept ou huit heures, voulait se lever, il le
priait du regard de n'en rien faire, et, si le regard
ne suffisait pas, il lui disait d'une voix suppliante :
« Encore une *taille*, la dernière. »

Alors le joueur restait un peu par pitié... et beaucoup pour gagner encore, puisqu'on l'y forçait.

Mais, comme après une si longue nuit, l'appétit
était venu à tous ces combattants de la dernière
heure, ils se faisaient apporter sur de petits guéridons qu'on plaçait près de la table de jeu, les uns
un bouillon, les autres une tasse de café, ces derniers une bonne tranche de pâté avec du bordeaux.
Et on mangeait maintenant tout en jouant; on abandonnait sa cuillère ou sa fourchette pour prendre les
cartes, et c'était la bouche pleine que les *pontes* disaient au banquier : « J'abats huit, j'abats neuf. » —
Le chef de partie était allé depuis longtemps se
coucher, dans la crainte que de Bussine voulût lui

emprunter encore de l'argent et pour n'avoir pas
l'ennui de lui en refuser. La plupart des garçons
dormaient dans des coins, sur des chaises, et le
croupier, toujours sur son siège, en face du banquier, les yeux à moitié fermés, n'avait même plus
la force de tenir la latte, et répétait machinalement : « Faites vos jeux, Messieurs, rien ne va
plus. » A travers les rideaux mal joints perçaient les
premières lueurs d'une triste matinée de novembre.

Enfin, les dernières plaques de cinq louis qui
avaient résisté jusque-là, passèrent du côté des
pontes ; aux plaques de cent francs succédèrent
les jetons d'un louis ; aux louis, les jetons blancs
de cent sous.

Rien, plus rien : suivant l'expression vulgaire, le
banquier était entièrement *nettoyé, lavé*. Du cadavre, il ne restait plus un seul lambeau de chair.

Alors les adversaires du comte de Bussine se
levèrent en bâillant, en s'étirant, et commencèrent
à s'éloigner. La bande de corbeaux, étant repue, prit
sa volée.

Quelques-uns de ces messieurs cependant, avant
de disparaître, crurent devoir adresser au vaincu
des compliments de condoléance.

— Ah ! quelle déveine vous avez eue ! Je n'ai

jamais rien vu de pareil. C'est à renoncer au jeu
pour le reste de sa vie.

D'autres au contraire :

— Bah! vous vous referez ce soir. Avec un jeu
comme le vôtre, il suffit de quelques banques heu-
reuses.

Et l'on faisait le calcul des sommes qu'il devait
avoir perdues : cent mille francs environ, qu'on lui
avait vu sortir de son portefeuille... Une dizaine
de mille francs empruntés... sans parler des pertes
passées, qu'on évaluait, au bas mot, à trois cent
mille francs.

Lui, debout, pâle, l'œil éteint, une main appuyée
sur le dossier de ce fauteuil si longtemps occupé et
dont il avait fallu enfin descendre, ne les entendait
pas. Il percevait une sorte de bourdonnement autour
de lui, mais il ne comprenait pas, il ne saisissait pas
le sens de ce qu'on pouvait dire.

Puis, tandis que ses derniers adversaires s'en
allaient, l'un après l'autre, l'air joyeux, oubliant leurs
fatigues, pour ne songer qu'aux bénéfices de la
nuit, il endossa le pardessus, prit le chapeau qu'un
domestique pressé de le voir partir lui avait apporté,
traversa les salons du cercle, et descendit machinalement l'escalier.

Il ne restait plus de voitures dans la rue. Ses

vainqueurs lui avaient tout pris. On ne lui avait même pas laissé un coupé de remise pour qu'il pût rentrer chez lui.

Le temps était pluvieux. De gros nuages noirs traversaient un ciel gris. Le trottoir, gluant de boue, glissait. Sur le boulevard, on ne voyait que des balayeurs ou quelques filles avinées, sortant du café du Helder, et encore en quête d'une dernière proie.

Il marchait, les jambes faibles et la tête lourde, trébuchant comme s'il était ivre, sans savoir où il allait, sans savoir ce qu'il faisait, sans avoir conscience de ce qu'il était.

Cependant, au coin d'une rue, une bouffée d'air frais le frappait brusquement au visage, lui rendait pour un instant ses esprits. Il se souvenait. Mais ce n'était pas seulement à sa femme mourante qu'il pensait : un autre souvenir, une autre pensée l'occupait, s'imposait, l'obsédait.

Alors il se demandait ce qu'il allait faire.

Tout à coup, il sembla prendre une résolution. Au lieu de continuer à marcher dans la direction de la rue Caumartin, où il demeurait, il traversa les boulevards à la hauteur de l'Opéra.

Peut-être voulait-il gagner les quais, gagner la Seine... et en finir... ne plus songer.

Mais il changea d'idée, traversa de nouveau le

boulevard et se dirigea, cette fois sans s'arrêter, vers sa demeure. Il venait d'être repris brusquement, irrésistiblement, du désir de voir la mourante, peut-être la morte. Après toutes les émotions de la nuit, il lui fallait, pour les chasser, une émotion plus terrible encore.

Il ne voyait plus qu'elle maintenant, elle, Henriette qui l'appelait, qui lui tendait les bras, qui lui disait : « Approche, approche... pour que je te pardonne avant de mourir. »

Quand il arriva devant sa maison, la porte cochère venait de s'ouvrir. Il s'élança, gravit les trois étages, ouvrit lui-même avec sa clef la porte de l'appartement, et s'élança dans la chambre à coucher.

Henriette vivait encore, mais elle étouffait, elle râlait.

Elle l'aperçut cependant ; elle reconnut celui qu'elle attendait depuis si longtemps, et, faisant un dernier effort, aidée par le médecin qui lui tenait la tête, elle se souleva.

Ses lèvres s'ouvrirent comme si elle allait parler. Mais il n'en sortit que des sons rauques, puis un cri.

Elle venait de mourir étouffée.

VI

A genoux devant le lit de sa mère, froide et blanche déjà, Suzanne priait et sanglotait.

Debout, appuyé contre la cheminée, Lucien regardait alternativement la mère morte, l'orpheline
désespérée, et de grosses larmes coulaient de ses
yeux.

Plus loin, assis dans un fauteuil, les deux coudes
sur ses genoux, le menton appuyé sur ses mains re-
jointes, Georges regardait aussi, mais droit devant
lui, comme hébété.

A voir en ce moment les deux frères réunis dans
la même chambre, l'un à côté de l'autre, on était
frappé de leur ressemblance. C'étaient la même
taille, les mêmes traits, la même coupe de figure.
Georges, plus jeune que Lucien de dix à douze
ans, paraissait avoir le même âge que lui, une qua-
rantaine d'années. Les émotions du jeu, les veilles
prolongées, les journées tourmentées, succédant aux
nuits fiévreuses, l'avaient vieilli en peu de temps et
avaient comblé la distance qui le séparait de son

frère. Cependant, si les lignes de leurs visages étaient
les mêmes, l'expression de la physionomie différait.
Chez Lucien, le regard, le sourire, indiquaient une
grande tendresse, une ineffable bonté; mais le rapprochement des sourcils, le dessin de la bouche et
du menton, certains éclairs jaillissant parfois des yeux,
un sang vif montant tout à coup du cœur, pour
colorer le visage, disaient aussi que cette nature
tendre, ce caractère doux, étaient capables, dans un
cas déterminé, de résolution et de grande énergie. On remarquait, au contraire, sur le visage de
Georges quelque chose d'incertain, d'indécis, de
flasque. Ce qui, chez le frère aîné, dénotait de la
bonté, devenait chez le frère cadet de la mollesse,
et aucune flamme dans le regard, ne corrigeait
cette physionomie, ne la relevait.

Une demi-heure s'écoula, où le silence ne fut
interrompu que par les sanglots de Suzanne. Puis,
Lucien s'approcha de la jeune fille, la prit doucement par un bras, la souleva et lui dit :

— Aie du courage, ma pauvre enfant... Quitte, un
instant, cette chambre... Arrache-toi de ce lit... Tu y
reviendras lorsqu'on aura rempli auprès de ta mère
divers devoirs.

Elle ne résista pas; et, tandis qu'il l'entraînait dans

3.

le salon, la tête tournée, elle regardait toujours celle
qui ne pouvait plus ni la voir, ni lui sourire.

Georges, machinalement, en voyant sortir son
frère et sa fille, se leva et les suivit. Peut-être avait-
il peur de se trouver seul dans cette chambre, auprès
de ce cadavre?

A la porte, il se rangea afin de laisser passer
Mme Petithomme et une amie d'Henriette, qui s'é-
taient offertes toutes deux pour faire à la morte sa
dernière toilette.

Dans le salon, Lucien s'occupa des tristes détails
qui suivent un décès. Il écrivit différentes notes qu'il
envoya porter par M. Petithomme à la mairie et aux
pompes funèbres. Il se chargeait de tout, respectant
la prostration de son frère qu'il attribuait seulement
au coup terrible qui venait de le frapper. Ces soins
remplis, il embrassa tendrement Suzanne, lui dit
quelques bonnes paroles, lui promit de revenir bientôt et, se dirigeant vers son frère :

— Je suis obligé de vous quitter pour aller à mon
bureau, fit-il doucement. Mais tu n'as à t'occuper de
rien. J'ai pourvu à tout ce qui était important et
pressé.

Les premiers mots prononcés par Lucien avaient
brusquement fait sortir Georges de son anéantissement. Il s'était levé et répétait :

— Tu vas à ton bureau... Tu vas à ton bureau!

— Sans doute, un caissier ne s'appartient pas...
Si je m'absente aujourd'hui pour vous rejoindre et
veiller celle qui n'est plus, je dois du moins prévenir
mes collègues et prendre différentes mesures.

Il s'éloigna, tandis que Georges, plus pâle encore,
plus anéanti, retombait sur le fauteuil d'où il s'était
levé.

Longtemps coulissier à la Bourse, Lucien, d'une
nature bienveillante, d'un caractère peu soupçonneux,
après avoir perdu plusieurs sommes importantes, par
suite de sa trop grande confiance dans ses clients,
avait pensé qu'il était plus prudent de renoncer à la
Bourse, et d'accepter le modeste emploi de caissier
qu'on lui offrait chez un banquier du boulevard Haussmann.

Il occupait cet emploi depuis deux ans, et M. Robins, chef de la maison Robins et Cie, s'en rapportait
tellement à sa loyauté et à son intelligence, qu'obligé
de se rendre souvent à Londres pour affaires, il lui
déléguait tous ses pouvoirs. Il se trouvait absent depuis deux jours, et c'était une des raisons qui
avaient mis Lucien dans la nécessité de se rendre
à son poste de meilleure heure même que d'habitude,
malgré le coup imprévu qui venait de le frapper.

Cependant, avant de se diriger vers le boulevard

Haussmann, il passa chez lui, rue Neuve-des-Mathurins, pour prendre les clefs de sa caisse, qu'il y avait
laissées. D'ordinaire, elles ne le quittaient pas;
mais, la veille au soir, au moment où sur le point
de se coucher, il venait de les déposer sur la cheminée, un mot l'ayant averti que sa belle-sœur,
subitement malade, l'appelait auprès d'elle, très
troublé, très ému, il s'était empressé de sortir sans
songer à ces clefs.

A peine fut-il chez lui qu'un vieux domestique,
chargé de son ménage de garçon, lui apprit que son
frère Georges était venu le demander la veille, vers
dix heures du soir.

— Quoi! fit Lucien, et vous ne lui avez pas dit que
j'étais sorti justement pour me rendre chez lui?

— Je ne savais pas, fit le domestique. Monsieur
m'a quitté précipitamment sans me parler... M. Georges est resté quelques instants dans la chambre de
Monsieur, puis il est parti en disant qu'il reviendrait.

— Et il n'est pas revenu?

— Si, au bout d'une heure... Il est encore entré
dans la chambre de Monsieur, avec l'intention de
l'attendre, mais il a changé presque aussitôt d'avis
et il est ressorti.

Lucien n'attacha pas d'autre importance à ce renseignement. Dans sa pensée, Georges, qui, vers

cinq heures, avait déjà tenté de le voir pour lui
emprunter deux mille francs, et à qui il n'avait pu
les donner, était sans doute revenu faire une nouvelle tentative.

— Il voulait encore jouer, le malheureux ! se dit-il
en se rappelant les tristes confidences d'Henriette.

Sa toilette achevée, ses clefs dans sa poche, il
prit le chemin du boulevard Haussmann, et, quelques
instants après, il était assis dans son cabinet, à sa
place habituelle. Il lisait une longue lettre pleine
d'instructions, écrite d'Angleterre par M. Robins, lorsque le plus vieil employé de la maison, le père Cabart,
entra dans le bureau.

— Tiens ! à la besogne déjà ? dit-il en apercevant
son collègue. Je pensais que vous étiez justement
venu travailler hier soir, afin de pouvoir arriver plus
tard ce matin.

— Je n'ai pas travaillé hier soir, fit Lucien en
levant la tête.

— Comment ! Au moment où je passais sur le boulevard Haussmann, vers dix heures et demie, pour
rentrer chez moi, rue Mogador, je vous ai vu arrêté en
bas, devant la porte cochère et prêt à sonner... Je
vous aurais rejoint pour vous souhaiter le bonsoir,
si je n'avais pas accompagné ma femme et ma
fille.

— Vous avez pris une autre personne pour moi, dit négligemment Lucien, et, sans se soucier de prolonger cette conversation avec le père Cabart, qui ne lui était pas sympathique, il continua sa lecture.

— C'est singulier, fit le vieil employé en regagnant la pièce qui lui servait de bureau, je jurerais que c'était lui... Ma femme et ma fille l'ont aussi parfaitement reconnu... Cependant il ne peut avoir aucun intérêt...

Dans sa lettre, M. Robins annonçait son retour pour le lendemain, vers trois ou quatre heures de l'après-midi, tout en rappelant à Lucien un paiement de quatre-vingt mille francs à faire le matin. Il lui disait d'y consacrer diverses sommes encaissées par la maison et quarante mille francs qu'il avait retirés de la Banque, la veille de son départ pour Londres, afin qu'on pût parer pendant son absence à toutes les éventualités.

— Oui, c'est bien cela, fit Lucien, et j'ai plus qu'il ne me faut.

En même temps, comme il désirait s'absenter le reste de la journée, il s'approcha de sa caisse et l'ouvrit, afin de préparer les quatre-vingt mille francs nécessaires au paiement du lendemain.

Tout à coup, il pâlit et chancela.

Le grand portefeuille vert, dans lequel il renfermait d'ordinaire les billets de banque était vide.

Il saisit un autre portefeuille, celui des valeurs de toutes sortes, actions diverses, effets à négocier. Peut-être, par mégarde, y avait-il mis la veille ces liasses de billets de banque.

Elles n'y étaient pas.

Alors, fiévreux, les mains agitées, il fouilla dans tous les recoins de sa caisse, il la bouleversa de fond en comble.

Il ne trouva pas ce qu'il cherchait. Les titres, les rouleaux d'or, la monnaie d'argent, étaient intacts à leur place habituelle; mais il n'y avait aucune trace de billets de banque.

Est-ce qu'il se serait trompé dans ses calculs? Il consulta ses livres, son agenda de notes.

Il lui manquait cent dix mille francs en billets de la Banque de France.

Qu'était devenue cette somme? Qui l'avait prise et comment pouvait-elle avoir été prise?

Sa caisse n'était pas seulement fermée avec des clefs. Pour l'ouvrir, il fallait connaître le secret, le mot. Personne ne le connaissait à l'exception de M. Robins, et M. Robins était absent.

Alors, penché sur le coffre-fort, il étudia longtemps la serrure, le jeu des lettres. Tout fonctionnait comme d'habitude, avec la même facilité. On ne remarquait aucun désordre, aucune trace d'effraction.

VII

Seul dans son bureau, il réfléchissait profondément, et cherchait à deviner qui pouvait l'avoir volé.

Si l'on partait de ce principe qu'il n'existait aucune trace d'effraction, que la serrure, le jeu des lettres étaient intacts, on arrivait à reconnaître que le vol avait été commis par quelque familier de la maison. Une personne ayant accès dans le bureau et pouvant à la rigueur surprendre le secret de la caisse au moment où on l'ouvrait, s'était trouvée aussi en possession des clefs. Mais qui?

Il passa en revue tous les employés de M. Robins, l'un après l'autre, en se demandant lequel d'entre eux pouvait donner lieu à des soupçons.

Après un instant d'examen, il dut reconnaître qu'il n'y avait rien de suspect dans la conduite et les allures de ses collègues. En même temps, il se disait que, la veille, ils étaient tous partis avant lui, qu'il avait fait sa caisse après leur départ, vers cinq heures et demie. Remis de sa première terreur, aussi désespéré, mais plus calme, il se rappelait avoir compté les billets de banque, et les avoir enfermés dans le portefeuille.

Tout à coup, un autre souvenir lui revint. Il se trompait : tous les employés n'étaient pas partis. Il en restait un, le père Cabart. Justement, vers cinq heures et demie, il était venu demander un renseignement, et Lucien qui, après avoir formé le mot destiné à ouvrir le coffre-fort, s'apprêtait à introduire la clef, s'était retourné pour répondre... Le mot avait pu être surpris, en ce moment, par Cabart.

C'était infâme de soupçonner un homme irréprochable jusque-là, un père de famille, presque un vieillard ! Mais Lucien ne pouvait avoir, dans une telle situation, de ces scrupules, de ces délicatesses. Rien ne devait l'empêcher de faire son métier de juge d'instruction. Il continua.

Cabart était donc le seul employé de la maison qui pût connaître le mot de la caisse. Mais ce mot ne suffisait pas. Les clefs, comment serait-il parvenu à se les procurer ?

Après avoir obtenu le renseignement désiré, il

était parti, et Lucien, quelques instants après, avait aussi quitté le bureau, sa caisse fermée, ses clefs dans sa poche. En étaient-elles sorties?

Oui, puisqu'il venait de les retrouver sur la cheminée de sa chambre à coucher, où il les avait oubliées la veille. On pouvait s'en être servi de dix heures du soir environ au lendemain.

Qui? Son domestique?... Ce vieux serviteur, ancien valet de chambre de son père, et qu'il avait gardé en souvenir de lui? Et ces clefs, quel usage en aurait fait cet homme qui ne connaissait pas le secret de la serrure?

Était-il donc le complice de Cabart, ou bien Cabart, déjà en possession du mot, se serait-il introduit dans l'appartement pour voler les clefs? Il aurait donc deviné que Lucien, après être rentré chez lui, sortirait aussitôt et les oublierait sur la cheminée? Quelle folie!

Le domestique, du reste, n'avait ouvert à personne, n'avait vu personne.

Si. Georges! Georges, vers dix heures et demie du soir, avait pénétré jusque dans la chambre à coucher... Eh bien, après?... Lucien allait-il donc maintenant soupçonner son frère?

Du reste, on pouvait appliquer à Georges le même

raisonnement qu'au domestique : en admettant qu'il eut les clefs, il n'avait pas le mot.

Il pouvait l'avoir. Quelques instants après le départ de Cabart, Georges était venu voir Lucien, et en ce moment les lettres n'avaient pas été encore dérangées; elles formaient toujours un mot visible, apparent.

Ainsi Georges pouvait à la fois connaître le secret de la caisse, et avoir eu les clefs en sa possession.

Lucien quitta sa place devant le pupitre et se mit à marcher rapidement, furieux contre lui-même d'oser mêler le nom de son frère, à cette affaire, à ce vol. « Du reste, se disait-il, ces clefs, si on me les avait prises, comment les aurais-je retrouvées le matin sur ma cheminée? » Mais, à cette objection, la réponse était facile : Georges avait pénétré deux fois dans sa chambre, au dire du vieux domestique. Une première fois, à dix heures et demie; puis trois quarts d'heure ou une heure après. Il avait pu ainsi s'emparer des clefs à la première visite et les rapporter à la seconde.

Ah! quelle infamie! quelle infamie! S'arrêter à de pareilles idées! Ne pas avoir la force de les chasser!

Et, plus il faisait d'efforts pour les éloigner, pour les écarter, plus elles s'imposaient nettement, violemment. A chaque instant aussi, quelque nouveau souvenir jaillissait.

Cabart n'affirmait-il pas qu'il avait vu Lucien, la veille au soir, vers dix heures et demie, sur le boulevard Haussmann, prêt à monter à son bureau? Comment l'avait-il vu, puisque ce n'était pas lui ?

Mais Georges lui ressemblait, avait sa taille. On prenait souvent les deux frères l'un pour l'autre.

A ces souvenirs venaient se joindre toutes les confidences d'Henriette: Georges était joueur; depuis un an, il avait perdu au jeu toute sa fortune.

Et puis, cette nuit passée tout entière dans un cercle, tandis que sa femme se mourait, et lorsqu'il savait qu'elle se mourait!

Plus tard, cette prostration, cet anéantissement! De la douleur, du désespoir peut-être? Non, non, il y avait de la crainte, de la terreur dans le regard.

Enfin, ce réveil soudain, ce cri : Tu vas à ton bureau! Pourquoi avait-il peur que son frère se rendît à son bureau, ouvrît sa caisse?

Ah! maintenant Lucien n'essayait même plus de violenter sa pensée, de refouler les idées terribles qui l'envahissaient. Il était débordé par elles, englouti, écrasé sous leur poids. Et cependant, il ne s'avouait pas encore vaincu, il se défendait encore, ou plutôt il défendait son frère. C'était lui-même qu'il condamnait, qu'il méprisait pour ses injurieuses pensées, pour ses soupçons.

Il souffrait horriblement. En vérité, c'était trop de coups à la fois, en si peu de temps, dans l'espace de quelques heures ! L'agonie, puis la mort d'Henriette !... Sa caisse volée, cette caisse confiée à sa garde et dont il était responsable.

Et son frère, son frère qu'il chérissait !

Ah ! il lui fallait de l'air, du mouvement, du bruit, pour oublier, ne fût-ce qu'un instant, pour rentrer en possession de lui-même. Il étouffait dans ce bureau, en face de cette caisse vide. S'il restait là plus long-temps, il finirait par perdre la tête et par crier : « On m'a volé, on m'a volé ! » Et si on retrouvait le voleur, si c'était...

Il fallait réfléchir, se décider, avec calme.

Alors, essayant de reprendre le cours de sa vie où il l'avait laissée avant sa fatale découverte, il remit dans sa caisse chaque chose en place, la ferma, rangea ses livres méthodiquement, comme d'habitude, essaya de se faire un visage reposé, tranquille, et se rendit dans le bureau de Cabart.

— Tout à l'heure, fit-il d'une voix qu'il essayait d'affermir, j'ai oublié de vous dire que j'étais obligé de m'absenter aujourd'hui. Veuillez me remplacer, si quelqu'un demandait à me voir ou à parler à M. Robins.

— Est-ce que vous ne viendrez pas demain ? demanda Cabart.

— Pourquoi ne viendrais-je pas ? fit-il d'une voix brève, en rougissant malgré lui.

— Oh ! je disais cela pour vous obliger... Si vous aviez voulu prendre un jour de congé de plus, je vous aurais remplacé ; je connais toutes les affaires de la maison... M. Robins m'a trouvé trop vieux pour m'élever à la position de caissier, ajouta-t-il avec aigreur. Il vous a préféré parce que vous étiez plus jeune. Mais j'ai aussi sa confiance, et je sais que demain...

— Quoi, demain ?

— Nous avons un paiement à faire à la maison Borel et Cᵉ... J'aurais pu m'en charger... si vous aviez laissé toutefois les clefs de votre caisse.

— C'est inutile, puisque je viendrai demain, fit Lucien en se retirant.

Chacun des mots que venait de prononcer Cabart, et qui étaient cependant tout naturels, l'avait atteint au cœur. Il lui semblait qu'on connaissait déjà son désastre.

Il passa dans un autre bureau, donna quelques

instructions aux employés qui s'y trouvaient réunis
et sortit enfin.

Le grand air, la marche lui firent du bien. Il vit
avec plus de sang-froid la situation. Ses devoirs lui
apparurent plus nettement tracés. Le premier de
tous, n'était-il pas d'envoyer un télégramme à M. Robins, en le priant de se rendre immédiatement à
Paris ? Dès son arrivée, il lui ferait part de la ca-
tastrophe survenue, et, de concert avec lui, il pren-
drait les mesures nécessitées par les circonstances
présentes. En attendant l'arrivée de M. Robins, tout
ne lui conseillait-il pas aussi de se rendre chez un
commissaire de police et de déposer une plainte ?

Sans aucun doute ; il n'avait que trop tardé à remplir ces devoirs.

Cependant cet homme, droit, scrupuleux, intègre,
cet honnête homme enfin, hésitait, hésitait encore,
hésitait toujours... Il avait peur. Malgré lui, malgré
tous ses efforts pour combattre cette idée, quelque
chose lui criait que, s'il envoyait ce télégramme,
s'il portait cette plainte, il livrait son frère.

Alors, sans vouloir réfléchir davantage, il résolut
de retarder d'une heure les deux démarches pro-
jetées et d'aller trouver immédiatement Georges,
d'avoir un entretien avec lui, de savoir à quoi s'en
tenir.

Comme, tout en songeant ainsi, il avait remonté
une grande partie du boulevard Haussmann, il
s'élança dans une voiture et se fit conduire rue Caumartin.

VIII

Pendant ce court trajet, Lucien se reprochait déjà
la démarche qu'il avait résolu de faire auprès de
Georges.

Quoi ! sur de vagues indices, à la suite de quelques folles pensées, il allait porter de nouveaux trou-
bles, de nouvelles douleurs, dans cette maison en
deuil, et, sans respect pour cette morte, sans attendre qu'elle fût ensevelie, il s'apprêtait à injurier
par ses questions, par ses soupçons, celui qu'elle
avait aimé, celui qui, sans doute maintenant priait,
agenouillé près de son lit. Toute son affection, tout
son amour et, en même temps, toutes ses faiblesses
pour son frère, lui revenaient.

Dès que la voiture fut arrêtée, il s'élança vers la
maison et gravit les trois étages. Il entra dans l'ap-

partement, traversa le salon désert, doucement, sur la pointe des pieds, et se dirigea vers la chambre à coucher.

Deux personnes seulement s'y trouvaient : Mme Petithomme assise, Suzanne à genoux. La jeune fille vit son oncle, se leva, et lui montrant la morte :

— Regardez, comme elle est belle !... On dirait qu'elle repose et qu'elle va nous parler.

Lucien regarda pieusement ce corps, qui dans sa rigidité se dessinait nettement sous le drap blanc transformé en linceul ; il contempla ce visage à qui la mort avait rendu toute sa sérénité. Puis, pressant Suzanne sur son cœur :

— Où est ton père ? demanda-t-il.

— Je ne sais pas, fit-elle ; je suis toute à ma mère.

Elle le quitta, et alla reprendre sa place à genoux, devant le lit, les yeux fixés sur la chère morte, essayant de graver dans son esprit, pour toujours, pour la vie, les traits de celle que bientôt elle ne devait plus revoir.

Mme Petithomme avait entendu la question de Lucien. Elle le rejoignit et lui dit :

— Ce matin, aussitôt après votre départ, M. Georges s'est retiré dans sa chambre... Nous ne l'avons plus revu.

4

— Merci, fit Lucien, et il se dirigea vers la chambre de son frère.

« Il a voulu être seul pour pleurer », se disait-il.

Il le plaignait. Il ne l'accusait déjà plus. La vue d'Henriette, le grand repos de cette chambre mortuaire l'avaient comme attendri ; ses derniers soupçons s'étaient évanouis. S'il rejoignait Georges maintenant,. c'était pour le consoler, pour pleurer avec lui, pour lui parler peut-être aussi du vol, du malheur qui l'atteignait personnellement ; mais, sans le mettre en cause.

Arrivé devant la porte, il frappa légèrement afin d'indiquer qu'on entrait, et, sans attendre de réponse, il tourna le bouton de cuivre.

La porte ne s'ouvrit pas ; elle était fermée intérieurement.

Alors, il frappa plus fort, en disant :

— C'est moi ! c'est moi Lucien.

On ne répondit pas à cet appel.

Il colla son oreille contre la porte. Un silence complet régnait dans la chambre.

Qu'est-ce que cela voulait dire ? Pourquoi Georges n'ouvrait-il pas, puisqu'il était chez lui ?

Lucien eut peur. Un accident serait-il arrivé à son frère. Ah ! on pouvait tout redouter. Henriette

ne venait-elle pas d'être enlevée en quelques instants, presque à l'improviste ?

De son esprit enfiévré surgit en même temps une
autre terreur. Si Georges, frappé par la mort inat-
tendue de sa femme, se reprochant de l'avoir pro-
voquée par sa conduite, dans un moment de folie,
d'égarement, s'était tué ?

Et, pendant que ces pensées lui traversaient l'esprit, Lucien frappait toujours, appelait toujours.

Même silence, un silence de mort... comme dans
l'autre chambre.

Tout à coup il s'aperçut que la clef placée à l'intérieur avait été tournée de telle sorte qu'on pouvait
voir par le trou de la serrure.

Il se baissa, s'agenouilla presque et regarda.

Sur le lit placé juste en face la porte d'entrée,
Georges était étendu, tout habillé, les jambes à moitié pendantes.

Mais aucun drame ne s'était passé dans sa chambre... Il dormait simplement, prosaïquement, d'un de
ces lourds sommeils que rien ne peut troubler.

Lucien se redressa. Le spectacle qu'il venait de
surprendre n'avait rien que de très ordinaire. Son
frère, après une nuit passée au jeu, plusieurs nuits
peut-être, se reposait de ses fatigues. Mais Lucien,
qui croyait le trouver, au contraire, plongé dans ses

pensées, livré à ses douleurs, éprouvait une sorte de
déception, d'écœurement à le voir ainsi.

Quoi! A peine sa femme était-elle morte, qu'il songeait à dormir! Non content de ne lui avoir pas dit
adieu, il se refusait à la veiller, à passer auprès
d'elle les quelques heures qui le séparaient de l'en-
sevelissement. Quelle indifférence! Quelle ingrati-
tude! Quelle légèreté de cœur! Et, pendant qu'il se
disait ces choses, les pensées qui l'avaient autrefois
assailli lui revenaient, les soupçons renaissaient, à
son insu, malgré lui.

Il frappa de nouveau à la porte, cette fois avec
violence, avec colère, du poing, des pieds, honteux
de faire tant de bruit dans cet appartement où le
silence aurait dû régner, mais décidé à vaincre ce
sommeil qui lui répugnait, qu'il trouvait indécent.

Enfin, une voix cria :

— Qui va là? qu'y a-t-il?

— Ouvre! ouvre! répondit Lucien; dépêche-toi
d'ouvrir!

Et il frappait plus fort, sans s'arrêter, de peur que
son frère ne se rendormît, et que son entretien avec
lui ne fût encore retardé.

Quelques secondes s'écoulèrent, des pas résonnè-
rent sur le parquet, une clef tourna dans la serrure,
et la porte s'ouvrit.

Lucien entra, referma la porte avec soin, car ce qu'il allait dire ne pouvait être entendu de personne, et s'adressant à Georges, qui se tenait debout, mal affermi sur ses jambes, et balbutiait une excuse :

— Ouvre la fenêtre, prends l'air un instant, lui dit-il. Il faut que tu recouvres tes esprits pour la conversation que nous allons avoir ensemble.

Georges obéit machinalement. Quand, après avoir fermé la croisée, il se retourna du côté de son frère, il était très pâle et un léger tremblement nerveux agitait ses lèvres. Il reprenait sa vie où elle était restée avant le sommeil; la mémoire lui revenait, et avec elle, la crainte peut-être.

Lucien, presque aussi pâle que lui, car l'attitude de Georges et tout ce qu'il voyait, depuis un instant, l'affermissaient dans ses soupçons, dit aussitôt d'une voix brève, pressée, un peu dure :

— Où étais-tu, cette nuit, pendant que ta femme t'appelait et se mourait ?

— Où j'étais !... fit-il en balbutiant... Mais M. Petithomme, qui m'a trouvé, a dû te l'apprendre.

— Non... Mais je le devine... Tu étais dans quelque cercle... tu jouais... Je sais que tu es joueur.

Georges baissa la tête sans répondre. Devant une affirmation aussi précise, il trouvait sans doute inutile de nier.

4.

Lucien reprit en le regardant bien en face :

— Avec quel argent pouvais-tu jouer ? Tu n'en avais pas, puisque tu es venu vers cinq heures, à mon bureau, me prier de t'en prêter, et que je n'ai pas pu t'en donner.

— Un de mes amis m'en a prêté.

— Quel ami ? Dis-moi son nom ?

— Mais... pourquoi me demandes-tu cela ? fit-il avec une certaine assurance... En vérité, je ne comprends ni ces questions, ni le ton dont tu les fais... Je n'admets pas...

— Tu n'admets pas... qu'est-ce que tu n'admets pas ? fit Lucien presque violemment. Tu n'admets pas que je te pose des questions, que je t'interroge... moi ! Tu oublies donc que tu n'es pas mon frère... Tu es mon enfant, je t'ai toujours servi de père... et un père a bien le droit d'interroger son fils, de se renseigner sur sa conduite... Ah ! je n'ai été que trop indulgent pour toi jusqu'ici... Par ma faiblesse, j'ai encouragé ton existence oisive, mondaine, ta vie de désordre... Quand je pense que je t'ai permis d'ajouter à notre nom de Lecomte, celui de Bussine, découvert dans un vieux parchemin de famille... et qu'un jour, profitant d'une erreur facile à commettre, lorsqu'on joint les deux noms, tu as laissé prendre

le tien pour un titre et souffert qu'on t'appelât le
comte de Bussine, tandis que je m'appelle toujours
Lecomte... Mais ce n'est pas de cela qu'il s'agit en
ce moment... Je perds un temps précieux... Ah!
c'est qu'aussi, malgré moi, je retarde le moment...
Voyons, tu ne veux pas me dire qui t'a prêté de
l'argent ? Soit... Mais on t'en avait prêté, dis-tu ?
Alors pourquoi t'es-tu rendu chez moi, à dix heures
du soir ? Pourquoi, ne m'ayant pas trouvé, es-tu
revenu ?... Le temps presse, défends-toi.

— Me défendre. De quoi ? pourquoi me défendrai-
je ?

Lucien le regarda, eut comme un vague espoir, et
voulut en finir, d'un coup, brusquement :

— On a volé ma caisse ! s'écria-t-il... Ce n'est pas
toi, n'est-ce pas ?... Ça ne peut pas être toi ?

— Non, certes... Comment peux-tu supposer ? Qui
donc a osé m'accuser ?

— Personne ! personne !... Ah ! je suis heureux
que tu te défendes, que tu protestes... Alors je puis
aller déclarer ce vol, faire rechercher le voleur, tu
ne cours aucun danger ?

— Non... aucun.

— C'est bien... Je te quitte alors... Je n'ai que
trop attendu... Je vais chez le commissaire de police.

En même temps il se dirigeait vers la porte.

Mais, comme il l'atteignait, Georges fit un mouvement pour l'arrêter.

Il s'en aperçut, et lui saisissant le bras :

— Ah ! c'est toi qui m'a volé !

IX

Après avoir porté contre son frère cette terrible accusation, Lucien s'arrêta. Il espérait peut-être encore que Georges allait protester, se récrier, et, fort de son innocence, emporté par la colère, répondre par une insulte à celle qu'on venait de lui faire. Mais Georges resta immobile et muet, non pas étourdi par un coup inattendu, mais comme accablé du poids de son crime.

— Ah ! malheureux, malheureux, malheureux ! fit Lucien, et ce mot trois fois répété s'appliquait aussi bien à lui-même qu'à son frère.

En même temps, il portait les mains à sa tête, il se voilait le visage pour cacher sa douleur, sa honte.

Puis, voyant que Georges continuait à garder le silence, il s'écria :

— Mais au moins, parle, dis-moi comment tu en es arrivé à commettre une telle action. Que s'est-il passé en toi?... Je ne saurais t'excuser, t'absoudre... Mais si je pouvais au moins comprendre...

— Ah! fit Georges tout à coup, comment comprendrais-tu, comment expliquerais-je ce que je ne comprends pas, ce que je ne m'explique pas moi-même?... Cette mauvaise action... ce crime... je ne l'ai pas prémédité, je le jure... et j'en suis encore à me demander, à ignorer comment j'ai pu le commettre!

Il s'arrêta. Mais, du regard, son frère semblait lui ordonner de continuer, et il reprit, pressé, haletant :

— C'est vrai... Depuis deux années bientôt, je suis devenu joueur... L'entraînement, la vanité, l'affolement, la fièvre d'être riche et de le devenir en peu de temps... et plus tard, l'impérieux désir de vaincre cette déveine qui s'acharnait après moi... Ah! il est possible de s'arrêter dans le gain, de compter ses richesses, de les enfermer et de se dire : « Je n'y touche plus; j'en ai assez. Je ne demande plus rien autre chose. » Mais, lorsqu'on perd toujours, que peu à peu toute une fortune s'est engloutie, qu'on s'est ruiné, qu'on a ruiné les siens..... alors on veut encore essayer; on se dit : La déveine se lassera peut-être de me poursuivre, pourquoi ne me relèverais-je pas comme tant d'autres?... Pourquoi ne reprendrais-je pas mon bien à ceux qui m'ont dépouillé ? »

Assis en face de lui, le regardant droit dans les yeux, Lucien l'écoutait toujours sans l'interrompre. Cet homme qui n'avait jamais eu au monde qu'une seule passion : celle du dévouement, du sacrifice, observait avec une sorte d'étonnement, d'intérêt, peut-être, le tableau nouveau pour lui qu'on déroulait sous ses yeux. Sévère pour lui-même, mais indulgent aux autres, il en arrivait presque à comprendre les vices qu'il ne pouvait avoir.

Georges continuait :

— J'ai lutté, longtemps lutté, gagnant parfois un jour, pour reperdre le lendemain, me relevant pour retomber plus bas... Bientôt je ne possédais plus rien ; mais j'empruntais à droite, à gauche, pour jouer, toujours jouer... Hier matin, avant-hier peut-être... je ne mesure plus le temps, je ne sais plus comment il s'écoule... je dus reconnaître que j'avais épuisé même mon crédit... et cependant tout me disait, tout me criait que la déveine avait cessé, que j'allais regagner, que la fortune enfin, comme le soleil, s'était levée ce jour-là pour moi.

C'est alors que j'eus l'idée de te demander

quelques mille francs. Jusqu'alors, je n'avais pas osé... j'avais trop peur d'éveiller les soupçons, de t'apprendre que j'étais joueur.

Je te trouvai à ton bureau, je te fis ma demande... Tu m'avouas être très gêné toi-même en ce moment, et dans l'impossibilité de me satisfaire... Tout en me parlant, tu rangeais ta caisse, tu comptais une liasse de billets de banque, tu l'enfermais dans un portefeuille... J'y prenais à peine garde et je te jure que je n'avais alors aucune mauvaise pensée... Mais, tout à coup, mes yeux se portèrent sur la serrure de la caisse, et les quatre lettres du secret m'apparurent nettement.

Tu sais, aussi bien que moi quel mot elles formaient... le mot : gain.

Ah! pourquoi le hasard t'avait-il fait le choisir?

Le hasard! il ne se lasse donc pas de me poursuivre!... Après m'avoir ruiné, il m'a déshonoré.

Comprends-tu l'effet que devaient me produire ces quatre lettres, ce mot, dans les dispositions d'esprit où je me trouvais, superstitieux comme le sont la plupart des joueurs, surtout les joueurs malheureux?

C'était ta caisse, toi-même en qui j'ai toujours cru, toi, mon ange gardien, ma bonne étoile, qui venais me dire : « Tu ne t'étais pas trompé, tu gagneras ce soir. »

Il s'arrêta pour reprendre haleine. Un grand silence régna dans la chambre. Puis, continuant :

— Un instant après, nous sortions et, comme ton bureau était désert, que tous les employés étaient partis depuis longtemps, tu fermas la porte d'entrée avec une clef prise dans le trousseau où se trouvaient déjà les clefs de la caisse.

Oh! je ne fis pas alors toutes ces remarques! Ce fut plus tard, plus tard seulement... Tu m'offris de dîner avec toi. Je refusai... Je voulais encore chercher la somme dont j'avais besoin, pour vaincre cette fois, pour asservir enfin la fortune.

Je ne trouvai pas... Mon crédit était bien mort.

Vers huit heures et demie, j'entrai chez Bignon... Je mangeai à peine. Mais j'avais soif, très soif; la fièvre sans doute... et je dus boire beaucoup, beaucoup trop pour moi, qui suis sobre d'habitude... Lorsqu'à dix heures, je me levai de table, l'idée qui me poursuivait depuis si longtemps était devenue fixe, impérieuse... Je voulais de l'argent, de l'argent... afin de courir au Cercle, et de leur reprendre d'un coup tout ce que je leur avais donné, tout ce que je leur avais laissé!

Alors, je songeai à retourner chez toi... Je ne m'étais peut-être pas montré assez pressant dans la journée... Si j'insistais, si je te suppliais, tu me donnerais certainement une somme, une somme quelconque... A défaut d'argent, tu me remettrais une valeur, un titre, qu'on m'échangerait au Cercle contre des billets de banque.

Tu venais de sortir, mais je résolus de t'attendre, et ton domestique me fit entrer dans ta chambre.

J'étais assis depuis quelques instants, lorsque sur la cheminée, m'apparut ton trousseau de clefs... ce trousseau où se trouvaient réunies et les clefs de la caisse et les clefs du bureau. Le hasard, encore le hasard, te les avait fait oublier!

Et je me disais : « Mais tout te favorise, tout t'ordonne de jouer !... Jamais la veine n'a été aussi marquée, aussi indiquée... Cette caisse, après l'avoir livré ses secrets, s'ouvre en quelque sorte d'elle-même devant toi, t'offre ses billets de banque. Prends-les, prends-les donc !... Tu joueras avec eux, tu gagneras, puisque c'est le hasard qui te les donne... Et dans quelques heures, dans quelques instants peut-être, lorsque tu seras riche, très riche, tu iras les rapporter, les remettre à leur place... C'est seulement un emprunt qui ne fera de tort à personne, et qui t'enrichira. Ah! la tentation était terrible !

J'ai obéi à ces voix intérieures qui grondaient en moi, à ces voix plus fortes que la conscience... J'ai pris les clefs, je me suis élancé vers le boulevard

I   5

Haussmann..., j'ai ouvert le bureau, la caisse... je me suis emparé d'une liasse de billets de banque, sans compter. Qu'importait ! puisque, avant une heure, ils allaient se décupler dans mes mains... Et, je suis allé jouer !

Ah ! c'est infâme ! c'est infâme ! je le reconnais... Mais, j'étais ivre... ivre de vins... ivre de désirs, d'espérances,... affolé par ma fatale passion... et certain, certain de gagner, de restituer !

Cette fois, il s'arrêta, épuisé, hors d'haleine.

Lucien jeta sur lui un long regard de pitié. Puis, au bout d'un instant, il lui dit à voix basse, sans colère, sans amertume, d'une voix profondément triste :

— Lorsqu'on est venu t'apprendre que ta femme se mourait, qu'elle te demandait, il me semble que cette ivresse aurait dû cesser.

— Oui, oui, c'est vrai, et elle a cessé... J'ai vu clair dans ma situation.

— Alors, pourquoi n'as-tu pas quitté le jeu, pourquoi n'es-tu pas accouru auprès de celle qui t'a tant aimé ?

— Ah ! c'est qu'alors j'avais déjà perdu une partie de la somme qui t'appartenait... Je ne luttais plus pour m'enrichir : je luttais pour ne pas être découvert, perdu... et pour ne pas te perdre avec moi...

Oui, je voyais clair... Je comprenais l'horreur de mon crime, j'étais épouvanté de ses conséquences.

— Et tu jouais toujours, tu jouais tandis qu'elle se mourait.

— Non! te dis-je, je ne jouais pas, je combattais en désespéré... Je ne jouais plus de l'argent, je jouais mon honneur, ma liberté, ma vie... Henriette se mourait; c'est vrai, mais je craignais encore plus ses reproches que sa mort... Je la voyais, droite devant moi, pâle, échevelée, me criant : Tu as volé ton frère! Tu as déshonoré ta fille !

Après un nouveau silence, Lucien laissa tomber ces mots :

— Cette lutte a été inutile, n'est-ce pas?

— Inutile, fit Georges sourdement.

— Sais-tu au juste quelle somme tu as perdue?

— Non, je ne sais pas.

— Je le sais à peu près, moi, car il manque cent dix mille francs dans ma caisse.

Et, comme Georges ne répondait pas, Lucien ajouta, par acquit de conscience, sachant à l'avance la réponse qu'on allait lui faire :

— Il ne te reste rien de cette somme ?

— Rien.

— Et tu ne connais personne au monde, personne

qui puisse, non pas te la prêter, mais nous la
prêter ?

Il réfléchit un instant, et dit :

— Non, personne.

— Alors, je vais chercher de mon côté... Je
n'ai malheureusement que quelques heures, et si
demain matin...

Il s'arrêta. Ce grand cœur n'admettait pas les
menaces, les récriminations, les reproches inutiles.

Avant de sortir, il dit seulement à son frère :

— Va prier dans la chambre mortuaire, et demande à celle qui n'est plus de te pardonner ton
crime... et d'avoir pitié de nous.

X

Lorsqu'il eut rendu compte à Lucien des différentes démarches faites depuis le matin, Cornélius
Petithomme monta deux étages pour rejoindre sa
femme, qui s'était retirée dans son petit appartement.

Il n'entra pas cependant chez lui aussi vite qu'on
aurait pu le supposer. Au lieu d'ouvrir lui-même la

porte avec sa propre clef, il dut sonner et attendre.
Au bout d'un instant, on entendit des pas dans l'appartement et la voix puissante de Césarine cria :

— Qui est là ?

— C'est moi, Cornélius, fit M. Petithomme avec
sa voix de fausset.

Comme si cette question et cette réponse ne suffisaient pas, un petit guichet grillé, pratiqué dans la
porte, s'ouvrit intérieurement pour permettre à Césarine de regarder au dehors.

Ce fut seulement lorsqu'elle eut reconnu son mari,
lorsqu'elle fût persuadée qu'aucun inconnu, aucun
malfaiteur, n'avait imité sa voix pour se faire ouvrir,
qu'elle décrocha une chaîne de sûreté, fit jouer
trois verroux, donna deux tours de clef et permit
enfin qu'on pût pousser la porte.

Pourquoi de telles précautions, en plein jour, en
plein cœur de Paris, dans une maison parfaitement
habitée ? Césarine craignait-elle donc les amoureux,
et prenait-elle, en l'absence de son mari, de formidables précautions ? C'était improbable : malgré la
bonne opinion qu'elle pouvait avoir d'elle-même,
Césarine, à cinquante ans, avec sa grosse tête et
son corps exigu, devait être à l'abri de toute tentation audacieuse.

Elle redoutait donc les voleurs ?

Les voleurs à ce cinquième étage, dans ce petit logement composé de trois pièces : une cuisine microscopique, une salle à manger dont on avait fait un salon, et une chambre à coucher ! De prime abord, les voleurs étaient aussi improbables que les amoureux. Qu'auraient-ils volé, grand Dieu ! Ce n'était certainement pas ce mobilier d'une simplicité toute monastique, ni cette vaisselle primitive, ni ces couverts d'étain, ni cette garde-robe plus que modeste.

Evidemment. Mais, dans la salle à manger-salon, entre les deux croisées, scellé dans la muraille, apparaissait un gigantesque coffre-fort. Et, alors, toutes les précautions s'expliquaient, se justifiaient. On mettait le coffre-fort à l'abri des indiscrets et des malveillants ; on l'entourait d'obstacles infranchissables. Que renfermait-il donc de précieux ? Quelles richesses pouvait posséder ce ménage de petits bourgeois, presque d'artisans ? De nombreuses actions de chemins de fer, des obligations de toutes sortes, des coupons de rentes françaises et étrangères, d'excellentes valeurs diverses, parfaitement cotées. Ceci demande une explication.

Grâce à la haute protection de M. Lecomte, père de Georges et de Lucien, chef de division dans un ministère, M. Petithomme, tout jeune alors, avait

été nommé garçon de bureau. Avec sa grande
taille, sa superbe prestance, il représentait admirablement, et on l'aurait élevé à la dignité d'huissier, si sa voix avait été plus forte. En effet,
comment admettre, qu'après avoir ouvert la porte
du ministre ou du chef de division, ce grand homme
criât de sa petite voix de tête : « M. X... député
de Seine-et-Oise! » On aurait ri, et la dignité
officielle en eût souffert.

Mais, comme garçon de bureau, comme huissier
muet, M. Petithomme était d'une réelle utilité.
Lorsque son chef se décidait à ne pas recevoir, Cornélius n'avait qu'à s'arc-bouter devant la porte, et
aucun solliciteur ne se serait avisé d'enfreindre la
consigne. A la vue de ce colosse, les plus auda-
cieux, les plus entreprenants, ceux qui trouvent toujours moyen de se faufiler partout, en repoussant
doucement les gardiens, n'osaient s'avancer et recu-
laient épouvantés. Le garçon de bureau ressemblait
à un de ces gros dogues, de ces molosses inoffensifs,
qui n'ont jamais mordu personne, mais dont l'aspect
seul intimide et fait hésiter les voleurs.

Les fonctions éminemment utiles que remplissait
M. Petithomme rapportaient, gratifications, étrennes
comprises, de douze à quinze cents francs, et, comme
sa femme se consacrait aussi de son côté à des tra-

vaux de lingerie, le ménage était fort à son aise. Cornélius et Césarine se faisaient même honneur de leur petite fortune relative. Ils réunissaient parfois à leur table de bons voisins, et souvent se donnaient le plaisir de prêter quelque argent à un ami dans l'embarras.

Il arriva que tout changea : le Crédit Foncier de France en fut cause. Sur leurs économies, M. et Mme Petithomme avaient achetéune obligation de cette grande entreprise financière, une simple obligation de 500 francs. Ils la gardèrent en portefeuille pendant dix-huit mois environ, se contentant de toucher leur modeste dividende. Puis, un jour, un beau jour, ils furent avisés que le numéro de leur obligation était sorti, et qu'ils avaient gagné un gros lot, un lot de 100,000 francs.

Cent mille francs ! Cent mille francs à eux qui n'avaient jamais possédé que cinq cents francs à la fois.

Généreux comme ils l'étaient, on pouvait supposer qu'ils allaient faire mettre des rallonges à la table de leur salle à manger, et tenir leur bourse grande ouverte à la disposition de leurs amis. Bien au contraire : ils n'offrirent plus un seul dîner, ils n'eurent même plus de bourse. Leur premier succès les avait mis en appétit. Ils ne vivaient plus que pour acheter des obligations nouvelles, gagner de nouveaux lots. Avec la fortune, leur était venu l'âpre désir d'acquérir d'autres richesses. Généreux, prodigues dans la pauvreté, dans l'opulence ils devenaient avares.

M. Petithomme donna sa démission au Ministère, rendit son uniforme, non pas qu'il dédaignât ses appointements,... il ne les avait jamais tant aimés ;... mais il voulait se consacrer tout entier à la gérance de sa fortune. On ne voyait que lui à la Bourse, interrogeant chacun, pénétrant dans tous les groupes qui s'ouvraient intimidés à son aspect. Il achetait, revendait, et, comme ses opérations se faisaient toujours au comptant, comme rien ne l'empêchait de garder en portefeuille jusqu'au jour de la hausse les valeurs qui étaient en baisse, peu à peu ses cent mille francs s'arrondissaient, grossissaient, faisaient boule de neige.

Le hasard, qui décidément favorisait Cornélius et Césarine, les avait conduits à prendre un logement rue Caumartin, dans la maison de Georges, et Lucien Lecomte eut souvent l'occasion de les rencontrer. Il était alors coulissier, très au courant de toutes les affaires de Bourse, et ce fut pour lui un véritable plaisir de donner de bons conseils, d'utiles renseigne-

5.

ments à ce brave Petithomme, autrefois le protégé
de son père au Ministère.

L'existence restreinte maintenant, l'avarice du
ménage Petithomme, n'allaient pas cependant jusqu'à leur faire oublier que la nature a des droits et
ordonne plusieurs repas par jour. Les gens écono-
mes peuvent en diminuer le nombre, mais il leur est
interdit, malgré leurs désirs, de les supprimer complètement. Aussi, en rentrant chez lui, Cornélius, qui
était en course depuis le matin, réclama-t-il son premier repas.

— Est-ce que tu ne trouves pas, lui fit observer sa
femme, qu'il est encore bien tôt pour dîner ?

— Pour dîner, oui, répliqua timidement Cornélius...
Mais, pour déjeuner, il est tard... l'heure est même
passée.

— Alors, si elle est passée, reprit Mme Petithomme,
nous ne devons pas nous mettre à table ; ce serait de
l'irrégularité, du désordre.

— Sans doute, sans doute, chère amie ; mais soyons
désordonnés pour aujourd'hui, parce que, vois-tu, j'ai
l'estomac d'un creux, d'un creux...

— Oh ! tu es toujours comme ça... tu as toujours faim... Je ne sais pas où tu mets tout ce que tu
manges.

— Là-dedans, là-dedans, fit Cornélius, en frappant avec orgueil sur son gigantesque estomac.

— Le fait est qu'avec un coffre comme celui-là... Tiens, tu finiras par nous ruiner... Quand on est bâti comme toi, on devrait manger au restaurant ; tant pis pour les restaurateurs... c'est leur affaire.

Ce ménage, si étroitement uni, avait maintenant, depuis que la fortune était survenue, des discussions de ce genre. Cette petite femme exiguë, qu'un rien nourrissait, ne pardonnait pas à Cornélius de se nourrir d'après sa capacité, et Petithomme, pour cela seulement, avait des résistances. Il sentait qu'en entrant dans la voie des concessions on finirait, peu à peu, par ne rien lui donner à manger, et il combattait, il luttait pour son estomac, malgré ses habitudes d'obéissance passive.

Cette fois cependant, il avait si faim qu'il crut prudent de ne pas répliquer ; Mme Petithomme aurait voulu avoir le dernier mot, et le repas, si désiré s'en serait trouvé retardé. En silence, il se contenta de jeter des regards suppliants sur le buffet, et Césarine, qui aimait son colosse de l'amour des naines pour les géants, eut un moment de faiblesse et mit le couvert.

Cette opération fut des plus courtes. Bientôt les

deux époux prirent place devant les restes d'un poulet entamé trois jours auparavant.

— Encore ! ne put s'empêcher de s'exclamer Petithomme.

Et il ajouta doucement, timidement :

— Il n'y a plus rien là-dessus !

Césarine jeta d'abord un regard courroucé sur son mari, dont elle trouvait l'observation déplacée ; puis, ses yeux s'abaissèrent sur l'unique plat qu'elle venait de servir, et une voix intérieure lui cria qu'en effet il n'était pas abondant. Mais, ne voulant pas avoir l'air de céder, elle dit à Cornélius :

— Si tu as encore faim, je te servirai une bonne tasse de café... Rien ne soutient comme le café.

Cette séduisante promesse lui donna le courage de lutter contre le poulet. Il le taillada dans tous les sens, pour lui arracher un dernier lambeau de chair. Il prit sa carcasse à pleines mains et à pleines dents et s'escrima contre elle. Cette bataille acharnée dura longtemps, car l'ennemi se dérobait à ses coups. Bientôt, Césarine s'écria :

— Tu manges depuis une demi-heure, c'est indécent !

— J'ai fini, j'ai fini, ma bonne amie, répliqua-t-il ; tu peux me donner le café.

— Quel café ? fit-elle.

— Celui que tu m'as promis.

— Je te l'ai promis pour t'encourager à manger ce reste de poulet. Maintenant qu'il est mangé, tu n'as plus besoin d'encouragement.

— C'est juste, fit Petithomme, frappé par la justesse de ce raisonnement.

En ce moment, on entendit sonner à la porte d'entrée.

XI

Après avoir rempli les formalités d'usage, regardé par le guichet, défait la chaîne de sûreté, tiré les verrous, tourné la clef, ouvert enfin la porte, Mme Petithomme s'effaça pour laisser passer son visiteur. C'était Lucien Lecomte.

Elle le fit entrer dans le salon, en ce moment une salle à manger, bouscula son mari, qui, toujours assis, contemplait avec mélancolie les os du poulet, et enleva prestement le couvert. Puis, revenant vers Lucien, elle s'excusa de ces détails de ménage, en rejeta la faute sur M. Petithomme, pour lequel il fallait tenir table ouverte, et finit par ces mots :

— Vous venez nous chercher, sans doute?... Mlle Suzanne a besoin de nos services; nous sommes prêts à descendre et entièrement à vous.

— Non, dit Lucien, je viens vous parler de moi, vous demander un grand service personnel.

— Un service? Mais comment donc! fit Césarine, nous sommes trop honorés...

— Nous sommes trop honorés, répéta Cornélius, toujours le fidèle écho de sa femme.

— Parlez, parlez vite, reprit-elle.

Malgré cette invitation, Lucien hésitait à s'expliquer. Ce qu'il venait leur confier avait tant d'importance pour lui ! Il allait aussi être obligé de commencer par mentir, et cet homme de bien ne s'était jamais essayé au mensonge. Enfin il parvint à vaincre son embarras et dit à voix basse :

— La mort de ma belle-sœur m'a empêché de vous parler, hier soir, d'un malheur qui m'était survenu dans la journée.

— Quel malheur? demandèrent-ils à la fois avec un sérieux intérêt.

— J'étais allé à la Banque, retirer au nom de M. Robins, le chef de ma maison, une somme importante, nécessaire à un paiement que nous devons

faire demain... Après avoir touché la somme, je
l'enfermai dans un portefeuille... Qu'est-il arrivé?
A-t-on pris ce portefeuille dans ma poche de côté,
où je l'avais caché, ou bien l'ai-je laissé tomber?...
Je ne l'ai plus trouvé.

— Ah! mon Dieu! fit Césarine et, sans laisser à
Cornélius le temps de s'exclamer à son tour: Quelle
somme renfermait le portefeuille? demanda-t-elle.

— Cent dix mille francs.

— Cent dix mille francs! répétèrent en chœur
cette fois M. et Mme Petithomme, et ils levèrent d'un
même geste les bras au ciel. Puis aussitôt: Vous
avez fait immédiatement votre déclaration? demanda
Césarine.

— Sans doute... mais comment découvrir le voleur?
Je ne sais pas au juste à quel moment le portefeuille
m'a été pris.

— S'il n'a pas été pris, s'il a été trouvé par d'honnêtes gens?

— On l'aurait déjà rapporté; mon nom et mon
adresse se trouvaient inscrits dans l'intérieur.

— C'est juste, dit Mme Petithomme après un instant
de réflexion, et elle ajouta: Vous voulez cependant
faire quelques démarches, et vous venez nous prier de
vous y aider... Nous sommes tout à vos ordres.

— Non, dit Lucien. Les démarches sont inutiles.

Ces billets de banque sont perdus... Et demain je ne pourrai pas faire mon paiement... Demain, on me rendra responsable de cette perte... et qui sait? ajouta-t-il en baissant la voix, on n'y croira peut-être pas, on suspectera mon honorabilité... On m'accusera...

— Vous! vous! s'écria Césarine en l'interrompant.

— Personne n'osera, acheva Cornélius.

— Hélas! reprit Lucien, je crains bien que vous vous trompiez... Mon honneur sera peut-être compromis... et ma carrière certainement brisée.

M. et Mme Petithomme étaient atterrés. Ils aimaient Lucien autant que leur passion pour l'argent leur permettait d'aimer quelqu'un, et son malheur les touchait très vivement.

— Que faire? disait la femme.

— Que faire? répétait le mari.

— Réparer la faute, puisque c'est moi qui l'ai commise, dit-il avec un effort ; remplacer la somme qui manque.

— C'est que ce n'est pas une petite affaire. Cent dix mille francs... Est-ce que vous les avez comme ça sous la main?

— Non, je ne les ai pas. Je ne possède rien. Je n'ai que ma place pour vivre.

— Eh bien, alors?

— Alors ? fit l'écho.

— J'ai songé à vous, dit Lucien courageusement.

— A nous ? s'écrièrent-ils.

En même temps leurs regards effrayés se portèrent sur le coffre-fort, instinctivement. Ils le sentaient menacé et songeaient à le protéger. Lucien avait repris d'une voix brève, pressée :

— Oui, j'ai songé à vous. Je me suis dit que vous ne refuseriez pas ce service au fils d'un homme qui vous a protégés, aimés... Vous vous souviendrez aussi... excusez-moi de vous dire cela..., que votre fortune s'est augmentée grâce à mes conseils, à mes soins. Vous ne me laisserez pas dans le cruel embarras où je me trouve, lorsque vous pouvez me sauver ...

— Mais nous ne le pouvons pas, s'écria Mme Petithomme, essayant de défendre son bien... Nous sommes moins riches que vous le croyez.

— Vous avez, répliqua-t-il, au moins trois cent cinquante mille francs de valeurs au porteur dans cette caisse... Nous en avons fait le compte ensemble, dernièrement.

Cette fois, Mme Petithomme ne se contenta pas de jeter un regard protecteur sur son coffre-fort. Elle le rejoignit peu à peu et l'entoura de ses bras, comme on entoure un enfant chéri menacé d'un danger.

Lucien ne s'aperçut pas de ce mouvement. Il continuait :

— Du reste, vous ne perdrez rien, je vous le jure... Je vous servirai fidèlement la rente de la somme prêtée et, quant au capital, si je venais à mourir avant vous, une compagnie d'assurances sur la vie, vous le rendrait. Je ferai faire une police à votre profit... Mais je vivrai, je vivrai pour m'acquitter... M. Robins m'a fait espérer une part dans sa maison... Vous serez remboursés, intégralement remboursés... Ah ! de grâce, ne me refusez pas ! finit-il par dire, effrayé de leur silence... Ne me refusez pas ! ... Si vous saviez...

— Quoi donc ? demanda vivement Césarine prête à saisir tout ce qui pouvait faire diversion à cette scène.

— Rien, rien ! J'ai dit : si vous saviez... Eh bien ! oui, si vous saviez... ce que je souffre d'être obligé de vous demander un si grand service.

— Ah ! fit-elle, vous ne souffrez pas davantage de nous le demander que nous souffrons de vous le refuser.

— Vous refusez donc ?

— Hélas ! il le faut bien... Nous ne pouvons pas... N'est-ce pas, Cornélius ?

Et, en même temps, elle lui jetait un regard fou-

droyant pour qu'il répondît comme elle. Il n'osa pas
la contredire ; et cependant, il en avait peut-être envie. Les gros hommes sont plus faciles à émouvoir
que les petites femmes maigres.

— Pourquoi ne pouvez-vous pas? avait repris
Lucien, qui voulait tenter un dernier effort. Craignez-
vous donc de perdre cette somme ?

— Nous ne disons pas cela.

— A quoi vous sert-elle dans ce coffre-fort ? Qu'y
fait-elle ? Si elle vous rapporte autant d'intérêts,
plus d'intérêts peut-être, que perdrez-vous à me
la donner ?

— Ce que nous perdrons? s'écria-t-elle tout à
coup en quittant sa caisse et en se dressant devant
lui, ce que nous perdrons?... Nous perdrons de
n'avoir plus nos valeurs, là, sous nos yeux, sous
notre main, de ne plus les sentir vivre, près de nous,
à nos côtés !

Elle était partie ; elle ne s'arrêta plus. Sa grosse
voix vibrait, emplissait la chambre.

— Tenez, monsieur Leconte, j'aime mieux vous
le dire tout de suite... Vous avez tenté auprès de
nous une démarche impossible... Vous auriez réussi
auprès de dix autres ; avec nous, vous deviez
échouer... Nous sommes devenus riches trop tard...
voyez-vous... après avoir longtemps souffert de la

pauvreté... et nous nous sommes jetés sur cette
fortune, qui nous arrivait dans notre vieillesse,
comme des affamés... Nous ressemblons à ces
époux qui, après avoir longtemps souhaité un enfant, le jour où le ciel le leur donne, l'aiment pour
toutes les années écoulées sans lui, l'aiment avec
frénésie... Ah! si vous aviez deviné cela, si vous
nous aviez mieux connus, vous ne seriez pas venus
aujourd'hui nous trouver.

— Je vous croyais du cœur, fit-il tristement.

— Du cœur! Eh! sans doute, nous en avons... S'il
s'agit de consacrer notre temps, de faire des courses,
de passer des nuits, d'exposer notre santé, notre
vie même, pour sauver ou secourir quelqu'un, nous
en sommes capables, très capables... Mais notre
argent, voyez-vous, nos valeurs, notre fortune, ah!
il ne faut pas y toucher... Il ne faut pas espérer nous
les prendre... Rien ne nous fera nous en séparer!

Depuis un instant, elle se promenait avec agitation. Elle s'arrêta tout à coup et se plantant devant
Lucien :

— Vous ne savez donc pas comment nous vivons,
dit-elle, nous nous privons de tout, même de
manger, pour grossir notre trésor, pour emplir ce
coffre-fort... Vous dites qu'il contient trois cent cinquante mille francs. C'est vrai!... Eh bien, demandez

à mon mari quel déjeuner il a fait tout à l'heure, à
côté de ces trois cent cinquante mille francs...
Regardez ma robe, elle est pleine de pièces, elle
est rongée par l'usure, j'ai froid dedans... et que
m'importe !... mon coffre est plein.

— A quoi vous sert-il qu'il soit plein? Quelles
jouissances en tirez-vous?

— Ah! il me demande quelles jouissances! Eh
bien! je vais vous les dire... Le soir, quand il fait
nuit au dehors, quand personne ne peut plus nous
déranger, nous nous enfermons ici, dans cette pièce.
J'ouvre cette caisse, je prends toutes les liasses d'actions, d'obligations, de bons et de valeurs, et je les
étale, sur cette table... Elle en est entièrement couverte... Alors, à la lueur d'une chandelle, des lunettes sur les yeux pour y voir mieux, une loupe à la
main, nous lisons, nous relisons ce qui est écrit sur
ces papiers, nous découpons les talons quand il y
a des dividendes à toucher, nous inscrivons les numéros, nous faisons mille calculs... et la soirée, quelquefois une partie de la nuit, se passent
ainsi... Voilà nos jouissances, Monsieur, jouissances
de tous les jours, de toutes les heures, tandis que
vos jouissances, à vous, ne durent qu'un instant !

XII

Avant de se rendre chez M. et Mme Petithomme, Lucien Lecomte s'était longtemps demandé qui pouvait lui prêter la somme dont il avait besoin. Il fut forcé de reconnaître, à la suite d'un sérieux examen, que toute démarche auprès de ses amis, de ses obligés, des gens mêmes qui avaient pu, dans différentes circonstances, lui faire des offres de service, serait inutile. On ne trouve pas, en aussi peu de temps, malgré les meilleures relations, malgré les sympathies et la confiance qu'on inspire, une somme de cent mille francs. Les uns n'osent pas en disposer, sans garantie sérieuse et réelle, les autres ne sauraient, du jour au lendemain, à une époque où l'argent circule sans cesse et ne reste jamais en portefeuille, constituer un aussi gros capital. Les Petithomme seuls, qui s'étaient faits leur propre caissier, qui avaient plus de confiance dans leur coffre-fort que dans les maisons de dépôts et de compte-courants, pouvaient aisément rendre le service qu'on leur demandait.

Mais Lucien s'était heurté contre une passion terrible : l'avarice. Il venait de voir revivre sous le costume parisien, ces vieux juifs du moyen-âge dont il croyait l'espèce disparue. Comme autrefois dans les temps reculés, il retrouvait de nos jours, dans le cœur de Paris, de ces êtres bizarres, dédaigneux de toutes les jouissances que procure l'argent et avides cependant d'en gagner, pour le manier, le palper, l'entasser. Leurs ancêtres, les anciens, les types du genre, plongeaient leurs mains osseuses dans de vastes coffres remplis d'or ; les descendants, les nouveaux, promènent leurs doigts et leur regard sur de bonnes valeurs de toutes les couleurs, de tous les formats, douces au toucher, chatoyantes à l'œil... et productives. Rien n'est changé : l'avarice a seulement revêtu une autre forme plus en harmonie avec notre civilisation.

En sortant de chez M. et Mme Petithomme, Lucien, au lieu de s'arrêter au troisième étage chez son frère, descendit l'escalier et se dirigea vers sa demeure. Il voulait, dans la solitude la plus complète, dans un silence absolu, envisager le plus froidement possible sa situation et prendre un parti.

A neuf heures du soir seulement, après de longues réflexions, il arrêta un plan de conduite dont il ne devait plus s'écarter. Calme, du moins en appa-

rence, parfaitement résolu, il donna quelques ordres
à son domestique, lui fit des recommandations importantes, et se rendit rue Caumartin.

Cette fois, il trouva Georges dans la chambre
mortuaire. Assis dans un fauteuil, pressant Suzanne
sur son cœur, et la tête tournée vers Henriette, il
pleurait.

Lucien le regarda longtemps en silence, et sentit
revivre en lui, à son insu, ses tendresses d'autrefois. On ne cesse pas d'aimer ainsi en un instant,
quoi qu'il fasse, celui que depuis tant d'années, on
entourait d'une affection sans borne, à qui on avait
donné son cœur tout entier. On l'aime peut-être moins
dans le présent, mais on le chérit encore dans le passé ;
on se souvient des joies qu'il vous a causées, et on
se sent, malgré soi, envahi par l'indulgence.

Le regard de Lucien se reporta ensuite sur Suzanne,
si jolie, si charmante dans ses vêtements de deuil,
le regard noyé de larmes, toujours attaché sur sa
mère. Pauvre enfant ! Quelle triste entrée dans la vie !
Elle venait de perdre sa meilleure amie, la grande
confidente de ses intimes pensées, l'intelligente di-
rectrice de son petit cœur, au moment où elle allait
avoir le plus besoin de conseils et d'amour.

Enfin, il contempla longuement Henriette, qu'il
avait aimée comme une sœur, respectée comme une

sainte. Il se souvint de son entretien avec elle, des
promesses qu'elle lui avait arrachées, et, comme il
les répétait encore en la regardant, il crut la voir
lui sourire et entr'ouvrir les lèvres pour le remercier.

Mais il dut s'arracher à ses muettes contempla-
tions; son temps était compté, ses actions réglées à
l'avance. Grave, à pas lents, il s'avança vers son frère
et lui dit doucement :

— Lève-toi.

Georges obéit. Et, comme Suzanne, que son père
ne retenait plus, allait s'éloigner de lui :

— Non, fit Lucien, reste à ses côtés, tu dois être
témoin de ce qu'il va faire, tu dois entendre les
paroles qu'il prononcera... Si jamais il était tenté de
les oublier, tu serais là pour les lui rappeler.

Puis, s'adressant de nouveau à Georges :

— Approche-toi de ce lit, dit-il, mets un genou en
terre, étends la main droite sur la tête de cette
morte, et fais-lui le serment solennel de ne jamais
jouer, de ne jamais toucher une carte de ta vie.

Georges fit, de point en point, ce que lui ordonnait
son frère, et prêta le serment qu'il lui dictait.

— Tu as entendu, mon enfant? demanda Lucien à
Suzanne, qui, malgré sa jeunesse, semblait comprendre la gravité de cette scène.

— Oui, fit-elle, j'ai entendu et je n'oublierai pas.

6

— Bien. Rappelle-toi aussi la recommandation de ta mère : toujours croire en moi, quoi qu'il puisse arriver, m'obéir en toutes choses, et me considérer comme ton meilleur ami.

— Je m'en souviendrai toujours, dit-elle, tournée vers le lit, la main étendue, comme si elle prêtait elle-même un serment.

Cette scène ne manquait ni de grandeur ni de solennité : la chambre faiblement éclairée par deux cierges; le lit recouvert de draps blancs sur lesquels reposait un crucifix noir; deux hommes agenouillés; puis ici : un cadavre, la mort, la fin; à côté : une enfant, la vie, le commencement.

Au murmure des voix échangeant des promesses, prêtant des serments, avait succédé un grand silence. Ce fut Lucien qui le troubla.

— Suzanne, dit-il à la jeune fille, j'exige que tu prennes quelques heures de repos. Mon frère et moi, nous resterons ici. Dans quelques heures, j'irai te réveiller, et alors, après avoir embrassé une dernière fois ta mère, tu t'apprêteras à quitter cette maison pour toujours.

— Comment, fit-elle, je n'irai pas à l'église, je n'irai pas au cimetière?

— Non, ma chère enfant, c'est impossible... Tu es trop jeune pour de telles émotions.

Elle se souvint qu'elle avait promis de lui obéir; elle ne répondit pas. Il continua :

— Tu quittes non seulement cette maison, mais Paris, peut-être la France. Tu vas faire un long voyage.

— Ah!... et la tombe de ma mère qui en prendra soin, qui la couvrira de fleurs et de couronnes?

— Moi, je te le promets.

— Vous ne m'accompagnez donc pas ?

— Non, mes occupations ne me le permettent pas... Tu pars avec ton père... c'est décidé.

Et, en même temps, d'un regard, il ordonnait à Georges de se taire.

Suzanne ne s'aperçut pas de ce mouvement. Elle tenait la tête baissée, poursuivant une idée, prête à l'exprimer et n'osant pas. Enfin, elle dit :

— Je ne doute pas, mon oncle, que vous n'ayez soin de notre tombe chérie. Mais j'aurais bien voulu m'y agenouiller tous les jours et y prier. Pourquoi me forcez-vous à faire ce voyage ?

— Il est indispensable, mon enfant, répondit-il d'une voix ferme, pour les intérêts de ton père, et aussi pour ton avenir... Je te supplie de ne pas insister.

— Je ne dirai plus rien, fit-elle.

Et, se rappelant que son oncle l'avait engagée à se

retirer, elle s'avança vers le lit et dit adieu à sa mère, comme elle l'avait toujours fait avant de se coucher. Seulement, ce soir-là pour la première fois, on ne lui rendit aucun baiser en échange des siens, et ses lèvres se glacèrent au lieu de se réchauffer au contact des lèvres maternelles.

Elle sortit, traversa le salon, entra dans sa chambre, et promena un long regard autour d'elle.

Ainsi, elle allait quitter ce petit réduit que sa mère s'était plu à embellir, se séparer de tous ces meubles, de ces mille riens, qu'elle lui avait donnés, l'un après l'autre, et qui tous lui rappelaient de chers souvenirs.

Là, le grand lit en laque blanc, une surprise de l'hiver précédent. Jusqu'alors, elle avait couché dans son lit d'enfant, et elle eut une grande joie à voir qu'on la traitait en jeune fille. Et cependant, ce beau lit, comme elle était heureuse de l'abandonner pour passer la nuit auprès de sa mère, quand celle-ci le lui permettait, ou pour venir se blottir le matin dans la couche maternelle, serrer dans ses bras sa grande sœur, comme elle l'appelait.

Rien, plus rien ! Ni ce lit, ni l'autre ! Plus de baisers la nuit, plus de baisers au réveil, plus de jeux charmants, de caresses, d'effusions à n'en plus finir, de douces paroles et de câlineries !

Et, près du lit, cette chaise en tapisserie, faite pour
elle et par elle! Sur la cheminée, cette pendule
offerte un jour de fête, cette montre donnée à sa
première communion. Ces jolis flambeaux, cette
coupe, cette statuette, tout cela venait d'elle, toujours
d'elle, de la mère, la bien-aimée !

Ah! elle ne se séparerait pas de toutes ces choses.
Les meubles, soit ! Elle ne pouvait pas les emporter.
Mais ces mille objets qui lui rappelaient un jour
heureux de sa vie, une attention, une surprise, une
gâterie, elle les voulait avoir sous la main, pour les
contempler sans cesse et les baiser comme on baise
une relique.

Alors, au lieu de se reposer, ainsi qu'on le lui
avait recommandé, elle ouvrit une armoire, y prit
une caisse où reposaient encore ses dernières poupées, et vivement, fiévreusement, la remplit de tous
les chers objets qu'elle ne voulait pas quitter.

Cependant, par instant, le courage lui manquait,
un souvenir encore plus tendre que les autres lu
montait au cœur, et, interrompant sa tâche, elle fon-
dait en larmes et s'écriait :

— Mère, mère chérie, ce n'est pas vrai, n'est-ce
pas, tu n'es pas morte?... tu ne m'aurais pas abandonnée ainsi... Je te reverrai.

6.

XIII

Après le départ de Suzanne, Georges et Lucien s'étaient retirés dans le salon. Mais ils avaient laissé la porte de la chambre mortuaire grande ouverte et de loin ils continuaient à veiller.

—Ainsi que tu l'as compris tout à l'heure, disait Lucien d'une voix très ferme, je désire, j'exige au besoin, que tu partes demain matin avec ta fille. Plusieurs raisons m'ont fait décider ce voyage, mais une des plus importantes est celle-ci : je veux que tu sortes du milieu dans lequel tu vis depuis trop longtemps, que tu rompes avec toutes tes relations, que tu essaies de te créer une nouvelle existence, paisible, reposée, où le travail aura sa large part... Tu avais autrefois des goûts artistiques, tu as exposé plusieurs tableaux très estimés de tes confrères et du public. Je t'engage à reprendre cette carrière de peintre, productive à notre époque, et qui peut te permettre de constituer une petite dot à Suzanne, bien pauvre aujourd'hui.

Comme je cherchais, continua-t-il d'une voix toujours aussi calme et aussi ferme, quel pays tu pourrais habiter, je me suis souvenu qu'un jour, devant une toile de Fromentin, tu t'es écrié : « Ah ! si j'avais le bonheur de vivre là-bas, en Orient, il me semble que je pourrais reproduire ces paysages, devenir un grand artiste. » Dirige-toi donc vers l'Algérie, la Tunisie, l'Egypte. Je te conseille ces pays en vue de ta carrière, mais beaucoup aussi pour Suzanne, que le soleil, la nouveauté du paysage et des mœurs distrairont de sa douleur... Mais évite les villes ; elles ne te valent rien. Habite le plus possible la campagne ; enfonce-toi dans les terres, et ne laisse pas arriver jusqu'à ta fille les journaux et les nouvelles de France.

Georges n'osait pas interrompre son frère, mais il ne comprenait pas. Que signifiait ce voyage ? Pourquoi ces recommandations ?

— Tu vivras, reprit Lucien, je n'ai pas besoin de te le recommander, le plus économiquement possible. Je te remettrai quelques mille francs que je me suis procurés aujourd'hui... Ils doivent te suffire dans les pays que tu vas habiter, et où la vie matérielle coûte fort peu... Suzanne m'écrira de loin en loin, mais ses lettres devront être adressées à M. Petithomme, qui me les fera parvenir... Je ne sais ce qui peut m'arriver, et il faut tout prévoir.

Georges, cette fois, l'interrompit.

— Mais, enfin, que comptez-vous faire ? demanda-t-il. Pourquoi ces précautions ? Pourquoi nos lettres ne vous seraient-elles pas adressées chez vous ? Vous comptez donc partir de votre côté ?

— Non, je reste.

— Vous restez ? Mais alors, je dois rester aussi.

— Pourquoi ?

— Votre caisse... fit-il en tremblant et en baissant la tête. Quand on aura découvert... le déficit.

— Eh bien ? C'est moi seul que cela regarde.

— Cela me regarde bien plus que vous. Si on allait vous accuser...

— Je soutiendrai que je suis innocent; on me croira... M. Robins, le chef de ma maison, arrive à Paris demain dans la journée. J'aurai immédiatement un entretien avec lui; j'espère qu'il ne lui viendra pas à l'idée de me soupçonner, qu'il me permettra de m'acquitter peu à peu, et que nous éviterons le scandale.

— Mais s'il y en avait ? Si on vous soupçonnait ? Je dois être là pour déclarer que je suis le seul coupable.

Lucien se leva, et posant ses deux mains sur les épaules de son frère :

— C'est justement ce que je veux éviter... C'est pourquoi je t'envoie loin d'ici.

— Comment ! Je vous laisserais condamner à ma place ?

— On ne peut pas me condamner. Je suis innocent, et tout mon passé plaide en ma faveur... Pour toi, au contraire, la condamnation serait certaine, puisque tu t'avouerais coupable... et que ton existence de ces dernières années rendrait les juges encore plus sévères.

— Moi, je mérite d'être puni.

— Il me plaît que tu ne le sois pas.

— Ah ! je ne puis accepter cela... Je ne veux pas...

Lucien l'interrompit et reprit d'une voix sévère :

— Je te défends d'exprimer une volonté, avec moi... C'est bien le moins que tu m'obéisses... J'ai juré à notre mère mourante de veiller sur toi ; j'ai mal veillé, je dois en subir les conséquences... J'ai juré aussi de me sacrifier si tu avais besoin de mon sacrifice ; je tiens mon serment... Enfin, la nuit dernière, ta femme m'a supplié de ne jamais abandonner Suzanne, de la faire heureuse et respectée... J'ai promis.

Si je te permettais d'avouer ta faute, de te livrer, l'avenir de ta fille serait perdu, à tout jamais dé-

truit... Au contraire, si on me condamne, moi, ce
qui ne peut pas être, ma honte ne saurait rejaillir
sur elle, puisqu'on ne te connaît dans le monde que
sous le nom de Bussine.

J'ai longuement réfléchi à tout cela, vois-tu...
Mon parti est pris et bien pris, mes résolutions sont
arrêtées, et je t'interdis même de les combattre.

Tu es bon... Ce n'est pas ton cœur qui t'a rendu
coupable, c'est ta tête... Oh ! sans cela, je te laisserais punir... Mais tu es faible, très faible, et le
châtiment, la prison, te perdraient. En te sauvant,
je t'ouvre, au contraire, une nouvelle vie, que tu
peux faire belle, honorable même... Emploie toutes
tes forces, tout ton courage à préparer pour Suzanne
un avenir heureux... C'est le seul moyen de racheter ta faute, ton crime, de mériter non pas le pardon des hommes, ils ne sauront jamais rien, mais
mon pardon à moi... et le sien, fit-il, en étendant le
bras vers la chambre où Henriette dormait de l'é-
ternel sommeil.

— Ah ! je le mériterai, je le mériterai ! fit Georges avec force. Mais, je t'en conjure, mon frère,
continua-t-il, ne m'envoie pas si loin, ne m'oblige
pas à me perdre dans des solitudes où je ne saurais
pas ce que tu deviens... Promets-moi, si ta liberté
était menacée...

— Encore! fit Lucien avec colère. Je ne veux
pas que tu te livres, entends-tu, je ne le veux pas...
Et si tu me désobéissais... ne l'oublie pas, jamais je
ne te pardonnerais.

Et, tout en marchant dans le salon, il disait :

— Tu n'as pas un instant à perdre, tu prendras
demain matin l'express de Marseille, et tu t'embar-
queras sur le premier bateau... Fais tes malles à la
hâte, prépare aussi un pouvoir en blanc pour que
l'on puisse vendre les meubles que tu laisseras ici...
L'enterrement a lieu à dix heures... Je n'ai con-
voqué que des amis intimes, en petit nombre... On
leur expliquera ton absence : ta fille désespérée,
malade, à qui tu as voulu éviter les terribles émotions de la dernière heure... Moi, je m'effacerai le plus
possible... J'aurais préféré ne pas paraître à cet enterrement, et, par prudence, ne pas rappeler que j'ai
un frère... Mais il faut bien que l'un de nous, au
moins, accompagne la morte à sa dernière demeure.
Lorsqu'elle reposera en paix, je songerai à moi... et
advienne que pourra.

Vers six heures du matin, Lucien se rendit dans
la chambre de Suzanne. Il trouva la pauvre petite
endormie tout habillée sur son lit. La fatigue l'avait
enfin vaincue. Il la réveilla, comme il l'avait

promis, pour lui permettre de passer encore quelques instants auprès de sa mère.

Bientôt les employés des pompes funèbres arrivèrent avec le cercueil. On voulut éloigner la jeune fille. Mais elle s'élança vers son oncle, et lui dit :

— Je vous demande en grâce de rester ! J'aurai du courage, je vous le jure.

— Reste, mon enfant, fit-il, reste avec moi.

Il lui prit la main, et tous deux, debout dans la chambre, pâles, silencieux, l'œil fixe, sans larmes, présidèrent aux terribles détails de la mise en cercueil.

Au moment où les employés allaient refermer la bière, Suzanne fit un geste. Ils s'arrêtèrent.

Alors elle s'agenouilla et plaça sur le cœur de sa mère, au-dessus du drap blanc qui l'enveloppait, un petit portrait qui la représentait tout enfant, et, en sanglotant cette fois, elle disait :

— Tu me quittes, mais je ne veux pas te quitter. Garde sur ton cœur la petite fille que tu adorais tant.

Sans qu'on eût besoin de l'éloigner, elle se releva d'elle-même, jeta un long et dernier regard sur la chère morte, et laissa fermer le cercueil.

Quand il eut disparu, alors tout son petit courage l'abandonna. Il fallut la transporter, elle aussi, dans la voiture qui l'attendait à la porte.

Lucien, la croisée ouverte, suivit longtemps cette voiture des yeux.

Tous ceux qui lui restaient, les seuls êtres qu'il aimât, s'éloignaient de lui. Il était seul maintenant !... Et dans quelle situation ?

Tout se passa comme il l'avait arrêté. L'enterrement eut lieu à une chapelle basse de Saint-Louis-d'Antin. Quelques personnes seulement y assistèrent, entre autres M. et Mme Petithomme, qui se tenaient le plus possible à l'écart, en jetant des regards craintifs, honteux, du côté de Lucien Lecomte.

Celui-ci accompagna le convoi jusqu'au cimetière Montmartre, et, lorsque tout le monde fut parti, et qu'il se trouva seul avec les fossoyeurs, il resta longtemps pensif, regardant à ses pieds, dans les profondeurs de la fosse, le cercueil d'Henriette.

Il était une heure environ quand il descendit dans l'intérieur de Paris. D'après ses calculs, M. Robins serait de retour vers trois heures. Lucien, qui se proposait de le voir dès son arrivée, avant même qu'il entrât dans ses bureaux, pouvait encore disposer de deux heures. Il rentra chez lui, et s'adressant à son vieux domestique :

— Est-on venu me demander pendant mon absence ?

— Oui, Monsieur, deux fois. Mais j'ai répondu,

d'après vos ordres, que vous étiez sorti de grand
matin, et que je ne vous avais pas revu.

— Bien. Je désire être seul ; ne recevez personne.

Il employa le temps qui lui restait à mettre en
ordre des papiers, et à brûler dans la cheminée,
après les avoir parcourues, de vieilles lettres qu'il
ne voulait pas conserver. Ces précautions prises
contre toutes les éventualités, il consulta de nouveau
son indicateur de chemin de fer, placé sur la table
du salon, pour se rendre compte, une dernière fois,
de l'heure à laquelle devait arriver M. Robins, et,
voyant qu'il ne s'était pas trompé, il prit son chapeau pour sortir.

Au même instant, on sonnait à la porte de l'appartement. Quelques secondes s'écoulèrent, puis le
domestique entra et dit d'une voix émue :

— J'ai été obligé de recevoir, malgré les ordres
de Monsieur... C'est le commissaire de police.

Et, en même temps, apparurent, en effet, sur le
seuil de la porte, le commissaire du quartier, accompagné d'un de ses inspecteurs.

XIV

Lucien Lecomte avait tout prévu, tout... excepté ce qui devait arriver. Il s'était dit : si je me rends à mon bureau à l'heure habituelle, lorsqu'on se présentera pour l'encaissement des quatre-vingt mille francs, je serais obligé de déclarer que je ne suis pas prêt, et que ma caisse est vide. De là, des observations dans les bureaux, des bavardages, un scandale peut-être. Si, au contraire, je ne parais pas, tout en s'étonnant de mon absence, on l'attribuera sans doute à quelque affaire urgente, une indisposition subite, ou une négligence coupable ; mais on attendra certainement quelques heures avant de s'inquiéter et de s'alarmer. M. Robins aura le temps d'arriver ; je m'expliquerai avec lui, et il consentira peut-être à étouffer cette affaire.

Hélas ! en faisant ces calculs, il avait compté sans le vieil employé Cabart, son rival, son ennemi, l'éternel surnuméraire, l'éternel aspirant à ces fonctions de caissier qu'il ne pouvait obtenir.

A neuf heures et demie, Cabart s'étonnait déjà de
ne pas voir M. Lecomte à sa place habituelle.

— Quoi! murmurait-il en parcourant un journal,
il ne se contente pas du congé qu'il a pris hier,
tandis que nous restions ici à bûcher; le voilà en
retard aujourd'hui. Il ne se gêne pas! Il profite de
l'absence du patron. C'est un joli exemple à donner
aux autres employés. Ah! ces jeunes gens, quelle
légèreté!

Vers onze heures, on se présenta pour toucher
les quatre-vingt mille francs. Aussitôt Cabart, qui
avait eu soin de se placer près du guichet, éleva la
voix pour déclarer que le caissier était absent et
qu'il fallait revenir.

Plusieurs employés l'entendirent et s'empressèrent
de le rejoindre.

— Quoi! disait-on, M. Lecomte n'est pas à son
poste, un jour de paiement?... Qu'est-ce que cela
veut dire?... Si encore il avait laissé l'argent!

— Je le lui ai proposé hier matin, fit observer
Cabart... Mais monsieur le caissier se méfie de nous...
Cependant il n'est ici que depuis deux années, à
peine, et moi, depuis vingt ans, je prends les
intérêts de la maison, je suis tout dévoué à M. Robins. Je l'ai prouvé dans maintes occasions.

Quelqu'un disait dans un autre groupe :

— Il est sans doute malade ; il faut envoyer chez lui.

On chargea un des garçons de bureau de se rendre rue Neuve-des-Mathurins.

Il revint un instant après, avec des renseignements obtenus auprès du concierge et du domestique. Le premier déclarait que M. Lecomte n'avait pas couché chez lui, la nuit précédente. Le second se bornait à dire que son maître était sorti le matin, de très bonne heure.

Les chuchotements, les colloques d'employé à employé reprirent de plus belle. Cabart allait de table en table, de groupe en groupe, glissant un mot à l'oreille de l'un, faisant une remarque désobligeante pour Lucien, activant le feu. Bientôt tout le bureau fut en l'air. On ne s'occupait plus ni de la correspondance, ni des écritures. On s'était réuni autour de Cabart, qui, après avoir montré seulement de l'étonnement, s'être plaint de la négligence du caissier, laissait percer maintenant une vague inquiétude, et sournoisement, avec une petite voix doucereuse, lançait des insinuations, comme celle-ci :

— Il a découché ! Quelle existence pour un homme dont la responsabilité est si grande et qui remplace le patron ! Ah ! voyez-vous, Messieurs, les caisses ne devraient être confiées qu'à des gens

d'un âge mûr, qui ont fait longtemps leurs preuves ;
des pères de famille... Au lieu de cela, on choisit
souvent des jeunes gens, des garçons, encore sous
l'empire de toutes les passions, capables un beau
jour de se laisser entraîner...

Et, comme on venait d'ouvrir une porte, et qu'il
craignait de voir apparaître son collègue, il ajoutait :

— Oh ! je ne dis pas ça pour M. Lecomte. C'est
un homme des plus honorables, Dieu me préserve
de le soupçonner d'autre chose que d'une négligence !

Au bout d'un instant, après avoir reconnu qu'il
pouvait parler sans crainte, il ajoutait :

— On ne saurait cependant prendre trop de précautions en ce moment, voyez-vous... Il faut toujours
être sur ses gardes par le temps qui court... Hier
encore, c'était un caissier d'agent de change qui
fuyait à toute vapeur, vers la Belgique... et demain
on juge en cour d'assises le fondé de pouvoir de la
maison Dangu et Cⁱᵉ, qui a mangé la grenouille.

Un petit employé subalterne, sous les ordres
directs de Cabart, fit observer qu'il serait peut-être
prudent, non pas de porter une plainte, mais d'avertir le commissaire de police de ce qui se passait.

— Non, jeune homme, non, lui répondit son chef,
ne nous pressons pas... Une plainte est dange-
reuse... On ne peut pas toujours la retirer... Du

reste, veuillez y songer, il ne s'agit encore que d'un
retard de quelques heures.

Tout en mettant le feu aux poudres, il voulait avoir
l'air de ne pas tenir la mèche. ·

— Quelques heures! reprit le même employé.
Mais c'est plus qu'il n'en faut pour filer en Belgique...
Et puis, bonsoir, la compagnie.

— Jeune homme, jeune homme, reprenait l'aspirant caissier, votre dévouement pour la maison vous
entraîne trop loin... Nous n'en sommes pas là, Dieu
merci! et M. Lecomte ne mérite pas ces injurieux
soupçons... Je sais bien qu'en son absence, comme
le plus vieil employé de la maison, je le remplace,
j'ai toute la responsabilité et que M. Robins pourrait me dire plus tard : Pourquoi êtes-vous resté là,
inactif?... Votre devoir était de prévenir qui de
droit.

— Non, non, crièrent plusieurs voix, attendons.

— A la bonne heure, Messieurs, faisait Cabart qui
essayait de leur sourire. Vous parlez en gens raison-
nables, vous autres, en amis de M. Lecomte. Vous
le défendez avec moi, et je vous remercie.

— Il n'a pas besoin d'être défendu, fit observer
quelqu'un... Je le connais de longue date, c'est le
plus honnête homme du monde.

— Sans doute, sans doute. Je ne cesse de le

répéter... Voyons, pour rassurer ceux qui sont inquiets... et Dieu sait que je ne suis pas de ce nombre... je propose de renvoyer une seconde fois chez notre cher collègue... Il est peut-être rentré maintenant... malade, blessé, que sait-on?... Les accidents de toutes sortes sont si fréquents à Paris.

Un de ces messieurs s'offrit pour aller lui-même aux renseignements, et il sortit aussitôt. Alors, comme s'il était parfaitement rassuré, Cabart invita les employés à reprendre leurs travaux, et se retira dans son bureau. Mais il avait eu soin de faire un signe d'intelligence à trois personnes qu'il savait hostiles à Lucien, et elles l'avaient rejoint.

— Voyez-vous, leur disait-il à voix basse, en surveillant la porte, malgré tout le chagrin que j'en éprouve, je ne puis pas chasser certaines idées... C'est plus fort que moi, elles s'imposent à mon esprit, elles me dominent.

— Quelles idées? demanda-t-on.

— Ah! je ne sais si je dois vous les communiquer.

— Pourquoi pas? Ça restera entre nous... Nos collègues n'en sauront rien.

— Alors, je veux bien, mais entre nous, n'est-ce pas, bien entre nous?

On se rapprocha.

— Voyez-vous, Messieurs, reprit Cabart en leur

parlant presque à l'oreille, j'ai depuis deux jours des
soupçons vagues... Oh! très vagues... Mais ce qui
arrive leur donne plus de consistance... Imaginez-vous
qu'avant-hier à dix heures et demie du soir, comme
je passais sur le boulevard Haussmann, devant la
maison, j'ai vu notre caissier qui s'y glissait sournoisement.

— Ah ! fit-on.

— Cela vous étonne, n'est-ce pas? Vous vous demandez, comme moi, ce qu'il venait faire ici dans la
soirée, presque dans la nuit ? Nous n'avions laissé, en
nous retirant à cinq heures, aucun travail pressé... et
à moins qu'il ne prît plaisir à contempler sa caisse.

— Oh ! la contempler ! fit observer quelqu'un,
dites plutôt l'ouvrir et fouiller dedans.

— Je ne sais pas... je n'y étais pas. Mais c'est
bizarre... c'est louche.

— Etes-vous sûr que c'était lui ?

— Comment, si j'en suis sûr ?... Du reste, ma
femme et ma fille, à qui je donnais le bras, l'ont vu
comme moi, l'ont vu comme je vous vois.... Elles
en témoigneraient au besoin.

— C'est très grave, fit l'un de ces messieurs.

— Et vous n'avez pas eu l'idée, Monsieur Cabart,
dit un autre, de demander le lendemain à M. Le-

7

comte ce qu'il était venu faire au bureau, à une heure aussi indue ?

— Je ne pouvais pas me permettre de lui faire une telle question... J'aurais eu l'air de le soupçonner... Mais je ne me suis pas gêné pour lui apprendre que je l'avais vu.

— Eh bien, qu'a-t-il répondu ?

— Que je m'étais trompé... Comme si c'était possible... Est-ce que je ne le connais pas ? Est-ce que ma femme et ma fille ne le connaissent pas aussi bien que moi ? Elles viennent à chaque instant me chercher au bureau et se rencontrent avec lui.

— Alors, fit-on observer, c'est de plus en plus grave... S'il n'est pas entré ici avec de mauvaises intentions, pourquoi a-t-il nié cette visite ?

— Ah ! voilà, Messieurs, c'est justement ce qui m'inquiète.

— Et nous aussi, firent en chœur les trois collègues.

Cette conversation fut interrompue par l'arrivée de l'employé qui s'était rendu chez Lucien. Il n'avait pu obtenir aucun renseignement nouveau : M. Lecomte n'avait pas reparu chez lui.

Aussitôt, les fidèles de Cabart se dispersèrent dans les bureaux, et s'empressèrent d'y répandre les confidences qu'on venait de leur faire. La majorité

des employés fut alors d'avis qu'une démarche officieuse auprès du commissaire de police était indispensable et on pria Cabart de s'en charger. Il
accepta, mais en paraissant avoir la main forcée, et
en faisant toutes ses réserves. Ce fut à la suite de
cette démarche que le commissaire se transporta
chez Lucien.

XV

Avant d'entrer dans le salon où se trouvait Lucien
Lecomte, le commissaire fit un signe à l'inspecteur
de police qui l'accompagnait, et celui-ci resta dans
l'antichambre.

Lucien, très pâle, fort ému, malgré ses efforts
pour paraître calme, se tenait debout, attendant que
son visiteur lui adressât la parole.

— Il n'y a pas d'erreur, n'est-ce pas, Monsieur ?
fit celui-ci avec un très grande politesse. Je suis en
ce moment chez M. Lucien Lecomte, caissier de la
maison Robins et Cⁱᵉ, boulevard Haussmann.

— Parfaitement. A qui ai-je moi-même l'honneur
de parler ?

— Votre domestique a dû vous l'apprendre : je
suis commissaire de police du quartier.

— Veuillez vous asseoir, Monsieur, et me dire ce
dont il s'agit.

Il désigna à son hôte un fauteuil, et s'assit sur
une chaise en face de lui.

— Je vous prie, Monsieur, dit d'abord le commissaire, de ne pas vous méprendre sur le sens de ma
démarche auprès de vous. C'est, en effet, une simple
démarche, ordonnée aussi bien dans l'intérêt de la
maison à laquelle vous êtes attaché que dans votre
intérêt à vous-même.

— Je vous écoute, Monsieur.

— Un des employés de M. Robins vient de se rendre à mon bureau pour me dire, en son nom et au
nom de ses collègues, que depuis ce matin on s'était
vivement étonné de votre absence... d'autant plus
fâcheuse pour la maison, que vous étiez chargé de
faire aujourd'hui un versement important... On m'a
prié de rechercher les motifs de cette absence, et je
suis venu moi-même vous les demander. Vous con-
vient-il de me les donner ?

— Je préférerais, Monsieur, si vous me le permettez, m'expliquer avec M. Robins, qui doit arriver

d'Angleterre en ce moment, et que j'allais rejoindre
chez lui quand vous êtes entré.

— M. Robins, fit le commissaire, n'arrive pas de
Londres aujourd'hui, ainsi que vous paraissez le
croire. Comme l'employé dont je vous ai parlé sortait pour se rendre chez moi, on a reçu à votre bureau une dépêche ainsi conçue :

« Des affaires importantes me retiennent en An-
« gleterre. Je retarde mon retour de vingt-quatre ou
« de quarante-huit heures. Signé : Robins. »

— Vous avez vu cette dépêche, Monsieur ? demanda Lucien dont la pâleur venait d'augmenter, car
tous ses projets s'écroulaient, son espoir s'évanouis-
sait.

— Je l'ai vue, et vous pouvez la lire vous-même,
répondit le commisaire, en présentant un télégramme
à Lucien Lecomte.

Il y jeta un coup d'œil, et le repoussa de la main.

— Vous comprendrez facilement, Monsieur, reprit
le commissaire, que vous ne pouvez plus attendre,
pour donner des explications, l'arrivée de M. Robins.
On lui a télégraphié, il est vrai, de revenir immédiatement, mais rien ne dit que cette dépêche pourra
lui parvenir à Londres, que ses affaires ne l'auront
pas conduit dans une autre ville. En tous cas, il n'arriverait pas à Paris avant demain, et on ne saurait

attendre jusque-là. Souffrez donc que je remplace votre chef, et que je vous demande d'abord pourquoi n'étant ni malade, ni indisposé, vous le reconnaîtrez, vous ne vous êtes pas rendu à votre bureau, un jour de paiement ?

Lucien avait eu le temps de préparer sa réponse. Ce fut d'une voix assez ferme qu'il dit ces mots :

— C'est justement, Monsieur, parce que j'avais aujourd'hui un paiement important à faire que je me suis absenté... Je ne pouvais pas verser la somme qu'on allait me réclamer, et je trouvais inutile, dangereux même pour la maison, d'avouer cette impuissance. Je préférais être accusé personnellement de négligence, de retard ou d'oubli.

— Vous reconnaissez donc que votre caisse ne contient pas la somme dont vous avez besoin.

— Oui, Monsieur, je le reconnais.

— Est-ce du fait de M. Robins, qu'elle ne la contient pas ? Avant de partir, ne vous a-t-il pas laissé les fonds nécessaires au paiement d'aujourd'hui ?

Cette question troubla de nouveau Lucien. Ne sachant que répondre, il finit par dire :

— Je vous le répète, Monsieur, c'est avec M. Robins seul que je voudrais m'expliquer.

— Ah ! permettez, reprit le commissaire de police d'une voix devenue sérieuse, c'est moi qui vous in-

terroge en ce moment, et je n'admets pas que vous
vous réfugiez plus longtemps... derrière un absent...
Je vous ferai même observer que votre hésitation à
répondre à ma dernière question est injurieuse pour
le chef de votre maison.

— Comment ?

— Certainement. Cette hésitation ne laisse-t-elle
pas supposer que vous n'aviez pas les fonds nécessaires ; qu'on ne vous les a pas remis.

— Mais non, Monsieur ; non, je ne dis pas cela.

— Il serait absolument inutile de le dire, car on
m'a donné communication d'une lettre arrivée au bureau hier matin, et où M. Robins établissait tous ses
comptes, en vue du paiement d'aujourd'hui. D'après
ces calculs et d'autres qui ont été faits, vous deviez
avoir plus de cent mille francs en caisse... Où est
cette somme ?

— Je ne l'ai pas, Monsieur, fit Lucien en baissant
la tête.

Un coupable se serait peut-être mieux défendu. Cet
homme qui, pour la première fois de sa vie, se trouvait dans une situation fausse et en présence de la
Justice, sans force, sans adresse pour lutter avec elle,
déjà s'abandonnait. Il avait en quelque sorte préparé
son entretien avec M. Robins. Il savait d'avance,
presque par cœur, ce qu'il lui dirait pour le con-

vaincre, pour le toucher. Mais il ne s'attendait pas à
cette visite immédiate, à cet interrogatoire d'un
magistrat, et il était troublé au point d'inspirer des
soupçons à la personne la mieux disposée en sa
faveur.

Le commissaire de police s'était levé et parlait
d'une voix sévère. Jusqu'alors, il avait fait une sorte
de visite, une enquête officieuse, maintenant il était
dans l'exercice de ses fonctions.

— Vous avouez, fit-il, ne pas avoir cette somme,
et j'ai établi, de mon côté, que vous deviez l'avoir.
Qu'est-elle devenue ?

— Je n'en sais rien, murmura Lucien.

— Vous l'a-t-on prise ? Soupçonnez-vous quelqu'un ?

— Non, Monsieur, non, dit-il vivement, je ne soupçonne personne.

— C'est vous qui en avez disposé, alors ?

Il retrouva de l'énergie pour crier :

— Non, Monsieur, non, je n'en ai pas disposé !

Le commissaire de police le regarda étonné de la
fermeté de cette réponse, de son attitude en ce moment.

— Comme elle n'a pas disparu d'elle-même, reprit-
il plus doucement, cherchons ensemble ce qu'elle a
pu devenir, qui se l'est appropriée... Voulez-vous ?

— Je le veux bien, Monsieur, fit-il en tremblant à l'idée qu'au point où en était arrivé cet interrogatoire, une phrase maladroite suffirait pour diriger les soupçons sur son frère.

— Voyons, reprenait le commissaire, votre caisse ressemble, n'est-ce pas à toutes les caisses des maisons de banque : la serrure ne s'ouvre que lorsqu'on a disposé les lettres d'une certaine façon, composé un mot, connu seulement du caissier ou du chef de la maison ?

— Oui, Monsieur.

— D'autres personnes que vous connaissent-elles le mot de votre caisse ?

— Non, Monsieur.

— Quelqu'un peut-il l'avoir surpris ?

— Je ne crois pas.

— Et vos clefs, les avez-vous oubliées quelque part ?

— Non, non, dit-il vivement. Elles ne me quittent jamais ; elles ne m'ont pas quitté.

— Alors, tout en affirmant votre innocence... car vous l'affirmez, n'est-ce pas ?

— Oui, je l'affirme.

— Vous ne pouvez, continua le commissaire, me donner aucun renseignement, me signaler aucun indice de nature à me mettre sur la trace du voleur ?

— Non, je ne puis pas.

— Vous avouerez que c'est bien étrange.

Lucien Lecomte garda le silence.

En ce moment le commissaire qui avait remarqué déjà un indicateur de chemin de fer sur la table du salon, aperçut dans la cheminée un amas de papiers brûlés. Il s'approcha de Lucien et lui dit brusquement :

— Ainsi, lorsque je suis entré, vous vous rendiez à votre bureau ?

— Oui, Monsieur.

— Vous en êtes bien certain... Vous ne songiez pas plutôt à vous diriger vers quelque gare de chemin de fer.

— Mais non ; qu'est-ce qui peut vous faire supposer ?

— Cet indicateur ouvert sur votre table. Tenez, justement à la page consacrée au chemin de fer du Nord.

— C'est bien simple, fit Lucien... M. Robins devait revenir de Londres par Calais ou par Boulogne, et je cherchais sur l'indicateur l'heure exacte de son retour... Du reste, ajouta-t-il avec une sorte d'amertune, si j'avais eu le projet de fuir, que vous me prêtez bien cruellement, Monsieur, je n'aurais pas attendu si longtemps.

— Oh ! permettez ; cela dépend... Il est quelquefois prudent de partir au plus vite, mais il est encore plus prudent, dans certaines circonstances, de ne laisser derrière soi, dans sa maison, dans son logement, aucun papier qui vous puisse compromettre... On se dit : « J'ai le temps de les brûler avant que les soupçons soient éveillés, » et, en attendant le train de Bruxelles ou de Boulogne, on s'enferme chez soi et on les brûle... Tenez, regardez le foyer de votre cheminée.

Il ne répondit pas. Qu'aurait-il répondu ? Qu'il avait simplement brûlé des lettres de parents ou d'amis, des papiers sans importance. On ne l'aurait pas cru.

Le commissaire de police avait pris son chapeau déposé sur un meuble.

— Je vous avoue, Monsieur, disait-il, que cet entretien ne m'a pas satisfait. J'ai recueilli en même temps divers indices, que je trouve compromettants... Si M. Robins était à Paris, je crois qu'avant toutes choses, j'irais conférer avec lui ; mais, en son absence, je dois donner satisfaction à vos collègues, qui paraissent fort émus, et adresser sur cette affaire un rapport au parquet et à la préfecture... On décidera s'il faut suivre... En attendant, je suis obligé de vous laisser sous la garde d'un de mes inspecteurs.

Il porta légèrement la main à son chapeau, qu'il venait de mettre, et se retira.

Deux heures après, le même commissaire de police se présentait de nouveau chez Lucien Lecomte, muni cette fois d'un mandat d'amener.

XVI

Certains crimes, comme certaines maladies, au lieu de sévir isolément, de présenter des cas particuliers, s'abattent parfois sur nous par séries. Pendant une année, l'étranglement est à la mode ; on étrangle de tous côtés, avec les mains, avec des lacets, avec des mouchoirs. Les détails, la façon de procéder, diffèrent, mais c'est toujours l'étranglement. A certains moments, les assassins préfèrent couper leur victime en petits morceaux, enfermer tous ces débris dans une malle et l'expédier par le chemin de fer. Dans cette période on empoisonne avec de l'arsenic, de la strychnine, du phosphore, avec toutes les drogues connues et inconnues. Puis, c'est le vitriol qui a la vogue. On met une bouteille de ce

liquide dans sa poche, on sort, on va au théâtre, et
tout à coup on vitriolise le mari trop volage, la
femme infidèle... et quelquefois ses voisins. En
d'autres temps, les caissiers qui mangent la caisse
font prime : les chefs des maisons de banque aux
abois, ne savent plus à qui s'adresser pour n'être
pas volés, et souvent la contagion est si forte qu'ils
se volent eux-mêmes, ou bien volent leurs action-
naires. En Belgique, où tout ce monde se réfugie
d'ordinaire, le prix des loyers renchérit et on craint
la famine.

La justice est parfois indulgente pour le premier
crime commis dans chacune de ces séries. Elle ne
suppose pas que l'espèce va s'acclimater chez
nous et dédaigne de prendre des mesures énergi-
ques. Au second méfait du même genre, elle refuse des circonstances atténuantes. Quand vient le
dernier, elle applique le maximum de la peine avec
l'espoir d'arrêter la contagion.

Malheureusement pour Lucien Leconte, au moment où le parquet eut à s'occuper de son affaire,
le vent soufflait aux caissiers infidèles. Plusieurs
avaient pris la fuite, d'autres avaient été condamnés
à diverses peines, et, dans le journalisme, dans le
public, on se plaignait de l'inhabileté de la police,
de l'indulgence des juges.

A la nouvelle du nouveau détournement commis
au boulevard Haussmann, on cria de tous côtés :
« Nous en avons assez, il faut en finir, détruire
l'espèce, combattre l'épidémie ! » Ce n'était plus une
voix qui s'élevait, c'était une sorte de clameur qui
montait, montait toujours, et allait grossissant.

Mais, si tout ce bruit, cette direction de l'opinion
publique, cette animosité devaient faire le plus
grand tort à Lucien Lecomte, il faut avouer aussi
que le malheureux fut accablé sous les charges relevées bientôt contre lui.

Une des plus sérieuses, pour les personnes qui
se souviennent encore de ce procès, fut certainement la visite qu'on l'accusait d'avoir faite, le soir,
à une heure avancée, dans sa maison de banque, et
sa persistance, maladroite peut-être, à nier cette
visite. Il eût été plus habile, en effet, de reconnaître
qu'il s'était rendu à son bureau pour consulter quelques notes, vérifier un calcul qui le tourmentait,
écrire une lettre d'affaires pressée. Mais on se souvient que, dès le premier jour, lorsqu'il ignorait
encore et le vol et le nom du voleur, il avait déclaré
à Cabart n'être pas venu la veille, dans la soirée, à
son bureau. Il crut donc devoir persister dans son
dire, malgré les serments de toute la famille Cabart,
et la déclaration du concierge de la maison, qui

soutint l'avoir vu monter, et descendre quelques
minutes après, très abattu, très ému. Tous ces gens
étaient de parfaite bonne foi. Seulement les uns, à
la lumière douteuse du gaz, l'autre du fond de sa
loge, avaient pris Georges de Bussine pour Lucien
Lecomte.

Très préoccupée de savoir où avait pu passer la
somme volée, la justice fouilla dans l'existence du
prévenu pour essayer d'y découvrir quelque vice
caché. Ce fut inutilement : il n'avait pas de maîtresse,
et sa vie, au dire de tous, était des plus rangées. Les
enquêtes dans les cercles et les différentes maisons
de jeu n'eurent pas de résultat plus heureux : le
nom de Lecomte, grâce à l'amour-propre de Georges,
au titre dont il se parait, y était inconnu.

Le juge instructeur désespérait donc de trouver le
mobile du crime, la passion qui avait pu pousser
Lucien au vol, lorsqu'on apprit que ce nom de Lecomte était inscrit sur les livres de plusieurs agents
de change et de divers coulissiers. En effet, tout en
jouant au baccarat, Georges, pour essayer de réparer ses pertes, avait à diverses reprises joué à la
Bourse, et, comme chez les agents on peut être appelé à signer des bordereaux et des reçus, il avait
cru devoir quitter son pseudonyme et reprendre son
véritable nom.

Dans la voie des découvertes, le juge en fit une
autre : On trouva le nom de Lecomte, accolé à celui
de Petithomme, sur des carnets d'agent de change.

Cette fois, c'était bien de Lucien qu'il s'agissait :
se souvenant de son ancien métier, il avait négocié
diverses valeurs appartenant aux Petithomme, et
confiées par eux à cet effet. Mandés au cabinet du
juge d'instruction, Cornélius et Césarine reconnurent
que Lucien les avait souvent aidés dans leurs négo-
ciations et, pressés de questions, perdant la tête,
finirent par déclarer qu'il avait voulu leur emprunter
une somme de cent dix mille francs. Le chiffre et
la date de cet emprunt ne pouvaient laisser aucun
doute dans l'esprit des magistrats et devaient être
une des charges les plus importantes de l'accusation. N'était-il pas évident qu'il s'agissait de combler le vide fait dans la caisse, et, si Lecomte
essayait de combler ce vide, c'était donc lui qui
l'avait fait ?

. . . .

. . . .

. . . .

Trois mois après cette instruction, vers la fin de
février 187., Lucien Lecomte passait en cour d'assises.

Il fut devant la Cour, les jurés et le public, ce qu'il

avait été dans le cabinet du juge instructeur, calme, digne, mais très réservé dans ses réponses. Fort de son innocence, de son bon droit, il ne s'attendrissait pas, et n'arrivait par conséquent à attendrir personne.

Il ne s'animait que pour protester de son innocence. Mais il n'en donnait aucune preuve, et si l'énergie de son geste et de sa voix impressionnait le jury, comme elle avait frappé autrefois le commissaire de police, quelque charge accablante venait immédiatement effacer cette bonne impression.

Aux témoignages qui l'accablèrent, on aurait pu cependant opposer plusieurs déclarations favorables : celle, par exemple de M. Robins. Quoiqu'il fut seul lésé dans cette affaire, il se montra un véritable témoin à décharge, fit observer qu'il n'avait porté aucune plainte contre l'accusé et, que, si Lucien Lecomte passait en cour d'assises, c'est que la justice croyait devoir poursuivre d'office. Il déplora la trop grande précipitation des employés de sa maison à faire intervenir le commissaire de police, reprocha durement à Cabart sa conduite, et conclut en ces termes :

— Je ne croirai jamais que Lucien Lecomte ait pu devenir un malhonnête homme, et je soutiens qu'il y a là quelque mystère qu'on découvrira tôt ou tard.

Cette déclaration ne produisit pas l'effet que la

8

défense en attendait : on l'attribua plutôt à un sentiment de générosité exagérée qu'à une sérieuse
conviction.

Le remarquable réquisitoire de l'avocat général la
fit, du reste, bien vite oublier.

Après avoir examiné l'affaire dans ses moindres
détails, et mis en relief, avec une grande habileté,
toutes les charges réunies contre l'accusé, le ministère
public agrandit le procès en quelque sorte, éleva la
cause et fit d'une question particulière une question générale. Pour lui, il s'agissait de défendre la
société tout entière, menacée dans ses intérêts, dans
sa fortune, et, par un grand exemple, d'arrêter la
contagion, de combattre l'épidémie.

Le défenseur de l'accusé, au contraire, un avocat de mérite cependant, ne fut pas à la hauteur de
sa tâche. Il sentit sa cause compromise, perdue,
et lâcha pied au lieu de lutter avec d'autant plus
d'énergie. Il ne sut pas imiter ces grands comé-
diens, ces véritables artistes que les murmures du
public, quelquefois les sifflets, aiguillonnent et re-
lèvent au lieu d'abattre. Ils soutiennent, jusqu'au
dernier moment, jusqu'à la dernière scène, un rôle
ingrat, et trouvent parfois, dans leur énervement et
leur colère, de tels gestes, de tels accents, que

les sifflets se changent en applaudissements, que
la chute devient un triomphe.

Le résumé du président fut, comme beaucoup de
résumés, un nouveau réquisitoire. Les présidents de
cour d'assises sont disposés, par suite de leur situation, par leurs relations intimes avec le parquet, à
voir dans chaque accusé un coupable. Tout acquittement prononcé par le jury est une sorte d'injure
faite au juge d'instruction, à la chambre des mises
en accusation, à l'avocat général, et le président des
assises, par esprit de corps, par respect profession-
nel, par amour-propre, par conviction puisée chez
ses collègues, en arrive, avec la meilleure bonne foi
du monde, à mettre en relief l'accusation plutôt que
la défense. Son résumé devient un vain mot : à son
insu, il amplifie, augmente, aggrave les charges et
ne résume que la plaidoirie du défenseur. Il est
question de demander aux chambres la suppression de
ces résumés que nous avons combattus pour notre
part depuis dix ans, dans tous nos romans judiciaires, et nous espérons voir nos efforts réussir, car ils
seront maintenant secondés par des jurisconsultes,
des avocats, et plusieurs magistrats distingués.

Les jurés, après une courte délibération, rappor-
tèrent un verdict affirmatif sur toutes les questions
et muet sur les circonstances atténuantes.

La Cour appliquant aussitôt avec une grande sévérité, pour les raisons que nous avons déduites au commencement de ce chapitre, les peines énoncées dans les articles 386 et 408 du Code pénal, condamna Lucien Lecomte à six années de réclusion.

Le malheureux, qui, jusqu'à la dernière heure, confiant dans son innocence, s'était fait illusion et croyait à un acquittement, chancela lorsqu'il entendit prononcer cette terrible condamnation.

On l'entraîna, tandis qu'il répétait faiblement, comme une dernière et inutile protestation :

— Je suis innocent ! je suis innocent !

XVII

La tête lourde et comme meurtrie, l'œil fixe, le gosier sec, le corps endolori, les jambes molles et flasques, Lucien Lecomte, précédé d'un gardien de Paris, suivi d'un autre gardien, descendait lentement les quatre-vingts marches de l'étroit escalier, cette espèce d'échelle en granit qui conduit des salles où se tient la cour d'assises à la conciergerie.

Six ans de réclusion! Ces mots résonnaient toujours à ses oreilles, bourdonnaient dans sa tête.

Voyez-vous cet homme qui, il y a quelques semaines, jouissait de toute sa liberté, vivait comme il l'entendait en pleine lumière, en plein soleil, allant à droite, à gauche, dans toute la possession de sa force et de ses droits, le voilà maintenant pour six ans entouré de murs et de barreaux de fer, sans air, sans horizon, sans ciel au-dessus de sa tête.

S'il veut marcher, on lui dira : « Non, il t'est défendu de marcher en ce moment », et une main s'appesantira sur son épaule. S'il veut s'asseoir, une voix lui criera : « C'est l'heure de la promenade, il faut que tu tournes dans cette cour, dans ce cercle, comme une bête fauve. » S'il veut parler, on lui ordonnera de se taire, car le silence le plus absolu doit régner dans les maisons de force où sont envoyés les condamnés à la réclusion.

Si ces châtiments sont terribles lorsqu'ils atteignent un coupable, qu'en pense-t-on, lorsqu'ils frappent un innocent ?

Mais pourquoi s'est-il laissé condamner ? Pourquoi n'a-t-il pas avoué la vérité ?

Parce qu'il aurait livré son frère, et qu'il ne le voulait pas.

Ah ! vous allez vous récrier ; je vous entends dire :

8.

« Ce dévouement est ridicule ; il n'y a plus de frères comme celui-là. Nous ne sommes pas dans la vérité ; nous sommes dans le roman, dans la fable. »

Eh bien, non ! Des actions de ce genre, de tels sacrifices sont rares, il est vrai, à notre époque indifférente, égoïste. Mais ils se produisent parfois à l'état d'exception, comme une protestation, et nos petits esprits, au lieu de critiquer, doivent admirer ces belles âmes, ces grands cœurs.

Et puis, sans vouloir diminuer les mérites de Lucien Lecomte, savait-il que le sacrifice irait jusque-là ? Il a espéré convaincre, émouvoir M. Robins, et il y serait parvenu. L'attitude de ce témoin à l'audience vous l'a prouvé. Pouvait-il prévoir que M. Robins arriverait trop tard, lorsque les poursuites seraient commencées ?

Ensuite, a-t-il poussé le dévouement jusqu'à se dire coupable ? Non, jamais. Il a dit, au contraire : « Je suis innocent ! Cherchez le coupable, je n'ai pas mission de vous le livrer, ce n'est pas mon affaire : c'est la vôtre ! » On l'a cherché, ce coupable, et comme on ne l'a pas trouvé, on s'est écrié : « C'est lui, c'est Lecomte ! » Mais, jusqu'au dernier moment, il a eu confiance, et, persuadé qu'il allait être acquitté, il s'est refusé à dénoncer son frère.

L'aurait-il livré, s'il avait prévu cette terrible

condamnation ? Nous n'avons pas d'opinion à ce sujet. Il n'en avait pas lui-même. « Je ne sais pas », nous a-t-il dit un jour, lorsqu'il nous raconta son histoire, et que nous l'interrogions sur ce point... « Je crois cependant, a-t-il ajouté, que je me serais souvenu des serments faits aux deux mortes : ma sœur, ma mère ! »

Donc, tout affaibli, tout endolori, la pensée vacillante, comme au sortir d'une maladie, il descend l'escalier et traverse une longue voûte à peine éclairée. Cette fois, les deux gardes de Paris marchent à côté de lui, et lui mettent les menottes, par surcroît de précautions, car il n'est plus, comme le matin, un prévenu, un accusé : c'est un condamné.

La porte de sa cellule s'ouvre... cette cellule qu'il espérait ne pas revoir. Sur une petite planchette, scellée dans la muraille, sont éparses les notes diverses que, le matin encore, il rédigeait pour sa défense. Ah ! elles lui ont été bien inutiles ! L'avocat général a parlé et son réquisitoire a effacé de l'esprit des jurés toutes les observations présentées par l'accusé. Peut-être même ne s'est-il pas servi de ces notes ? On est si troublé dans ces audiences solennelles, sur ce banc d'infamie, en face de ces trois conseillers en robe rouge, de ces douze jurés qui vous dévisagent, de cet avocat général qui vous

épie, pour se faire une arme contre vous de vos dé-
faillances, de ces témoins réunis pour vous accabler, enfin, de ces deux cents personnes, les yeux,
quelquefois la lorgnette, fixés sur vous, se grandis-
sant sur leurs banquettes pour mieux voir.

Pendant que Lucien Lecomte pense à tout cela, et
revoit la cour d'assises, on vient le chercher, pour
le mettre dans une autre cellule, occupée déjà par
un détenu, qui l'empêcherait au besoin de faire quelque tentative de suicide ; car les gardiens se méfient
de ce condamné sombre, anéanti.

Son compagnon, condamné la veille à dix années
de travaux forcés pour vol à main armée, essaye de
lier conversation avec lui, et commence en ces termes :

— Tu n'as pas de chance ! On m'a dit qu'on t'avait
donné là-haut six ans de réclusion... C'est la *Centrale,* et c'est dur, la Centrale ! J'en sais quelque
chose, moi qui ai déjà habité Melun. Aussi, cette
fois, je me suis arrangé pour être envoyé à la *Nouvelle.* Je voyagerai aux frais de l'Etat. Je verrai
du pays, ça distrait, ça instruit.

D'une voix étouffée, Lucien s'écria :

— Ah ! laissez-moi ! laissez-moi ! De grâce, laissez-moi !

— Tu préfères rêvasser ?... A ton aise... Seule-

ment t'as tort de ne pas causer, pendant que t'en as
encore le droit... A la Centrale, tu ne pourras plus
balancer le chiffon rouge (expression d'argot qui si-
gnifie parler, et, mot à mot : remuer la langue).

Assis dans un coin, sur une chaise en bois, replié
pour ainsi dire sur lui-même, Lucien gardait le silence. Son compagnon fit une nouvelle tentative pour
vaincre son mutisme et entamer des relations.

— Tu crois peut-être, reprit-il, que je suis *une
peste* (un mouchard), qu'on m'a mis avec toi pour
casser le morceau (dénoncer). Pas si bête ! Ça coûte
trop cher de faire partie de la *musique,* et de *remuer* la casserole (espionner, trahir)... Pour quelques douceurs que vous donne l'Administration, les
camarades vous font une vie de chien, quand ils ne
vous *tournent pas la vis* (quand ils ne vous étran-
glent pas).

Et voilà le langage que désormais Lucien Lecomte
allait entendre ! Ah ! si la prison est terrible, la pro-
miscuité qui en dérive est encore plus cruelle !
Figurez-vous un malheureux, homme du monde,
bourgeois, ouvrier, paysan, habitué à certain langage,
et obligé, tout à coup, d'entendre cet infâme jargon !
Et ce n'est rien à côté des autres souffrances qui
lui sont réservées. Ces gens grossiers, malfaisants,
d'une autre espèce que la sienne, avec lesquels il

va falloir vivre ! Cette nourriture à laquelle il n'est
pas habitué et qu'il mangera sous peine de mourir
de faim ! Ces vêtements qu'il endossera ! Cette chemise si dure et de toile si résistante, qu'elle râpe
comme une lime lorsqu'elle est neuve, et que les
condamnés ont appelée pour cette raison : la *limace !*

Je sais bien ce que vous allez répondre ; on l'a
dit tant de fois : « Oui, les gens qui appartiennent à
certaines classes de la société souffrent plus que les
autres de toutes ces misères. Mais leur naissance,
leur éducation auraient dû les préserver de la chute.
Ils sont d'autant plus coupables qu'ils étaient plus
haut et ils méritent d'être punis plus sévèrement. »

C'est absolument vrai, s'ils ont commis certains
crimes, s'ils ont volé par exemple, ou assassiné
pour s'approprier la fortune d'autrui, car l'éducation
doit préserver de ce genre d'infamie. Mais si, surex-
cités, enfiévrés par la colère, la jalousie, ils sont
devenus meurtriers et que vous les jugiez assez
coupables pour les condamner, ils subiront leur peine
avec les autres, de la même façon que les autres,
dans les mêmes lieux. Eh bien, ils étaient, au moment
du crime, sous l'empire d'une passion qui courbe aussi
bien ceux-ci que ceux-là. L'éducation n'y fait rien.
Ils ne sont pas plus coupables, parce qu'ils avaient

vécu jusque-là d'une certaine façon. Alors pourquoi les frappez-vous plus cruellement ?

Et, sans parler d'éducation, cet ouvrier, ce manœuvre, qui vient de commettre une première faute, mérite-t-il d'être enfermé dans la même enceinte que ce pilier de maison centrale, cet éternel forçat ? Cette petite bourgeoise, condamnée pour adultère, doit-elle subir, à Saint-Lazare, la société des filles soumises et insoumises ? Cet ouvrier, employé dans nos usines, coupable, un jour de grève, de rébellion à main armée contre la gendarmerie, n'a rien à faire avec ce maître d'école qui corrompait la jeunesse. Il vaut mieux que lui, et ne mérite pas qu'on le condamne à vivre avec ce misérable. Ici, c'est l'ignorance qui a le droit de mépriser l'éducation.

Tenez, ce Polonais, cet ouvrier ébéniste, Erner-Musen, que, la semaine dernière, le jury envoyait au bagne, à la grande stupéfaction de tous, même de la Cour, parce que, inconscient peut-être de nos lois, il avait épousé trois femmes, doit-il être traîné à Nouméa, en compagnie de misérables de la pire espèce ? Quel rapport existe-t-il entre un bigame, même un trigame, et des assassins ? Et ces soldats, oui, ces soldats, envoyés dans des maisons centrales et au bagne, le vrai bagne ! Ils ont cependant été condamnés par des conseils de guerre, jugés comme soldats, pendant qu'ils étaient au service, et jugés avec une sévérité nécessaire, je n'en disconviens pas, mais souvent terrible. Ne devraient-ils pas subir leur peine dans des lieux spéciaux, dépendant du ministère de la guerre, comme les autres dépendent du ministère de l'intérieur ?

En un mot, je voudrais que tous les criminels, au lieu d'être parqués dans la même enceinte, fussent classés avec plus de soin, divisés en catégories plus nombreuses. C'est le seul moyen d'être vraiment juste et d'éviter la corruption, la contagion. Tant que vous dédaignerez ces classements, l'homme entré dans vos prisons comme voleur y reviendra comme assassin. Vous ferez de cette adultère une courtisane, de cet ouvrier coupable seulement de violence un dangereux malfaiteur... Ah! je sais bien que je suis dans le rêve. Mais du rêve naît quelquefois... une idée pratique.

Lucien Lecomte ne dormit pas, pendant la nuit qui suivit sa condamnation. Bientôt on le transférait de la Conciergerie à la Grande-Roquette.

XVIII

Tout le monde connaît, du moins extérieurement, le dépôt des condamnés, plus vulgairement désigné sous le nom de la *Grande-Roquette*. On est obligé de passer devant cet édifice d'aspect lugubre, pour se rendre au Père-Lachaise, et non seulement tous les Parisiens, mais un grand nombre de provinciaux et d'étrangers, ont été appelés dans ce célèbre cimetière, les uns par un pieux souvenir, les autres pour suivre le convoi d'un ami, ces derniers par curiosité.

Rien de sinistre comme le chemin qui conduit au dépôt des condamnés. A peine quitte-t-on le boulevard Voltaire pour entrer dans la rue de la Roquette, qu'on est saisi de tristesse. A droite et à gauche, des maisons noires, vieilles, basses, de laides boutiques, de honteuses échoppes, et partout, à chaque rez-de-chaussée, débordant sur le trottoir, les étalages des marchands-marbriers, avec leurs urnes funéraires, leurs couronnes d'immortelles, leurs tombes prêtes à vous recevoir. « Vous mourrez bientôt, semblent-

elles vous dire, précautionnez-vous d'un petit mau-
solée... d'occasion. »

Sur la place, à gauche, la maison des jeunes détenus. Au milieu, un peu sur la droite, le lieu consacré
aux exécutions capitales. Ces pavés ont tous reçu
une goutte de sang, une éclaboussure ; le frottement
de la guillotine les a usés. Plus loin, toujours sur la
droite, la terrible prison des condamnés, condamnés
à mort, condamnés au bagne, condamnés à la réclusion, ou condamnés à un emprisonnement de moins
d'une année, mais dans ce cas récidivistes. Car la
Grande-Roquette est, dans son genre, une aristocrate :
elle n'admet chez elle que de grands criminels, ou si,
par exception, elle en reçoit de petits, elle exige
qu'ils lui aient été présentés.

Donc voici l'aspect général : dans la rue, de tous
côtés, des tombes vides. Au fond, le cimetière avec
ses tombes pleines. Sur la place, à gauche, la prison
des détenus : une grande tombe d'enfants. A droite,
le dépôt des condamnés : la tombe des vivants qui
ont mal vécu.

Tel était le triste chemin parcouru par la lourde
voiture qui conduisait Lucien Lecomte à sa nouvelle
prison. Il en connaissait déjà deux : Mazas et la Conciergerie. Il allait en connaître une troisième, en
attendant qu'on le dirigeât sur la dernière, la maison

de force et de correction, la maison centrale où il allait subir sa peine. Ce n'était encore qu'une des stations qu'il parcourait, pour monter au Calvaire.

Dès que la voiture, si facilement reconnaissable, apparut, le poste des soldats qui gardent la prison prit les armes. En même temps, le guichetier de service à l'entrée de la maison, averti par le bruit, s'empressait d'ouvrir la porte.

La voiture s'avança de quelques pas et attendit : pour qu'elle pût continuer son chemin, il fallait qu'une seconde grille tournât sur ses gonds et lui livrât passage.

Ces deux grandes portes, situées aux deux extrémités de la voûte qui conduit à la première cour, la cour de service, ne s'ouvrent que dans des circonstances solennelles : pour l'arrivée et le départ des voitures cellulaires chargées de transporter les détenus d'une prison dans une autre, et devant le cortège qui accompagne les condamnés à mort à la guillotine.

Dès que la voiture eût pénétré dans la cour, les portes se refermèrent précipitamment sur elle, et plusieurs employés de la maison vinrent au devant de leurs collègues du service des prisons, qui leur amenaient de nouveaux hôtes.

Les détenus, tout étourdis d'une rapide prome-

nade dans Paris, meurtris par les cahots du *panier à
salade* et l'emprisonnement de leurs membres dans
un petit espace, sortirent l'un après l'autre de leur
cellule respective, et descendirent en s'étirant les
jambes, en jetant autour d'eux des regards furtifs.
Ceux-ci, les nouveaux, examinaient avec curiosité la
demeure que l'Administration leur assignait ; ceux-là,
des anciens, saluaient une maison bien connue, qui
leur avait souvent offert l'hospitalité.

Tous devaient attendre maintenant les formalités
de l'écrou sous une nouvelle voûte, encore fermée
par des grilles, et ouvrant à droite sur le greffe, à
gauche sur le parloir.

Lucien Lecomte, silencieux, la tête basse, l'œil
fixé sur les dalles, attendait aussi, comme les autres,
au milieu des autres. Enfin, son tour arriva de se
rendre au greffe. Il entra, ou plutôt il fut poussé...
car il marchait hésitant... dans une pièce pleine de
cartons et de registres.

Divers employés, debout à leurs pupitres ou assis
devant de longues tables noires, consultaient des
papiers, prenaient des notes. L'un d'eux inscrivit les
nom, prénoms, signalement du nouveau pensionnaire, constata son identité, mesura sa taille à la
toise, lui donna un numéro, et dressa la liste des
objets trouvés sur lui au moment de son arrestation

et qu'on ne devait lui rendre qu'à l'expiration de sa
peine. Ces diverses formalités remplies, on fit passer
Lucien Lecomte par une petite porte qui donne accès
dans la prison proprement dite, car jusqu'alors il ne
s'était trouvé que dans sa première enceinte, une
sorte d'antichambre.

Mais quelle sinistre entrée! Dans quel lieu! Dans
la pièce consacrée à la dernière toilette des condamnés à mort! Pièce étroite, longue, éclairée par
des lucarnes qui ouvrent sur le préau, la cour des
détenus. Des murs peints à la chaux, rugueux, jaunâtres
plutôt que blancs. Pour tous meubles : un banc de
bois, une petite table et une chaise... la chaise sur
laquelle s'assied le condamné à mort, pour que l'exécu-
teur des hautes œuvres donne un coup de ciseau au
col de sa chemise, et ligotte ses bras et ses jambes.

— Allons, déshabillez-vous, dit un surveillant à
Lucien.

Il ne comprenait pas... Peut-être n'avait-il pas
entendu.

Cette fois, le surveillant, afin d'être mieux compris, joignit le geste à la parole. Il prit à pleines
mains les parements de la redingote que portait
le détenu tout en murmurant les paroles suivantes :

— Voyons, il faut ôter ça et revêtir l'uniforme de
la prison... Oh! soyez tranquille, on vous rendra

toutes vos nippes quand vous aurez fait votre temps...
Elles vous suivront avec votre argent, dans vos
diverses prisons. L'administration ne s'approprie
rien ; elle a beaucoup d'ordre. Vous n'êtes pas à
plaindre, que diable! On vous donne d'excellents
vêtements, et, pendant que vous les porterez, les
vôtres ne s'useront pas.

Il disait tout cela d'un ton jovial, sans la moindre
méchanceté, pour dire quelque chose et jeter quelque gaieté sur sa triste profession.

Lucien se déshabillait en silence, mécaniquement,
pour ainsi dire, tout grelotant par cette froide matinée de février, dans cette pièce ouverte à tous les
vents, glaciale. Il n'avait plus que sa chemise :
on lui donna l'ordre de l'ôter. Il obéit. Ne fal-
lait-il pas s'habituer, dans sa nouvelle vie, à l'obéissance, toujours l'obéissance ? Lorsqu'il fut entièrement nu, le gardien s'approcha, inspecta tout son
corps, lui ordonna de lever les bras pour s'as-
surer qu'il ne cachait rien sous ses aisselles, et
fit enfin cette visite intime que nous ne pouvons dé-
crire ici, et que les voleurs ont surnommé le *grand
rapiot*.

Pâle tout à l'heure, Lucien avait maintenant du
rouge sur les joues, du rouge au front. C'était la
honte qui lui montait du cœur au visage.

Quand cette visite, nécessaire sans doute, mais terrible pour certains hommes, fut terminée, on lui donna les vêtements de la prison : le pantalon en drap gris, la vareuse ou plutôt la veste courte du même drap, de la même couleur que le pantalon, le gilet, la chemise rugueuse dont nous avons parlé, puis des sabots. De tous ses vêtements il ne put garder que son chapeau, un chapeau rond, bas de forme, qu'on visita soigneusement avant de le lui rendre, dans la crainte qu'il n'y eût caché quelque objet.

Lorsqu'il fut habillé, on le conduisit sous la petite voûte dans laquelle débouche l'escalier qui monte aux dortoirs et aux cellules. Sa toilette n'était pas terminée. Il devait maintenant se faire raser et tailler les cheveux. Pour cette opération, le barbier de la prison (*le barberot*) le plaça sur une chaise, au milieu de la voûte. Lucien tournait le dos à l'escalier et voyait devant lui, à travers les barreaux d'une grande grille, la cour de la prison.

Deux cents détenus s'y trouvaient en ce moment; c'était l'heure du repas et de la récréation. Ceux-ci marchaient, l'un derrière l'autre ou deux à deux, tournant toujours dans le même ordre, sans pouvoir ni se trouver face à face, ni s'arrêter; ceux-là étaient assis sur une étroite banquette le long de la muraille, et mangeaient dans de petites terrines jaunâtres posées sur leurs genoux. Ces derniers, les heureux, les riches, faisaient queue devant la cantine.

Deux ou trois surveillants et le gardien-chef, debout près d'une grille, ou appuyés contre la fontaine, au milieu de la cour, suffisaient à maintenir l'ordre le plus complet dans cette foule. On n'entendait que le murmure confus des conversations à voix basse, des confidences intimes, et le bruit des sabots glissant, se traînant sur la cour pavée.

Lorsque Lucien Lecomte fut entièrement rasé, et qu'il n'eut plus que de rares cheveux, on le fit se lever, on ouvrit devant lui la grille de la cour, et on lui dit :

— Entrez.

Il entra. Et, alors, à la fois, tous les regards des détenus se dirigèrent sur lui ; les conversations cessèrent. On se le montrait non pas du doigt, les détenus sont très sobres de gestes, mais de l'œil. Quel était ce nouveau venu, ce nouveau collègue ? Et, pendant qu'ils se faisaient silencieusement ces questions, le malheureux dans ses vêtements qui le gênaient, avec ses sabots, dont il ne savait pas se servir, restait cloué à la même place.

— Marchez, lui dit un gardien. Il est défendu ici de s'arrêter.

Alors il se mit à marcher ou plutôt à tourner, machinalement, comme il voyait tourner ses compagnons.

XIX

Un coup d'œil avait suffi à la plupart des détenus pour classer leur nouveau compagnon. Ils savaient déjà, à la façon dont il marchait, dont il tenait ses mains, à son ahurissement, que ce n'était pas un habitué de prison. C'était donc un central ou un forçat, puisque, nous l'avons dit, les récidivistes seuls subissent à la Grande-Roquette des peines de courte durée.

Déjà jugé comme criminel, il ne tarda pas à l'être comme individu : ses vêtements dans lesquels il semblait mal à l'aise, la finesse de ses mains, la blancheur de son teint, indiquaient à tous ces hommes experts qu'il appartenait à la haute classe ou qu'il l'avait du moins fréquentée.

Bientôt, du reste, son nom circula de bouche en

9.

bouche, car on savait déjà, à la Grande-Roquette, qu'un nommé Lucien Lecomte avait passé la veille en cour d'assises, et s'était vu condamner à six années de réclusion. Toutes les nouvelles du Palais de Justice, des prisons et des bagnes, pénètrent au dépôt des condamnés avec une promptitude qui pourrait étonner, si on ignorait que le personnel de cette maison est sans cesse renouvelé comme l'indique son nom de dépôt : les nouveaux arrivants apportent à leurs collègues, enfermés depuis quelque temps, les nouvelles du dehors, et principalement celles qui les intéressent le plus, qui ont un rapport direct avec leur *carrière*.

Dès qu'on sut à quoi s'en tenir sur le compte de Lucien, on essaya de lui faire des avances : peut-être avait-il en réserve quelque menue monnaie, et offrirait-il les douceurs de la cantine aux camarades qui se montreraient obligeants. Aussi, tout en marchant, des détenus passaient près de lui, et glissaient un mot à son oreille. Il ne répondait pas, non par orgueil et par dédain... il savait bien qu'il aggraverait sa situation, s'il montrait de la fierté, et il était résolu à vivre en bonne intelligence avec ses nouveaux compagnons... mais il entendait à peine, il ne comprenait pas encore, il était toujours anéanti, et, s'il continuait à marcher, c'est qu'il

obéissait à un mouvement mécanique, à l'impulsion
qu'on lui avait donnée.

La sonnerie prolongée d'une cloche mit fin aux
avances, aux sollicitations dont il était l'objet. Les
détenus interrompirent leur promenade et se ran-
gèrent dans la cour, pour se diriger vers leurs
ateliers situés au rez-de-chaussée, dans les grands
pavillons de droite et de gauche. Comme Lucien,
toujours machinalement, allait les suivre, un gardien
s'approcha et lui dit :

— Non, restez dans la cour. Vous n'appartenez
encore à aucun atelier. Que savez-vous faire ?

— Ce que je sais faire ? Ce que je sais faire ?
répéta-t-il, tout étonné de cette question.

— Oui, nous avons ici des ateliers de serrurerie, de menuiserie, de chaussures. Que préférez-
vous ? L'entrepreneur des travaux vous utilisera suivant vos moyens.

— Mais je n'ai jamais travaillé de mes mains, dit-
il, je ne saurais pas...

— Vous apprendrez. On commencera par vous
placer dans l'atelier de cartonnage ; il manque d'ouvriers en ce moment... et pour un débutant, c'est le
travail le plus facile... Allons ! venez avec moi.

On le conduisit dans l'atelier de cartonnage, à
gauche, du même côté que le chauffoir, et un *moni-*

teur fut chargé de lui donner les premières notions du métier.

Vers sept heures, la cloche annonça que le moment du repos était venu. Le gaz n'est pas encore établi à la Grande-Roquette ; aussi les détenus, ne pouvant pas travailler à la lumière, se couchent dès qu'il fait nuit, et se lèvent seulement au petit jour. Ils ont ainsi, à certaines époques de l'année, des nuits de douze heures. Pourquoi ne pas obliger les entrepreneurs à éclairer les ateliers? Ils gagnent cependant assez d'argent. Grâce au travail des prisonniers, plusieurs d'entre eux sont riches aujourd'hui.

Lucien suivit ses compagnons, et un gardien, après l'avoir fait entrer dans une cellule du second étage. referma la porte sur lui et poussa un énorme verrou. L'art de la serrurerie est resté stationnaire dans les prisons; à la dimension des clefs, des verrous et des serrures, on se croirait au temps des forteresses et des cachots. Mais Lucien Lecomte ne se plaignit pas d'être ainsi enfermé. Jusqu'au matin, dans la solitude, le silence et la nuit, il serait libre de ne point parler, de ne pas entendre les propos qu'on murmurait à ses oreilles, de vivre loin de ses tristes compagnons.

La journée du lendemain fut meilleure pour lui.

Vers neuf heures, un gardien vint le chercher dans l'atelier, pour le conduire auprès du directeur. Après avoir franchi plusieurs grilles, il se retrouva dans la cour où la voiture cellulaire l'avait déposé la veille, gravit, toujours suivi de son gardien, un petit escalier, et pénétra dans un cabinet dépendant de l'appartement particulier du directeur.

Le grand maître actuel du dépôt des condamnés passe pour un homme ferme, énergique, mais humain et juste. Les condamnés le craignent, sans avoir de haine contre lui. Ils savent qu'il est toujours prêt à réprimer tout acte d'indiscipline, toute tentative de révolte, mais qu'il s'occupe aussi d'améliorer le sort de ses pensionnaires, de faire droit à leurs plaintes quand elles sont justes, et d'adoucir pour eux, lorsque le service n'en doit pas souffrir, les rigueurs de la prison.

Assis à son bureau, il jeta sur Lucien, debout devant lui, un coup d'œil qui lui suffit pour le juger, et lui dit, d'une voix où perçait une sorte d'intérêt :

— Lecomte, je vous ai fait appeler pour vous apprendre que vous m'avez été très vivement recommandé par votre ancien patron, M. Robins. A peine étiez-vous entré dans cette maison qu'il est venu me voir et m'a parlé longuement de vous.

— Oui, murmura Lucien, il me croit innocent,
lui !... Il est le seul, ajouta-t-il, avec une sorte
d'amertume.

— Je n'ai pas à savoir si vous êtes ou si vous
n'êtes pas coupable... Vous ne pouvez être pour
moi qu'un détenu, un pensionnaire que l'administration m'a confié. Mais, en raison de l'intérêt qu'un
homme estimé vous porte, par égard pour votre
passé, votre éducation, qui me semblent une garantie de bonne conduite, j'améliorerai votre situation autant que le règlement de la prison le com-
porte.

—Je vous remercie de tout mon cœur, Monsieur,
fit Lucien.

— Vous allez d'abord, reprit le directeur, quitter
l'atelier où vous travaillez en ce moment et passer à
la bibliothèque. Le détenu qui s'en occupait a quitté
la maison depuis quelques jours ; vous le remplace-
rez. Votre tâche consistera à mettre de l'ordre dans
les livres et à les distribuer, suivant les demandes qui
vous seront adressées et les renseignements qu'on
vous donnera.

— Croyez bien, Monsieur, répondit Lecomte, que
je ferai tous mes efforts pour me rendre utile.

— J'ai formé un petit dortoir où couchent quelques
détenus dont la conduite est bonne, et qu'il est inu-

tile d'enfermer. Voulez-vous avoir un lit au milieu d'eux ?

— Oh! non, Monsieur, j'aimerais mieux, si vous n'y voyez pas d'obstacle, rester dans ma cellule.

— Vous préférez la solitude. Je m'y attendais... Mettons que je n'aie rien dit... et passons à autre chose. Comme vous n'êtes pas encore fait à l'ordinaire de la maison, j'autoriserai les employés de la cantine à vous fournir vos repas... Avez-vous maintenant quelque demande particulière à m'adresser ?

— Non, Monsieur, non. Vous êtes allé, avec une grande bienveillance, au-devant des seuls désirs que je pouvais former dans ma situation.

— Je pensais, reprit le directeur, que vous me demanderiez la faveur du parloir.

— Pourquoi ? fit-il avec tristesse ; personne ne désire me voir.

— Vous vous trompez : quelqu'un le désire, au contraire.

— M. Robins ?

— Non. Par un sentiment de délicatesse que vous apprécierez, il a pensé qu'il vous serait pénible de vous retrouver, pour l'instant, devant lui.

— Dans ce costume, fit Lucien, en abaissant son regard sur les vêtements qui le couvraient... Il a eu

raison, et je le remercie... Mais qui donc peut
désirer me voir ?

— Deux personnes que vous connaissez sans doute,
M. et Mme Petithomme. Ils ont déjà fait parvenir une
demande à la préfecture... Si cette entrevue vous
convient, vous adresserez de votre côté une autre
demande ; je l'appuierai et le parloir vous sera certainement accordé.

— J'écrirai, Monsieur, fit Lucien.

Il venait de se dire que les Petithomme voulaient
peut être lui remettre une lettre de son frère ou de
Suzanne. On se souvient que, prévoyant tout ce qui
pouvait arriver, il avait recommandé à Georges de ne
pas lui écrire directement.

Au lieu de rester assis et de congédier du geste son
pensionnaire, le directeur s'était levé et le ramenait
doucement vers la porte. Frappé de l'attitude de
Lucien, qui conservait une certaine dignité, même
sous sa terrible livrée, touché surtout par l'expression
de sa physionomie, son sourire triste et doux, il oubliait instinctivement le détenu, pour ne voir qu'un
simple visiteur. De l'autre côté de la porte, sur le
palier, Lecomte trouva le gardien qui l'avait conduit.
Cet homme, après avoir reçu des ordres verbaux
et écrits, se mit en devoir de diriger son prisonnier
vers la partie de la maison qui venait de lui être

désignée. Mais on devait avoir ajouté à ces ordres quelques recommandations particulières, car dans le trajet de la première à la troisième cour, il se montra presque poli avec le détenu, eut pour lui de véritables attentions et prit plaisir à le renseigner sur toutes choses.

— La bibliothèque où je vous conduis, disait-il, est située à l'extrémité de la maison, dans la troisième cour, la cour des condamnés à mort.

—Ah ! fit Lecomte, troublé à l'idée de ce voisinage.

— Il y a deux condamnés en ce moment, ajouta le gardien. En entrebâillant la porte de la bibliothèque, vous pourrez les apercevoir à l'heure de la promenade... Oh ! vous ne vous ennuierez pas là-bas... Vous avez de la chance.

— Une chance bien relative, pensa Lucien.

XX

Un jour, on vint chercher Lucien Lecomte pour le conduire au parloir.

Le lieu réservé, à la Grande-Roquette, aux entrevues des détenus avec leurs parents ou leurs
amis, est situé à l'entrée de la prison, sous la
première voûte, en face du greffe. C'est une pièce
longue, assez vaste, éclairée par des croisées qui
donnent sur la première cour. Elle est divisée en
trois parties, ou plutôt séparée par deux cloisons,
en bois plein dans la partie basse, formées de
barreaux et de grillages dans la partie élevée. Le
compartiment le plus rapproché de la cour est réservé aux visiteurs. Des surveillants occupent le
second compartiment, beaucoup plus étroit que les
autres, et qui forme ainsi une sorte de couloir, res-
serré entre deux cloisons. La troisième partie est
destinée aux détenus admis au parloir. Par suite
de ces arrangements intérieurs, le prisonnier ne
communique pas directement avec les personnes
qui viennent le voir. Il est séparé d'elles par le couloir, large d'un mètre environ, par les deux grillages, et par les gardiens, toujours prêts à intervenir, si l'entretien devenait suspect ou dangereux.
Aussi les confidences intimes, à moins qu'elles ne
se fassent par signes, sont-elles très difficiles et
l'échange d'objets prohibés entre le visiteur et le
visité presque impossible.

Mais, souvent, pour le récompenser de sa bonne

conduite, on accorde au détenu ce qu'on appelle le
parloir de faveur, c'est-à-dire qu'au lieu de le tenir
parqué dans le troisième compartiment, on l'autorise
à entrer dans le second. Il se trouve ainsi en contact
plus immédiat avec ceux qui le viennent visiter,
puisqu'il n'est plus séparé d'eux que par un grillage ; les mains peuvent se serrer, les confidences
s'échanger, quelquefois les lèvres se rejoindre.

Lucien, par ordre du directeur, fut admis à jouir
du parloir de faveur.

M. et Mme Petithomme, qui l'attendaient depuis un
instant, ne l'auraient pas reconnu tant il était changé...
dans ses nouveaux vêtements, avec sa barbe et ses
moustaches rasées, ses cheveux courts. Il était si
pâle, déjà si amaigri, qu'on ne voyait pour ainsi dire
dans son visage que ses grands yeux noirs, profonds, enfoncés dans leur orbite, et entourés d'un
cercle bleuâtre.

Mais il les reconnut, lui, et les appela d'une voix
douce, par leur nom.

Alors ils levèrent la tête, l'aperçurent, laissèrent
échapper un cri de douleur en le retrouvant ainsi,
et quittant le banc de bois où ils étaient assis, ils
s'avancèrent lentement vers le grillage.

Leur démarche, l'expression de leur physionomie,
indiquaient qu'ils étaient certainement aussi inti-

midés, aussi gênés que lui-même de cette entrevue.
Cornélius tenait si basse sa petite tête, qu'elle dis-
paraissait presque en entier dans ses vastes épaules.
Il ressemblait à ces oiseaux qui, lorsqu'ils dorment,
se replient sur eux-mêmes, enfouissent leur cou dans
la plume, et ne laissent voir que les pattes et le
corps.

Lucien eut pitié d'eux.

— Approchez, puisque je ne puis aller vers vous,
leur dit-il avec un triste sourire en désignant des
yeux la cloison qui les séparait. Je veux, continua-t-il,
vous serrer la main pour vous remercier d'être venus,
de ne m'avoir pas abandonné dans mon malheur.

Plus hardie que son mari, Césarine s'était approchée, et pressait les doigts que Lucien lui tendait :

— Alors vous ne nous en voulez pas? disait-elle.

— Je ne vous en ai jamais voulu, fit-il.

— Eh bien, nous sommes plus sévères pour
nous-mêmes... Nous ne cessons de nous répéter,
Cornélius et moi, que tout cela ne serait pas arrivé
si nous n'étions pas...

— Des avares, acheva M. Petithomme.

Pour la première fois peut-être, sans l'aide de sa
femme, il trouvait l'expression exacte, tant il avait
conscience de ses torts et de son vice favori.

—Oui, monsieur Petithomme a raison, reprit-elle

aussitôt avec vivacité, nous sommes des avares !... On doit se dire ses vérités... Mais notre avarice ne nous sert plus à rien ; elle ne nous procure aucune jouissance... Depuis votre condamnation, monsieur Lucien, nous n'avons pas osé une seule fois ouvrir notre caisse et compter nos valeurs : leur vue nous rendrait encore plus tristes et augmenterait nos remords.

— Oh ! oui, soupira M. Petithomme.

— Ne parlons plus de cela, fit Lucien. A quoi bon ?... Je ne veux songer au passé que pour vous remercier de vos regrets.

— Comme vous valez mieux que nous ! dit-elle.

Ils gardèrent un instant le silence. Mme Petithomme contemplait Lucien, et des larmes coulaient de ses yeux. Cette petite femme sèche, dure, cruelle même quand il s'agissait d'argent, redevenait bonne, retrouvait son cœur d'autrefois, du temps de la pauvreté, dès que ses intérêts n'étaient plus en jeu. A travers ses pleurs, elle disait :

— Voyons, ce n'est pas vous, n'est-ce pas ? le fils de M. Lecomte, le chef de division, notre protecteur... ce n'est pas vous qui êtes là, derrière ces barreaux, dans ce costume ?...

— Hélas ! si !... C'est bien moi.

— Mais vous nous serez rendu bientôt? La justice reconnaîtra son erreur.

— Ah! fit-il avec joie, vous aussi, comme M. Robins, vous me croyez innocent?

— Oui.

Et, s'approchant autant qu'elle pût de Lucien, lui parlant à l'oreille, elle ajouta :

— Nous croyons, M. Petithomme et moi, avoir découvert le coupable.

— Qui donc? demanda-t-il avec crainte.

Elle remarqua ce mouvement et s'écria :

— Ah! nous ne nous étions pas trompés! Pourquoi auriez-vous peur de notre découverte, si ce n'était pas lui.

— Qui, lui?

— Votre frère.

— Silence! silence! fit-il. Ne dites jamais cela, je vous en conjure... Ah! si vous teniez un tel propos devant un autre que moi, continua-t-il avec une grande animation, presque avec colère, je ne vous pardonnerais jamais de ma vie, jamais, jamais!... Et puis, c'est faux, entendez-vous, c'est faux !

— Soit! monsieur Lecomte, reprit-elle en le regardant, c'est faux, puisque vous voulez que ce soit faux..., et nous nous tairons; je vous le jure... Du reste, il est maintenant trop tard pour parler.

— Trop tard, en effet, répéta Cornélius.

— Mais les juges, reprit Césarine, auraient bien pu deviner comme nous... Il est vrai que c'est à la fin seulement des débats que j'ai tout à coup compris... J'avais été frappée par certains détails insignifiants pour les autres, et que je devais remarquer, moi qui connaissais votre vie intime... Cet argent enlevé de la caisse a été perdu au jeu par votre frère, dans cette nuit où Petithomme est allé le chercher au Cercle... Ah! ne niez pas, ne niez pas et ne me regardez pas ainsi comme si vouliez me dévorer... Que vous importe que je sache la vérité? Je viens de vous jurer de me taire, et je sais garder un secret.

— Oui, nous serons muets, fit Petithomme.

— Il n'y a pas de secret, crut devoir dire Lucien, décidé à ne pas avouer.

— C'est entendu, bien entendu, reprit Césarine. Votre frère n'est pour rien dans l'affaire... Vous n'aviez aucun motif de l'envoyer au loin, dans des pays perdus, d'où il ne pouvait revenir assez à temps pour assister au procès et se livrer... car j'espère bien qu'il se serait livré... Non. Il voyage là-bas en Afrique de son plein gré, pour son agrément.

— Comment savez-vous qu'il est en Afrique ? demanda Lucien.

— C'est bien malin ! N'a-t-il pas été convenu qu'il vous écrirait sous double enveloppe, et que sur la première il n'inscrirait que le nom et l'adresse de M. Petithomme ?

— Oui, eh bien ?

— Eh bien, nous avons reçu une lettre venant d'Algérie, du fond de l'Algérie, presque du désert... J'ai décacheté, et, sous la première enveloppe, j'ai trouvé une autre lettre qui vous était adressée.

— Ah ! fit-il avec joie, c'est probablement Suzanne qui m'écrit... Donnez, donnez...

Mais, en prononçant ces mots, il venait de se rappeler sa situation : il lui était interdit de recevoir directement des lettres ou des papiers.

— Prenez garde, fit-il en montrant le surveillant qui se tenait assis à l'extrémité du parloir, dans le second compartiment.

— Il ne nous regarde pas, répliqua Césarine ; du reste, M. Petithomme est si grand qu'il me masquera... C'est bien le moins que sa taille nous serve à quelque chose... Tendez la main... on n'y verra que du feu.

En effet, Lucien put prendre et cacher la lettre, sans que le gardien parût s'en apercevoir, soit qu'il

n'eût rien vu, soit qu'il voulût se montrer complai-
sant envers un détenu protégé par le directeur.

—Maintenant, reprit Mme Petithomme, j'ai encore
quelque chose à vous remettre.

— Quoi donc?

— Voici, fit-elle avec un certain embarras... Nous
avons pensé, M. Petithomme et moi, que vous aviez
besoin d'argent... et nous vous apportons quelques
billets de banque... Oh! cela vous étonne de notre
part... Cela nous étonne peut-être aussi nous-mêmes.
Mais nous avons eu un bon mouvement, par hasard.
Profitez-en vite, nous n'aurions qu'à nous repentir.

— Merci, fit-il, sans pouvoir s'empêcher de sourire, en entendant ces paroles... Je suis très touché
de votre bonne pensée... Mais je ne puis accepter
votre offre pour deux raisons : je n'ai aucun besoin
d'argent ici, et je n'ai pas le droit d'en avoir. Si on
en trouvait sur moi, on me punirait sévèrement...
et ce serait mal récompenser le directeur des faveurs qu'il m'accorde, que de me mettre ainsi en
contravention.

—. Vous n'avez pas d'autre motif? fit-elle. Ce
n'est point pour nous punir de notre refus d'autrefois ?

— Non, je vous le promets.

10

— Alors, je n'insiste pas, je ne veux pas vous causer d'ennui.

Elle n'insistait pas surtout parce qu'au fond elle n'était pas fâchée de ce refus. Elle avait eu le bon mouvement... ce qui satisfaisait sa conscience... et elle gardait l'argent, ce qui allait augmenter son trésor... L'avare renaissait.

Lorsqu'ils se séparèrent, Lucien fit promettre à M. et Mᵐᵉ Petithomme de revenir bientôt. Il voulait leur remettre une réponse à la lettre qu'il allait lire, et les charger de jeter eux-mêmes cette réponse à la poste, pour qu'elle ne portât aucune empreinte de la prison.

XXI

Dès qu'il fut rentré dans la bibliothèque, où il passait ses journées, Lucien Lecomte, après s'être assuré que personne ne pouvait le voir, s'empressa de décacheter la lettre remise par Mᵐᵉ Petithomme. Elle était de Suzanne et conçue en ces termes :

« Mon cher oncle, tu ne m'as pas répondu, et je
crains bien que tu n'aies pas encore reçu mes lettres... Aussi vais-je agir comme si je ne t'avais
pas écrit et reprendre par le commencement...
Dans le cas où tu m'aurais déjà lue, tu me reliras
sans trop de peine, n'est-ce pas?... Ta petite Suzanne ne t'ennuie jamais.

« Ah ! comme j'ai souffert le jour de mon départ...
Si tu m'avais vue, tu aurais eu bien du chagrin.

« Ma pauvre mère, ma pauvre mère !... la quitter
ainsi, sans avoir même pu accompagner son cercueil,
sans avoir la consolation de me dire : « Demain je
passerai ma journée au cimetière agenouillée sur sa
tombe, et je causerai encore avec elle... Si, d'en bas
elle ne peut me répondre, elle me verra de là-haut...
Elle aura pitié de moi, et sa voix descendra jusqu'à
sa fille adorée. »

« Puis, je te quittais, toi aussi, mon cher oncle...
Ah ! décidément, je ne veux plus t'appeler ainsi...
Nous nous aimons trop pour que tu ne sois que mon
oncle, que je sois seulement ta nièce... Je t'appellerai
mon père... Afin qu'il n'y ait pas de confusion, tu
seras mon père Lucien, et papa mon père Georges...
Il ne sera pas jaloux, car il t'aime bien aussi... Oui,
je l'entends quelquefois s'écrier : « Mon frère ! mon
frère ! » et ses yeux sont tout humides.

« Où en étais-je ?... Pardonne le décousu de ma lettre... Je ne suis pas encore une grande personne, moi... quoique très avancée pour mon âge... affirme-t-on... Je n'ai que seize ans... Et ma mère me disait : « Tu n'es qu'une enfant ». Comme je me récriais, elle ajoutait : « Ne te plains pas, nous aurons plus de temps à vivre ensemble, sans que ton mariage nous sépare... » Hélas ! ce n'est pas le mariage qui nous a séparées... c'est la mort.

« Je disais donc... tu vois, je recommence toujours... que j'avais eu bien du chagrin à te quitter ; mais c'est toi qui l'as exigé, et j'ai dû obéir, car je me souviendrai toute ma vie des recommandations de ma mère.

« Tu as redouté pour moi le moment où j'allais me trouver seule, sans elle, dans cette maison où nous nous étions toutes deux tant aimées... Tu as pensé que le voyage distrairait ma douleur. C'est vrai, tu as eu raison... tu as toujours raison... Le bruit, le mouvement, les horizons qui se développent devant moi, les figures nouvelles m'occupent, me font oublier quelques minutes... Mais je me souviens l'instant d'après, et ma douleur n'est que plus vive.

« Papa aussi souffre beaucoup, je t'assure... Tu ne peux te figurer comme sa tristesse augmente lorsqu'arrive le courrier de France... Un matin à

Alger, dans les premiers jours de décembre, il parcourait un journal, lorsque tout à coup il s'est levé en criant : « Je veux partir, je veux partir ! Je veux le rejoindre ! » Il pensait sans doute à toi... Depuis le commencement de janvier, il est plus calme, car il ne reçoit plus de journaux. C'est à peine s'il en arrive un de loin en loin dans notre solitude. « Dans quelle solitude ? » te demandes-tu. Ne sois pas trop pressé... Il faut que je te dise au moins les noms des villes où nous avons passé, avant de t'apprendre où nous sommes.

« Marseille d'abord bien entendu... Mais nous nous sommes aussitôt embarqués et, en trente-quatre heures, nous arrivions à Alger... Ah ! si tu savais comme papa est bien corrigé... de ce que maman lui reprochait, de ce que tu craignais tant pour lui, puisque tu lui as fait faire un serment... du jeu, enfin !

« Pendant que nous étions à bord, des passagers qui s'ennuyaient ont voulu le faire jouer... Mais il a refusé, énergiquement refusé. Il a dit : « Non, je ne joue jamais, je ne jouerai jamais ! » Et il s'est enfui sur le pont. Tu le vois, non-seulement il ne joue pas, mais il ne veut pas même voir jouer... c'est plus que tu ne lui avais demandé.

« A Alger nous ne sommes restés que trois jours...

10.

Le temps de me reposer... Sans moi, mon père Georges ne se serait même pas arrêté... Il n'avait qu'une pensée : quitter au plus vite les lieux habités, les villes, atteindre la campagne, le désert qui n'est pas loin, ici... On aurait dit qu'il avait peur de se trouver avec des compatriotes, des Français... Il fuyait les voyageurs qui débarquaient du bateau de Marseille et descendaient à notre hôtel. Je me rends compte de toutes ses impressions, car il ne me quitte jamais, et me témoigne une grande tendresse... Souvent il me serre dans ses bras, me presse sur son cœur et me dit : « Ah ! ma chère enfant, aime-moi bien, aime-moi bien... J'ai besoin de tout ton amour pour oublier ! » Qui veut-il oublier ? Ma mère sans doute... Moi, je veux au contraire, toujours me souvenir, et vivre avec elle au moins par la pensée.

« D'Alger, nous sommes allés par mer à Philippeville. Nous y avons pris le chemin de fer, et, en quelques heures, nous étions à Constantine. Quelle ville pittoresque ! Une sorte de nid en pierre, perché sur un rocher. Et que de costumes étranges !... Des Arabes, des Juifs, des Maures... et toutes les femmes voilées. Pourquoi donc ?... Le lendemain, nous prenions la diligence qui devait nous conduire à Batna et ensuite à Biskra. Ce voyage a été bien fatigant. Toujours des ravins, des montagnes, des précipices !

« Mais nous voici enfin arrivés. Comme nous sommes récompensés de nos peines !... Sur nos têtes, un ciel bleu d'une limpidité extraordinaire... En face de nous, le désert, le Sahara. On dirait une mer de sable violet... C'est d'une grandeur !... Au fond, éclairées par le soleil couchant, les montagnes de l'Atlas... Ah ! si tu savais quelle impression toutes ces belles choses m'ont faite !... Je me suis agenouillée, et j'ai pleuré longtemps.

« Mon père était émerveillé. C'était l'artiste, vois-tu, qui se réveillait en lui. À peine étions-nous installés dans le pays, sur la lisière d'une magnifique forêt de palmiers, qu'il s'armait des pinceaux, des couleurs, des toiles, dont il avait fait provision à Marseille, et qu'il se mettait à peindre. « Je veux par mon travail, disait-il, regagner tout ce que j'ai perdu, rendre tout ce que je dois, te faire une dot. » Il y parviendra, car il a bien du talent, je t'assure... Un jeune irlandais, M. Lionel Murdon, qui s'est fixé ici pour quelque temps, disait hier en regardant un tableau de mon père, tableau à peine achevé : « Que de vérité, et quelle couleur, quelle puissance ! » Juge si j'étais fière et contente.

« C'est de Biskra que je t'écris ; c'est à Biskra que

nous resterons encore longtemps et que tu peux
m'adresser tes lettres... Te consoles-tu du départ de
ta petite fille aimée ?... Comment passes-tu tes soi-
rées sans elle ?... Tu dois être bien malheureux depuis
qu'elle n'est plus là pour te taquiner ?... Réponds
longuement à ces questions... Vis un peu avec moi
qui voudrais tant vivre à tes côtés.

« Je te serre tendrement contre mon cœur.

« Ta Suzanne soumise et bien aimante. »

. . . .

. . . .

Pendant cette lecture, des larmes avaient à plusieurs reprises obscurci la vue de Lucien. Mais
c'étaient de ces douces larmes qui font du bien, et
qu'un sourire vient en quelque sorte éclairer, comme
un rayon de soleil illumine une goutte de pluie ou de
rosée.

Ainsi son frère Georges lui avait entièrement
obéi. Il s'était réfugié avec l'enfant dans une solitude où les bruits de France n'arrivaient qu'à de
rares intervalles. Il apprendrait peut-être un jour
le procès et la condamnation qui en était résultée,
mais lorsqu'il serait trop tard pour protester, pour
se dénoncer.

Cette lettre disait aussi à Lucien que son sacrifice
n'était pas inutile, puisque son frère paraissait re-

venu à de bons sentiments, qu'il fuyait le jeu, et qu'il s'était remis courageusement au travail.

Ah! si ce frère, si ce fils autrefois tant aimé, ne devait jamais plus faillir, s'il était pour toujours corrigé de son vice, s'il se consacrait à sa fille, s'il devenait un grand artiste, comme Lucien supporterait avec courage son emprisonnement!

Et, s'il oubliait un instant Georges pour ne songer qu'à Suzanne, il se trouvait récompensé de son généreux sacrifice par la tendresse qu'elle lui témoignait, l'espèce de culte qu'elle avait pour lui.

C'était une jouissance de souffrir pour cette enfant si confiante et si pure. Que serait-elle donc aujourd'hui, quel avenir lui serait réservé, si dès le premier jour, aux questions des magistrats, Lucien avait répondu : « Ce n'est pas moi qui suis le coupable, c'est mon frère. »

On venait aussitôt arrêter Georges dans la maison où Henriette était morte la veille, et Suzanne, après avoir vu emporter le cercueil de sa mère, voyait son père traîné en prison ! Quel spectacle ! Quelles impressions terribles et à jamais ineffaçables ! Il se félicitait de n'avoir pas parlé, et un légitime orgueil, l'orgueil des martyrs, lui emplissait le cœur.

Alors, dans ce courant d'idées, ses souffrances morales et matérielles lui paraissaient moins dou-

loureuses. Il en arrivait même à entrevoir un avenir
moins sombre, et calculait déjà que, grâce à sa conduite, aux sollicitations de son protecteur, M. Robins,
on lui ferait remise de la plus grande partie de sa
peine. Dès qu'il serait libre, Georges et Suzanne re-
viendraient en France... Georges, un grand artiste,
Suzanne, une belle jeune fille... Et il vivrait avec eux,
dans quelque retraite... ignoré, inconnu des étrangers,
mais respecté, aimé, chéri, du frère et de la fille
d'adoption, pour lesquels il s'était immolé.

Ces pensées, ces espérances, ces rêves, lui ren-
dirent l'existence supportable, pendant les deux mois
qu'il dût passer à la Grande-Roquette.

.   .   .   .

.   .   .   .

Dans les premiers jours d'avril, il apprit qu'il ferait partie du prochain convoi de détenus que l'administration pénitentiaire allait diriger sur l'une des
trois maisons de force où les condamnés à la réclusion subissent leur peine : Aniane, Thouars et Melun,
depuis que Clairvaux est devenu une maison de
correction.

En effet, deux jours après, il quittait sa prison
provisoire et montait dans la voiture cellulaire du
ministère de l'intérieur, en destination de Melun.

DEUXIÈME PARTIE

I.

Tunis, que dans l'antiquité on avait surnommé la *blanche,* Tunis, cette fleur ou cette perle d'Occident, disent les poètes, Tunis, le *burnous* du prophète, comme l'appellent les Arabes, Tunis, enfin, est fort agitée, fort tumultueuse, le lundi 18 septembre 187...

De la Kasba, le quartier musulman, à la place de la Marine, où demeurent les Européens, ce n'est que mouvement et bruit. Dans les *souks,* bazars, ou plutôt grandes rues commerçantes, recouvertes de toitures en planches, les Maures, revêtus de leur grande robe, doublée de soie violette, la tête couverte d'un turban multicolore, les pieds chaussés de sandales ou de bottes en cuir du Levant, au lieu de se diriger vers leur boutique pré- férée, pour marchander quelque objet ou y pren-

dre le café, s'arrêtent, causent, gesticulent. Les Ara
bes, enveloppés dans leur burnous blanc, forment
des groupes nombreux et bruyants, sur les places,
dans les marchés, dans les rues.

Le quartier des Juifs (Zankat-el-Hara) est aussi
agité que les autres. On y oublie le commerce des
bijoux, des coffrets, des cuirs, des armes, pour
causer entre voisins, s'agiter, crier. Les femmes
juives se mêlent à leurs maris. Usant du privilège
que leur donne leur religion, de se faire voir en
public visage découvert, elles apparaissent jolies
pour la plupart, mais exagérées d'embonpoint dans
leur costume biblique : grand bonnet phrygien en
pointe ; chemise bouffante et courte en soie rouge,
bleue, jaune, bigarrée ; culotte collante, dessinant
les formes les plus accentuées qu'on puisse rêver.

Les Européens ne paraissaient pas indifférents à
ce mouvement : Siciliens, Sardes, Anglo-Maltais,
Français, réunis devant leurs consulats, à la porte
de leur café ou de l'hôtel Bertrand, s'interpellent,
échangent des réflexions.

Les nègres, au seuil des maisons dont ils ont la
garde, gesticulent et vocifèrent. Les négresses agi-
tent leurs bracelets de cuivre. Ces femmes de *fel-
lahs* (paysans, gens de la campagne), vêtues d'une
tunique en cotonnade, le visage couvert d'un voile

blanc ou noir, assises devant leurs pyramides de
froment, de sésame et de mil, oublient de chasser
les grosses mouches bleues qui bourdonnent autour
de leurs marchandises.

Une troupe *d'aïssouas*, pitres ou charmeurs de
serpents, mangeurs de lézards, de vipères et de
scorpions, obligés de renoncer à leurs exercices que
les passants semblent dédaigner en ce moment, se
blotissent dans un coin et regardent la foule de
leurs grands yeux rouges comme enflammés.

Dans les rues mal famées, les *almées*, les danseuses, les filles de toutes espèces, le front, les
joues et les bras couverts de figures symboliques,
se pressent derrière les treillages en bois de leur
maison, ou entr'ouvrent le rideau qui ferme leur
réduit, pour jeter un coup d'œil dans la rue et essayer de deviner ce qui s'y passe.

Les femmes de la haute classe, femmes de Turcs,
de Maures et d'Arabes, femmes légitimes ou *odalisques*, inquiètes du bruit qui monte jusque dans
leur retraite, se décident à sortir, suivies d'un vieil
eunuque noir ou d'une esclave, et se mêlent au
mouvement de la ville.

Comme les hommes, elles forment des groupes,
elles causent entre elles, et leur animation est quelquefois si grande, que leur *féradje* (sorte de manteau)

I   11

s'entr'ouvre et laisse apercevoir la veste en soie
semée de perles, et le pantalon de satin brodé d'or.
Quelques-unes même, dans leur émoi, oubliant que
la loi religieuse leur ordonne impérieusement de se
couvrir toujours le visage en public, laissent flotter
leur *yashmak* (voile noir ou blanc) et, si les hommes
étaient moins occupés, moins affairés, ils pourraient
admirer des profils d'une grande pureté, des lèvres
rouges, des dents blanches et de longs yeux de
gazelle.

Plus l'heure s'avance, plus la foule est compacte.
On dirait vraiment que les cent cinquante mille habitants de Tunis sont tous sortis de leurs demeures.
Les chevaux, aux selles incrustées d'or, les petits
ânes blancs ne peuvent plus circuler. Quant aux
chameaux, ils y ont renoncé depuis longtemps. Ils se
sont arrêtés sur les places, et, couchés, les jambes
repliées sous le ventre, ils allongent leur cou vers la
foule et semblent lui dire : « Pourquoi nous barres-tu
le chemin ? Pourquoi ces gestes, ces cris, ces vociférations ? »

Oui, pourquoi ? Sommes-nous en pleine émeute ?
Les Tunisiens se soulèvent-ils contre leur souverain,
leur bey ?

Mais alors les soldats, les gendarmes (*hamba*), les
agents de police (*dablia*) seraient aussi en mouve-

ment, essayeraient de calmer les esprits, feraient
circuler la foule, donneraient des coups de plat de
sabre. Non. Les officiers, dans leur redingote noire
boutonnée, avec leur calotte rouge (le fez) ornée
d'une étoile d'or, se mêlent à tous les groupes,
causent et semblent partager l'opinion générale.
Devant la caserne d'Attarin, des soldats, assis sur
un banc de pierre, n'ont rien changé à leurs habitudes et continuent à tricoter des bas de laine,
sans paraître autrement inquiets de ce grand
tumulte.

Il augmente cependant, il augmente toujours, et
la foule maintenant, au lieu de monter et de descendre,
semble affluer vers un même point.

Guidée par une vingtaine d'Arabes, de Turcs et
de Maures, auxquels se sont mêlés des Juifs, car
toutes les religions semblent confondues en ce
moment, cette foule, après avoir suivi une des prin-
cipales artères de la ville, le Bab-es-Sadoum,
s'arrête et se masse sur une place, devant une grande
maison, peinte à la chaux, percée de rares ouvertures,
surmontée d'un toit plat qui sert de terrasse, et
fermée par une seule porte massive et très étroite.

C'est le palais de Mourad, premier ministre (khaz-
nadar) du bey.

Pourquoi tous les habitants de Tunis entourent-ils

sa maison ? Veulent-ils l'acclamer, ou prétendent-ils
l'insulter ?

Cette dernière hypothèse paraît plus probable, car
plusieurs Arabes montrent le poing au palais devant
lequel ils se sont arrêtés. Les marabouts, les der-
viches profèrent des menaces, et on entend murmurer
dans la foule le mot de *giaour, giaour !*

Mais giaour est un terme insultant dont les
musulmans ne se servent qu'à l'égard des chrétiens.
Mourad, si longtemps ministre, favori du bey, doit
être cependant un disciple de Mahomet.

Oui, mais on l'accuse de s'être conduit comme un
Franc, un infidèle, un chien, un *giaour.*

Et quels sont ces crimes ? La liste en est
longue.

D'abord, il a profité du pouvoir illimité qu'il devait
à la confiance de son souverain pour accabler le
peuple d'impôts et accumuler dans ses coffres
des richesses considérables. Mais c'est là son
crime le plus léger, son péché mignon : les
Tunisiens, les Égyptiens, les Turcs, les orientaux
de toutes nationalités, sont habitués depuis le
commencement des siècles à enrichir leurs maîtres.
Les sultans, beys, vice-rois, ministres, ferricks
(gouverneurs), kaïds (chefs de province), cadis (sous-
chefs), se sont toujours engraissés à leurs dépens.

Mourad s'est conduit comme ses devanciers, et on ne ferait pas tant de bruit pour une chose si commune et si simple.

Mais voici des griefs bien plus sérieux :

Élevé en France, où son père, Mourad-pacha, l'avait envoyé faire ses études, il a non seulement oublié, parmi les chrétiens, tous les usages mahométans, mais il a perdu ses croyances, sa foi religieuse. C'est à peine si on le voit, de loin en loin, dans les mosquées, et il respecte si peu ces lieux saints, ces lieux d'asile inviolable, qu'il a osé donner l'ordre d'arrêter un assassin qui s'était réfugié dans la grande mosquée de Djama-Sidi-Man'rez.

Pendant les fêtes du *ramazan* (de carême des mahométans), au lieu de vivre dans le jeûne et la prière, il court la ville en joyeuse compagnie, visite les consuls, vit avec les chrétiens et ne craint pas de s'asseoir dans les cafés avec des Européens.

Ses mœurs sont aussi un sujet de scandale. Non content d'entretenir, comme le lui permet du reste le Coran, quatre femmes légitimes, et un grand nombre de maîtresses légales, dites odalisques, de posséder un harem superbe, renommé dans toute la Tunisie, et même à Constantinople, il essaye aussi de s'approprier le bien d'autrui. En effet, l'année précédente, pendant le ramazan, profitant de l'absence des maris occupés de leurs dévotions, il s'est introduit chez plusieurs d'entre eux, et, à l'aide d'un déguisement, s'est glissé dans l'appartement des femmes, ce lieu presque aussi sacré que le temple, et dont le musulman refuse l'entrée à son meilleur ami.

Pour qui connaît les usages, les idées, les préjugés de l'Orient, toutes ces fautes, si légères chez nous et qui passeraient inaperçues, sont de véritables crimes. Ces crimes, Mourad les commet depuis longtemps, depuis qu'il est au pouvoir ; pourquoi les lui reprocher seulement aujourd'hui ? C'est qu'il était le protégé, l'ami du souverain et que personne n'osait se plaindre. Mais, le matin, dans son palais du Bardo, le bey a chassé de sa présence son premier ministre, et vient de le révoquer. Aussitôt les Tunisiens qui n'avaient plus aucune raison pour craindre et respecter Mourad, se sont dédommagés de leur longue contrainte.

Tous les reproches que nous venons de formuler contre l'ancien favori circulent dans la foule. On les dénature, on les grossit, et la colère et l'exaspération vont aussi grossissants. La foule se rapproche du palais et ne se contente plus de lui montrer le poing. Des Arabes de la campagne le menacent de leur grand bâton, et des nègres, des enfants, des femmes juives, des prostituées qui ont osé quitter leur repaire, lancent des cailloux, des os d'animaux, des ordures contre les grandes murailles blanches de chaux. Houleuse et mugissante comme la mer, cette foule présente un curieux spectacle. Sous ce ciel d'un bleu transparent, irisé de soleil, les turbans de toutes les nuances, les bonnets phrygiens, les burnous, les armes damasquinées d'argent, les vestes en soie, ont des miroitements superbes.

Mais, à l'Occident, le ciel vient de prendre une teinte violette. Au milieu d'un flocon de petits nuages blancs, le soleil, sur le point de disparaître, fait une trouée d'or. Aussitôt, un long cri sonore, prolongé, retentit. C'est le *muezzin* qui, du minaret voisin, appelle les fidèles à la prière du soir. Et, en même temps, des deux cents minarets de Tunis, partent les mêmes cris, les mêmes invocations.

Alors cette multitude si tumultueuse s'arrête et fait silence. Puis elle se prosterne au milieu de la rue, le front tourné vers la Mecque, les mains égrenant un chapelet, les lèvres murmurant une prière.

Et, quand elle se relève, elle a oublié Mourad, et ne songe plus qu'à se diriger vers les mosquées, pour prolonger les prières, ou à rentrer chez elle afin de se livrer aux dernières ablutions ordonnées par le prophète.

II

Pendant que les Tunisiens le menacent de la voix
et du geste, Mourad, retiré dans le *sélamlik* (partie
de la maison réservée aux hommes), tranquillement
étendu sur un large divan, fume la pipe qu'un
esclave noir vient d'allumer, et porte, par instant, à
ses lèvres une petite tasse à café, ornée de perles.

Mourad peut avoir environ trente ans. C'est un
très joli garçon, avec son teint mat, ses longs yeux
profonds, un peu somnolents, d'un bleu noir, son
nez grec d'un dessin très pur, ses petites dents fines,
effilées, des dents de loup dont la blancheur étincelle
sous la moustache brune, abondante et soyeuse.

Assis en face de lui, se tient Sivasti, son secrétaire, son confident, son ami. Sivasti, fils d'un Maure
et d'une esclave géorgienne, ne l'a jamais quitté depuis
l'enfance. Ils ont été élevés tous les deux à Paris
dans le même collège, et, lorsque Mourad, de retour
en Tunisie, a été appelé au pouvoir, Sivasti, le reflet
du maître, est devenu presque aussi puissant que lui.
C'est un grand et beau garçon, carré d'épaules,

large de poitrine, d'humeur joviale, et par ses allures, bien plus Parisien qu'oriental.

— Que penses-tu de cette émeute? dit à Mourad son secrétaire, occupé à savourer un grog malgré la loi mahométane qui défend aux vrais croyants l'eau-de-vie et tous les spiritueux.

— Je pense, répondit Mourad, qui préférait le français à sa langue maternelle, que tous ces braillards vont rentrer chez eux, et que Tunis, cette nuit, dormira comme d'habitude.

— Mais demain, tu ne crains pas une nouvelle émeute?

— Au contraire... Ils recommenceront pour se distraire. Quel mal y vois-tu? Crois-tu donc qu'ils oseront briser mes portes et entrer chez moi?

— Alors tu es tranquille et, malgré ta disgrâce, tu vas rester à Tunis?

— Je n'ai pas dit cela. Je ne crains pas l'émeute, mais je redoute mon successeur, le nouveau premier ministre. Il ne dormira pas tant qu'il me saura dans cette ville, dans ce pays. Il craindra de me voir rentrer en grâce auprès du bey et redevenir plus puissant que jamais.

— Évidemment, dit Sivasti en roulant une cigarette, je suis sûr que déjà il songe à te faire étrangler.

11.

— On n'étrangle plus chez nous. Les puissances étrangères ont protesté contre cet antique usage, et nous paraissons y avoir renoncé... pour quelque temps.

— S'il n'ose pas t'étrangler, il peut ordonner ton arrestation. Méfie-toi de la justice, elle est expéditive ici ; tu en sais quelque chose, toi qui l'as rendue.

— En prévision d'une disgrâce, je me suis mis depuis longtemps sous le protectorat de la France.

— C'est juste... Alors, décidément, nous n'avons rien à craindre.

— Ah ! permets ; nous n'avons pas encore parlé du poison... Tu sais bien ! le poison versé par une main habile, dans une tasse à café ou un verre de sirop de violette. Ce n'est plus un crime politique cela ; les Européens n'ont rien à y voir. C'est un crime privé et je gage que, dès demain, mon aimable successeur essaiera de corrompre un de mes esclaves. Je ne puis répondre des trois cents serviteurs qui m'entourent, ni des blancs, ni des noirs, ni des hommes,... ni surtout des femmes.

— Oui, le poison est à craindre, fit Sivasti, en répandant un nuage de fumée dans l'air. Alors, tu quittes Tunis ?

— Certainement, cher ami ; cette nuit même.

— Où vas-tu ? En Algérie ? La frontière est proche.

— En Algérie ! Par terre. Tu veux donc ma ruine ?

— Comment ?

— Sans doute. Mes compatriotes me reprochent de n'avoir pas respecté leurs usages. Quelle injustice ! Moi qui les ai, au contraire, imités, en laissant ma fortune improductive, sans acheter la plus petite valeur, sans faire le moindre placement. Aussi je ne possède que des piastres, des pierres précieuses, entassées dans des coffres et des cassettes. Et je serais assez fou pour gagner l'Algérie par terre, pour me promener dans le désert avec un tel bagage ?.. Ce serait vouloir me faire dévaliser par la première troupe de bédouins nomades... Non. Je me rendrai en France, directement, et par mer. C'est plus sûr.

— Tu as raison, fit Sivasti. Un bateau à vapeur français de la compagnie Valéry part justement demain pour Marseille. Tu peux y prendre passage.

— C'est bien mon intention et j'ai tout calculé pour cela. Vers trois heures du matin, je quitterai ce palais. Je gagnerai le lac, et en deux ou trois heures, le premier canot venu me conduira dans la rade, à bord du vapeur français.

— Qui t'accompagnera ?

— Toi, d'abord, je suppose, à moins que tu ne préfères rester à Tunis.

— Moi ! mais je brûle depuis longtemps d'habiter Paris... Je suis ravi de ta disgrâce qui va me permettre enfin de vivre suivant mes goûts.

— Et nous vivrons très bien, dit Mourad, qui dégustait une nouvelle tasse de café... Si j'avais chargé un intermédiaire de changer mon or et de vendre mes pierres précieuses, j'aurais été volé, comme l'a été le vice-roi d'Égypte et tant d'autres... Je ferai mes affaires moi-même, à Paris, où je me débarrasserai peu à peu de mes perles, de mes diamants et de mes pierres, dont je connais si bien le prix... Je n'exagère pas en te disant que j'espère, grâce à cette vente, me constituer un capital de sept ou huit millions de francs... Cela nous fera de jolies rentes.

— Que nous saurons manger, acheva gaiement Sivasti, qui regardait la fortune de Mourad comme la sienne... Mais, ajouta-t-il, après un instant de réflexion, que comptes-tu faire de tes trois cents serviteurs blancs et noirs ?

— Ils se débrouilleront comme ils pourront quand je serai parti... Mon successeur, le premier ministre, est libre de les prendre à sa solde pour monter sa maison, ajouta-t-il avec un sourire.

— Mais tes femmes ?... D'abord tes quatre femmes légitimes ?

— Et le divorce que tu oublies... Il est en pleine vigueur, ici, sans qu'on ait jamais eu besoin des discours de Naquet et des brochures de Dumas... Mon départ rendra naturellement la liberté à toutes ces dames et elles se remarieront... peut-être aussi avec mon successeur. Il est garçon.

En prononçant ces derniers mots, Mourad se leva, rejoignit Sivasti et lui prit le bras. En marchant avec lui dans son vaste salon couvert d'épais tapis de Smyrne, il continuait à lui exposer ses idées.

— En vérité, disait-il, je serais par trop naïf de m'encombrer, en voyage et à Paris, de tous ces colis féminins. Que ferais-je, grand Dieu! de ces poupées brunes et rousses, bouffies de graisse, nonchalantes, paresseuses, sans intelligence, sans instruction, capables seulement de fumer, de manger des pâtisseries et des confitures, de se teindre les yeux avec du *kohl* et les doigts avec du *henné*, abruties enfin par la vie orientale ?... Nous aurons mieux qu'elles, à Paris, mon cher Sivasti... Rappelle-toi nos soupers chez Bignon, lors de notre

dernier voyage, et nos visites chez ces dames...
Au lieu d'un grand harem sédentaire comme ceux
d'ici, nous posséderons un tas de petits harems
ambulants et renouvelables.

— Parfait ! parfait ! parfait ! fit le secrétaire dont
le regard, parfois endormi comme celui de son
maître, brilla tout à coup. Mais, continua-t-il, tu
n'as pas seulement tes femmes. Tu possèdes aussi
une dizaine de blanches Circassiennes que tu as
élevées à la dignité d'odalisques, c'est-à-dire de
maîtresses légitimes.

— Eh bien ! je ne suis pas inquiet sur leur sort ;
elles trouveront aussi à se marier... Bientôt, vois-tu,
tous les Tunisiens voudront épouser les anciennes
femmes de Mourad... Ce sera très chic.

Il sourit lui-même de cette dernière expression
qu'il avait rapportée de Paris.

— Alors, dit Sivasti, décidément nous partons
seuls ?

— Pas tout à fait.

— Qui emmènes-tu ?

— Fatmah.

— Tiens ! tiens ! tu n'as pas le courage de la
quitter.

— Mon cher, j'ai tous les courages, et j'abandon-
nerais Fatmah comme les autres, si je n'avais calculé

que, loin de m'embarrasser à Paris, elle pourrait, le cas échéant, m'être fort utile.

— Comment l'entends-tu ?

— Je ne l'entends pas encore... Mais j'estime qu'une femme admirablement belle de corps et de visage, comme Fatmah, intelligente, que je n'aime plus depuis longtemps, mais qui m'est toute dévouée, dévouée jusqu'à la mort, peut, à un moment donné, m'aider dans mes entreprises... Enfin, je l'ai achetée mille bourses, c'est-à-dire cent mille francs, l'année dernière en Circassie,... un prix exagéré, une folie...

— Et on ne laisse pas derrière soi une somme de cent mille francs lorsqu'on peut l'emporter, continua Sivasti. Emportons Fatmah, je n'y vois pas d'obstacles ; elle nous rappellera les joies du harem... Pauvre harem, tu vas le quitter ainsi, sans lui dire adieu ?

— Je ne ferai pas d'adieux, répliqua Mourad en frisant ses moustaches, parce que toutes mes femmes se pendraient à mon cou et ne me laisseraient plus partir. Mais je les réunirai sous le prétexte de leur donner le spectacle d'un ballet... Je veux que ma dernière nuit à Tunis soit une nuit de fête.

— Et tu pars sans mettre de l'ordre dans tes affaires ?

— De l'ordre! Quel mot as-tu prononcé? Tu es
déjà par trop Européen, mon cher. Est-ce qu'un vrai
croyant a de l'ordre et de la prévoyance. Il s'en
rapporte à la Providence du soin de ranger ses petites
affaires... Je n'ai à m'occuper de rien... si ce n'est
de prendre sous mon bras, au dernier moment, une
de mes cassettes, de te donner la seconde et de
confier la troisième à Fatmah... Grâce à leur contenu,
nous aurons à Marseille tout ce qui nous manquera...
Quant à toi, mon cher Sivasti, je te rends ta liberté...
Tu as peut-être quelques adieux à faire... A trois heures précises du matin, trouve-toi dans la cour qui
précède le harem, je t'y rejoindrai. Au revoir.

Ils se séparèrent. Mais comme, quelques minutes
après, Mourad qui s'était dirigé vers son harem,
allait ouvrir la porte, Sivasti le rejoignit et l'arrêta.

— Tu t'es trompé, lui dit-il. La foule qui assiégeait
ton palais s'est dispersée. Mais, là-haut, de la terrasse où je viens de monter, j'ai aperçu des juifs et
des Arabes qui surveillent encore ta maison... Nous
ne pourrons pas fuir aussi facilement que tu le
croyais.

Mourad réfléchit un instant et dit:

— Nous fuirons, et Tunis se souviendra de cette
fuite, je te le jure.

III

Fastueux et sensuel, comme la plupart des orientaux, le premier ministre Mourad-Bey s'était plu à monter son harem avec un luxe inouï. Il en avait fait en quelque sorte, une copie rapetissée, un diminutif, un raccourci du grand harem de Constantinople.

On y voyait des cours carrées, pavées de marbre, ornées de colonnes à cannelures torses, soutenant les galeries supérieures, sur lesquelles s'ouvraient les portes des appartements et des chambres ; de grands jardins plantés d'orangers, d'oliviers, de mimosas et de lentisques ; des bassins en marbre pour le bain ; enfin, une galerie de fête, aux murs couverts d'arabesques finement ciselées, meublée de larges divans aux superbes étoffes et de petits guéridons en nacre, destinés à supporter les rafraîchissements.

Les habitantes de ce palais étaient classées de la façon suivante, toujours à l'exemple des femmes du sultan, dont elles portaient les mêmes titres :

1° Les quatre *cadines*, femmes légitimes, divisées

de la sorte : La grande dame ; la seconde dame ; la
dame du milieu ; la petite dame.

Ces désignations ont pour but de maintenir la paix
dans le harem. En effet, si la femme préférée porte
un petit nom, son mari est tenté de le prononcer
d'une voix plus douce, plus tendre. Les autres femmes s'en aperçoivent et ressentent de la jalousie pour
leur rivale. De là des discordes, qu'on évite par le
classement indiqué, car il n'est pas possible de dire
d'une voix bien passionnée : « Je passerai la soirée
avec ma femme du milieu. »

Après les cadines venaient les *ikbals*, favorites,
portant aussi des numéros d'ordre : première favorite,
deuxième favorite, troisième favorite, etc..., suivant
l'intensité des caprices de Mourad, le sultan au petit
pied.

Aux favorites succédaient les *guieuzdès* (mot à mot:
demoiselles dans l'œil), c'est-à-dire les esclaves assez jolies pour pouvoir, à un moment donné, toucher
le cœur de Mourad et qu'il avait déjà remarquées.

Ce mot d'esclave, qui revient souvent sous notre
plume, doit être expliqué. On croit généralement
que l'esclavage est supprimé dans les pays orientaux, parce qu'un beau jour les Turcs ont déclaré
que la traite était abolie et qu'ils ont fermé pompeu-
sement les marchés, où se vendaient encore, il y a

une trentaine d'années, les femmes blanches venues de Circassie et de Georgie, ainsi que les nègres et les négresses transportés de l'intérieur de l'Afrique.

Rien n'est supprimé, rien n'est changé... En Orient, du reste, rien ne change... Ce qu'on faisait autrefois en plein soleil, à la face de tous, on le continue aujourd'hui en cachette, dans l'intérieur de certaines maisons connues d'un petit nombre. Si les Turcs ne font plus de prisonniers en Circassie, ils y trouvent encore des pères et des mères disposés à vendre leurs enfants. Nous pourrions même citer plusieurs grandes dames de Constantinople qui, ne dédaignant pas le lucratif métier de marchandes d'esclaves, nourrissent, élèvent une petite fille née dans le harem, en font une danseuse, une musicienne, et lorsqu'elle a douze ou treize ans, la vendent un bon prix par l'intermédiaire d'un courtier en marchandise humaine.

Après les demoiselles dans l'œil, se plaçaient les esclaves de toutes les nuances, divisées en deux classes : les *kalfas* (maîtresses), et les *alaïkes* (élèves ou apprenties). Les premières initiaient les secondes à tous les détails du service, et les divisaient selon leurs aptitudes. Celles-ci, par exemple, devaient vivre auprès des épouses légitimes et des favorites, pour leur verser de l'eau, leur offrir le café, pré-

parer les vêtements, les coiffer, les habiller, les
mettre au bain, les accompagner si elles sortaient,
les éventer, chasser les moustiques... et chacune de
ces fonctions était distincte : aucune servante ne
cumulait.

Certaines kalfas, expertes dans l'art de la danse,
choisissaient aussi les plus jeunes et les plus jolies
des esclaves, pour en faire des almées, et former un
corps de ballet destiné à charmer les loisirs de Mourad et ne dansant que pour lui.

A la suite des servantes femmes de chambre et
des danseuses, venaient les esclaves de bas étage,
noires ou blanches, mais en général laides ou vieilles,
chargées de la grosse besogne du palais, telles que
la cuisine, le nettoyage, la préparation des bains.
Elles devaient se dissimuler à l'approche du maître,
qui avait horreur de la vieillesse et de la laideur.

Enfin, venaient en dernier lieu les eunuques noirs,
car le fastueux Mourad n'avait pu, à son grand chagrin, se procurer des eunuques blancs. Il se conso-
lait à cette pensée que le sultan lui-même en est, depuis quelque temps, dépourvu. Ces hommes-femmes
avaient la surveillance du harem, et leur chef, toujours à l'exemple du sultan, portait ce titre singulier : Gardien de la Porte-du-Bonheur.

Cette Porte, Mourad, en quittant Sivasti, venait

de la franchir. Dès qu'on le sut dans l'intérieur du
harem, ses femmes, ses esclaves, ses eunuques se
précipitèrent à sa rencontre, avec de grands gestes,
de grands cris. Celles-ci pleuraient, celles-là se
frappaient la poitrine ; ces derniers s'arrachaient les
cheveux.

En effet, les bruits du dehors avaient pénétré
dans les profondeurs du palais. On y avait appris
la disgrâce de Mourad, l'hostilité de la populace, et
on craignait pour la liberté et la vie du maître.

Il rassura toutes ces désespérées.

— Ne vous désolez donc pas, disait-il ; ce n'est
rien. Demain, je serai plus en faveur que jamais.
Bientôt ce peuple, qui aujourd'hui m'a injurié, me
saluera jusqu'à terre... Je viens passer la nuit avec
vous, dans la grande salle des fêtes.

Et, la tête haute, tranquille, souriant de ses dents
blanches, caressant sa noire moustache, il parcourait
les cours et les appartements, répétant les mêmes
paroles.

Alors, grâce à la mobilité d'esprit des peuples
orientaux, toute la population du palais passa de la
crainte à la plus grande confiance, du désespoir à la
joie. Seule, Fatmah, l'esclave circassienne dont Mourad ne voulait pas se séparer, le rejoignit, et lui dit à
voix basse :

— Tu nous trompes !... Que t'est-il arrivé ? Où est la vérité ?

Il se pencha vers elle, comme s'il voulait lui murmurer quelque phrase amoureuse, et laissa rapidement tomber ces mots :

— Apprête-toi à quitter le harem cette nuit... Fais les préparatifs en silence, en secret, et viens t'asseoir à mes côtés dans la salle des fêtes.

Et, pendant que Fatmah, radieuse, s'éloignait d'un pas traînant, avec ce balancement des hanches connu seulement des filles de l'Orient, Mourad s'occupait de la fête projetée. Quand il eut donné ses ordres, il éloigna la foule d'un geste, et se dirigea seul vers une pièce qu'il s'était réservé dans l'intérieur du harem.

On y voyait pêle-mêle, dans un grand désordre, placés sur des coffres et des sièges, des amas de riches étoffes, ce grand luxe des orientaux, des écharpes magnifiquement brodées, des voiles du tissu le plus fin. C'était dans ce fouillis précieux qu'il choisissait d'ordinaire le présent destiné à la favorite du jour... le mouchoir qu'il voulait jeter. Il resta près d'un quart d'heure dans cette pièce, y fit différents préparatifs, après s'être bien assuré que personne ne pouvait le voir. Puis il ferma la porte, et gagna la salle des fêtes.

Ses femmes, ses esclaves, ses eunuques l'y attendaient déjà. Tous se levèrent à son arrivée. Il salua
en portant la main à son cœur, s'étendit sur un large
divan situé au milieu de la galerie, prit la pipe qu'une
belle esclave kurde lui tendait et fit un signe.

Aussitôt un groupe de musiciens et de danseuses
envahit la scène. Les unes portaient une jupe en
satin de couleur claire, une veste richement brodée,
et autour de la taille, une ceinture de cachemire.
D'autres avaient les épaules nues, les hanches serrées
dans des écharpes de satin écarlate, le reste du corps
couvert d'une gaze de soie frangée d'or. Dans leur
abondante chevelure noire et souvent rousse, brillaient
de petites pièces d'or, des perles, des épingles ornées
de pierres.

Au son de divers instruments, parmi lesquels on
remarquait le *tar,* ou tambour de basque, et le
koudoum, instrument composé de deux petits tam-
bourins qu'on frappe avec des baguettes, elles
donnèrent bientôt le spectacle d'une de ces danses
voluptueuses dont l'Orient a seul le secret. C'est à
peine si les jambes remuent, si les pieds changent
de place; mais les bras relevés se tordent amou-
reusement, la tête est rejetée en arrière, la bouche est
entr'ouverte, les narines palpitent, les longs yeux à
moitié fermés regardent avec langueur, la poitrine

renversée se soulève tumultueusement, les hanches superbes ont un balancement lent et continu.

Peu à peu la musique s'anime, la danseuse s'exalte, et tous les mouvements deviennent plus ardents, plus convulsifs.

Ces danses durèrent toute la nuit, interrompues par des chants ou traversées par des entr'actes pendant lesquels Mourad, toujours calme, tranquille, un peu somnolent, circulait de groupe en groupe, jetait un compliment à celle-ci ou un sourire à celle-là, et causait avec chacune de ses femmes légitimes ou de ses favorites.

Vers trois heures du matin, lorsque la danse était plus animée que jamais, des cris de terreur poussés par les esclaves restées dans la cour retentirent tout à coup. En même temps, des lueurs subites, rougeâtres, vinrent éclairer la salle des fêtes, et une odeur d'incendie se répandit dans l'air. « Au feu ! au feu ! » criaient, dans la cour, les esclaves.

« Au feu ! au feu ! » répétaient dans la salle des fêtes les femmes éperdues, les danseuses affolées.

Fatmah, moins craintive que les autres, s'était approchée de Mourad et l'interrogeait du regard.

Il se pencha vers elle, et lui dit :

— J'ai mis moi-même le feu dans la chambre des étoffes et des voiles... J'avais tout calculé pour qu'il n'éclatât qu'en ce moment... Je brûle mon palais qui demain serait confisqué, et j'assure notre fuit.

Suivi de Fatmah, il sortit du harem, gagna la cour où il avait donné rendez-vous à Sivasti, monta dans son appartement particulier, ouvrit une armoire dissimulée dans la muraille, y prit trois coffrets, en donna deux à ses compagnons, garda le troisième et se dirigea vers la porte du palais. Comme il y arrivait, ses serviteurs, ses femmes, ses eunuques, plus effrayés que les femmes, essayaient, tous à la fois, de sortir.

Enveloppés dans de larges burnous, la tête cachée par le *bourko* (vaste capuchon) Mourad, Sivasti et Fatmah, se mêlèrent à la foule, trop émue du reste pour s'occuper d'eux. Après une lutte de quelques instants, ils parvinrent à gagner la place et se jetèrent dans les rues voisines.

IV

Ils marchaient l'un derrière l'autre, à la mode arabe et indienne : Mourad, le maître, en tête ; Sivasti, son lieutenant, au second rang ; Fatmah, la femme, l'esclave, en dernier.

Le quartier dans lequel ils s'étaient jetés et qui conduit au lac ou petite mer, El-Bahira, renferme, les rues les plus tortueuses de Tunis. C'est un véritable labyrinthe où plus d'un étranger s'est perdu. Mais Mourad et Sivasti, grands coureurs d'aventures, connaissaient leur Tunis comme quelques-uns d'entre nous connaissent leur Paris.

Dans le quartier de la marine, la voie s'élargit. Ils purent alors marcher côté à côté, et Sivasti, de joyeuse humeur, en pensant à la France qu'il allait bientôt habiter, disait à Mourad :

— Les Tunisiens se plaignent que leur ville n'est pas éclairée. Quelle injustice ! Regarde, on voit comme en plein jour.

— Et cet éclairage ne leur coûte rien, répliquait Mourad sur le même ton. J'en fais tous les frais.

Fatmah marchait maintenant aux côtés de ses deux compagnons de route et se mêlait à leur conversation, dans la langue française que Mourad lui avait fait apprendre et qu'il lui parlait toujours.

— Tu ne regrettes pas ce beau palais ? disait-elle en regardant son maître.

— A quoi bon des regrets ? répondait Mourad. Ils abrègent inutilement la vie... Du reste, si je n'a-

vais pas brûlé ce palais, demain, je te l'ai dit, mon
successeur l'eût confisqué... Il aurait même pris, sans
la moindre délicatesse, les petites cassettes que nous
portons cachées sous nos burnous... Celle dont tu es
chargée, Fatmah, ne te paraît pas trop lourde ?

— Non, fit-elle, elle me paraît légère, tant je suis
heureuse, mon cher seigneur, de fuir avec toi.

— C'est cependant la plus précieuse, reprit le ministre disgracié, qui répondait aux premières paroles
de Fatmah et dédaignait les autres.

Depuis un instant, Sivasti ne parlait pas.

— A quoi penses-tu ? lui demanda Mourad...
Crains-tu d'être poursuivi ?

— Poursuivi ! Et par qui ? grand Dieu ! Personne
ne s'occupe de nous... La moitié de Tunis, les juifs et
les Européens, assistent au feu d'artifice que nous
leur donnons ; l'autre moitié, les Arabes, les Turcs
et les Maures, ne songent même pas à quitter leur
lit. Leur propre maison brûlerait qu'ils auraient la
même indifférence et chargeraient le Prophète de
faire l'office de pompier.

— Alors, je répète ma question, à quoi penses-tu ?

— Je pense à tes malheureuses femmes. Où vont-
elles passer le reste de la nuit ?

— Mais à la belle étoile, fit Mourad. Le temps est
superbe et la chaleur très suffisante... S'il leur arri-

vait, du reste, de préférer le toit d'une maison à ce
beau ciel, crois-tu qu'elles seraient embarrassées
pour trouver l'hospitalité chez quelque Tunisien de
leur connaissance?... Mon cher, ajouta-t-il, sache-
le bien, je ne me suis jamais fait d'illusion sur la vertu
de mes épouses. C'est en Europe seulement qu'on
croit à la chasteté des femmes turques. On se dit :
cloîtrées dans le harem, surveillées par leurs ri-
vales ou leurs esclaves, gardées par leurs eunuques,
comment pourraient-elles avoir des intrigues au dehors?... Mais ces serviteurs sont des complaisants,
ces eunuques des porteurs de messages, et il n'est
pas de harem si bien fermé qu'il ne s'en échappe de
temps à autre une infidèle... Leur tunique et leur
voile qui cachent la taille et le visage favorisent
leurs promenades clandestines, et il m'est arrivé un
jour de suivre une de mes femmes croyant que
c'était la femme d'un autre.

— Qu'as-tu fait lorsque tu l'as reconnue? demanda
Sivasti.

— Tu l'as tuée? dit Fatmah.

— Moi! Pour qui me prends-tu?... J'ai ri de tout
mon cœur, car cette aventure me rappelait mon cher
Paris... En vérité, on se fait des maris chez
nous une idée fausse... Il y en a de terribles,... et
c'est le plus grand nombre, je le veux bien... mais

il en existe aussi de fort accommodants et j'en connais qui laissent leurs femmes les conduire par le bout du nez.

Tout en causant ainsi, ils avaient traversé la ville et atteint le lac. Ils se mirent en quête immédiatement de trouver un de ces bateaux plats, qu'on appelle sandah, destinés à conduire les voyageurs de ʻTunis à la Goulette. Les bateaux étaient nombreux, mais les bateliers invisibles. Surpris par les lueurs qu'ils apercevaient au loin sur la haute ville, ils s'étaient peut-être rapprochés du foyer de l'incendie Cependant, Sivasti, au bout de quelques minutes de recherches, découvrit deux hommes qui dormaient au fond de leur barque. Il fit aussitôt signe à ses compagnons de le rejoindre et de prendre possession du bateau. Les bateliers de Tunis n'aiment peut-être pas qu'on trouble leur sommeil; mais ils sont très heureux de gagner quelques piécettes blanches qui leur permettront de manger le lendemain une tête de mouton grillée et de boire une tasse de café. Aussi les hommes que Sivasti réveilla dès qu'il fut installé dans le bateau, prirent sans trop de difficultés leurs avirons et leurs perches, car le fond du lac est souvent des plus vaseux, et se dirigèrent vers la Goulette.

Le temps était superbe, comme l'avait dit

12.

Mourad, le ciel étoilé. C'était une véritable nuit d'Orient, chaude, sans un souffle de vent. Cependant, au loin, du côté de la mer, une brume épaisse semblait se former, et l'un des bateliers, tout en ramant, fit observer dans son dialecte arabe que, le lendemain, le lac pourrait bien ne pas être aussi calme.

— C'est rassurant pour nous qui allons voyager, dit Sivasti à Mourad.

— Demain est à Dieu, répliqua le ministre, qui citait volontiers les proverbes de son pays, sans y ajouter, du reste, la moindre foi. Si, comme musulman, il laissait à désirer, en revanche, il n'avait absolument rien d'un croyant.

Ils arrivèrent, en une heure, à la hauteur de l'îlot situé vers le milieu du lac, et d'où l'on embrasse le panorama de la ville. Tunis était, en ce moment, magnifiquement éclairée par l'incendie. Ses blanches murailles brillaient comme en plein jour aux feux du soleil. Ses mosquées aux dômes arrondis, ses marabouts carrés, apparaissaient resplendissants dans ce ciel embrasé. Les flammes avaient un tel éclat, qu'elles éclairaient tout le lac et ses rives. On pouvait apercevoir, sur les bancs de sable, de grands flamands roses qui dormaient à côté les uns des autres, en longue file serrée, le cou enfoui dans le corps, les pattes baignées par l'eau.

Enfin, on atteignit le canal qui fait suite au lac et conduit à la mer. C'est le long de ce canal que sont situés les premières maisons de la Goulette (*Goletta*), le véritable port de Tunis, où se trouvent la douane, l'arsenal, l'ancien *sérail* (palais du bey) et une vieille forteresse occupée par quelques soldats.

— Si les factionnaires, dit à voix basse Sivasti à Mourad, allaient ordonner à notre embarcation de s'arrêter?

— Elle s'arrêterait. Après?

— Oui, mais on peut nous faire descendre... et te reconnaître.

— Sous mon capuchon?

— Les soldats ne se gêneraient pas pour le soulever... Tu as toi-même donné l'ordre, et je l'ai transmis, de ne laisser, la nuit, aucun voyageur inconnu traverser le canal.

— Tu me fais beaucoup d'honneur, dit Mourad, de croire que mes ordres ont été exécutés. Je n'ai jamais eu cet espoir. Mais, comme par hasard une des sentinelles pourrait n'être pas endormie et se rappeler la consigne, nous allons descendre à terre avant qu'on nous ait aperçus.

— Et que ferons-nous ensuite?

— Nous traverserons la ville à pied. Si on nous voit, on nous prendra, dans nos costumes, pour des Arabes de la plaine, se dirigeant vers leurs douars, et, arrivés à la mer, nous monterons dans une embarcation qui nous conduira en rade, à bord du vapeur français.

Sivasti approuva ce projet, et quelques instants après, sans avoir rencontré d'obstacles, ils s'installaient tous les trois sur un de ces larges bateaux qui font le transport du rivage aux navires mouillés dans la rade.

Au levant, le ciel commençait à prendre une teinte rosée annonçant la venue prochaine du soleil.

Dix minutes suffirent pour atteindre le vapeur français, mouillé seulement à quatre cents mètres du rivage. Mais la discipline qui existe sur les bâtiments européens, même lorsqu'ils ne sont que des navires marchands, allait créer quelques difficultés aux trois voyageurs. Les matelots de garde ne pouvaient permettre à cette embarcation, montée par des inconnus, des Arabes, d'accoster le vapeur à cette heure matinale, et on enjoignit aux bateliers de s'éloigner. Ils allaient obéir, lorsque Mourad et Sivasti s'élancèrent sur eux, les repoussèrent, saisirent les avirons et, au lieu de pousser au large comme on l'ordonnait, ramèrent vers l'échelle du bord. Puis Mourad, toujours prompt à se décider, laissa ses compagnons dans le bateau, gravit l'échelle, et, d'une voix impérieuse, ordonna aux matelots d'aller réveiller le commandant.

Les hommes de garde se dirent qu'un Arabe qui parlait avec tant d'autorité et s'exprimait en français, n'était pas un Arabe ordinaire, et ils obéirent.

Au bout de quelques minutes, le capitaine à moitié réveillé, à peine habillé, rejoignit Mourad.

— Je désire, Monsieur, lui dit celui-ci, causer un instant avec vous de choses importantes, et sans qu'on puisse nous entendre.

— Veuillez me suivre, fit l'officier.

Il se dirigea vers l'arrière du navire, descendit l'escalier qui conduit au salon des passagers, et se tournant vers son visiteur :

— Vous pouvez parler maintenant, lui dit-il.

Alors Mourad se débarrassa vivement de son capuchon, du burnous d'étoffe commune qui le couvrait, et apparut dans son costume de premier ministre, la redingote boutonnée, la calotte rouge étoilée au front, et au côté un sabre recourbé, dont la poignée et le fourreau étaient couverts de pierreries.

V

Le commandant du vapeur *l'Afrique* reconnut aussitôt Mourad, qu'il avait eu plusieurs fois l'occasion de rencontrer chez le consul général de France, ou sur la route qui conduit de Tunis au Bardo, le palais du bey.

— Je ne m'attendais pas à l'honneur, lui dit-il, de recevoir Votre Excellence. Je la prie d'excuser le désordre de ma toilette et...

Mourad l'interrompit :

— Vous êtes tout excusé, capitaine, fit-il. Je ne me présente pas, du reste, ici comme ministre... Je n'en aurais pas le droit : je suis destitué depuis hier. Vous le savez sans doute ?

— J'ai entendu, en effet, parler vaguement de cela. Mais on pensait que le bey reviendrait sur sa décision.

— Je vous remercie de vouloir bien inventer cet aimable... mensonge, pour sauver mon amour-propre, reprit Mourad en souriant, et je vois que j'ai affaire à un homme d'esprit. Nous allons facilement nous entendre... Ma disgrâce, quoique vous en disiez, est des plus sérieuses. On m'a déjà nommé un successeur, et, pour échapper à des ennuis, à des persécutions que je prévois, je désire quitter Tunis et me réfugier en France.

— Rien n'est plus facile. C'est aujourd'hui mardi, et mon navire part à cinq heures. Nous serons à Bône demain, et à Marseille dans quatre jours, après une courte escale en Corse.

— Je sais tout cela, fit Mourad, mais je désire ne pas attendre jusqu'à cinq heures... Je viens vous demander de partir immédiatement.

— C'est impossible, Excellence. Vous connaissez la mollesse et la lenteur de vos compatriotes. Ils ne m'apportent leurs marchandises qu'au dernier moment et le chargement de mon navire n'est pas même commencé... Puis, les Valéry font le service de la poste, et je dois attendre avant de lever l'ancre, que les dépêches soient à bord.

— Oui, mais vous êtes le représentant de la compagnie Valéry, et si je lui offre une somme considérable pour l'indemniser du dérangement que je vais lui causer...

Ce fut le commandant qui, cette fois interrompit le ministre.

— Je serais obligé, fit-il d'une voix ferme, quelle

que soit la somme, de refuser au nom de ma compagnie... Notre service est régulier, et nous ne pouvons manquer ni à nos engagements, ni à nos traités.

— Ah ! fit Mourad avec dépit.

Ce Turc, habitué à la toute-puissance, n'avait pas prévu cette première difficulté.

— Mais, reprit le capitaine, je ferai observer à Votre Excellence qu'il s'agit seulement d'un retard de quelques heures... Vous pouvez rester à mon bord jusqu'au moment du départ et je ne crois pas qu'on vienne vous y chercher.

— Je crois le contraire, répliqua Mourad. J'ai quitté mon palais un peu vivement, avec trop... d'éclat, peut-être, et mon successeur saisira cette occasion de me susciter quelque mauvaise affaire... Je trouve plus prudent de partir.

— J'en suis désolé ; mais je n'y puis rien.

Il s'arrêta, et après avoir réfléchi un instant, il reprit :

— J'y songe... Ce que je ne puis faire pour vous, d'autres le feront peut-être... Votre Excellence a sans doute remarqué dans la rade, un petit vapeur, mouillé à cent mètres d'ici.

— Parfaitement ; mon embarcation vient de le côtoyer.

— C'est un bâtiment qui fait assez irrégulièrement

le service de Tunis à Tripoli... Son capitaine est
capable d'accepter vos propositions... Voulez-vous
essayer ?

— Soit ! dit Mourad... Je vais me faire conduire
sur ce vapeur.

— Si vous le préférez, je me chargerai de cette
négociation. J'aurai plus d'influence que vous sur
mon collègue. J'ajouterai qu'il serait imprudent de
vous montrer dans la rade ; le soleil est levé et les
canots commencent à circuler.

— Vous avez raison et j'accepte volontiers votre
offre gracieuse.

— Quelle somme devrai-je proposer de votre part ?

— Peu m'importe. Agissez comme vous l'enten-
drez.

— J'ai cru apercevoir deux autres personnes dans
votre embarcation ; elles vous accompagnent sans
doute ?

— Oui, jusqu'en France.

— Je vais donner l'ordre de les faire monter et de
vous servir le café... Vous êtes chez vous, à mon
bord.

— Je suis confus de tant de bontés, dit Mourad ;
mais cette courtoisie ne m'étonne pas de la part d'un
Français.

Quelques minutes après, le capitaine, qui avait

fait parer sa chaloupe, se dirigeait vers le petit vapeur mouillé dans ses eaux. En même temps Sivasti
et Fatmah montaient à bord de l'*Afrique*.

— Ça ne marche donc pas tout seul? demanda le
secrétaire à l'ancien ministre, dès qu'il le rejoignit.

— Non, mon cher... Ces diables de Français ont
des idées bizarres... Ils vous parlent de leurs devoirs, de leurs engagements, de leurs traités... Nous
autres Turcs, nous n'avons pas la sottise de nous
embarrasser de toutes ces choses-là.

— Évidemment, continua Sivasti... On signe des
traités, mais on ne les exécute pas... Enfin est-ce
arrangé ?

— Nous allons le savoir dans un instant.

— Attendons... Tiens! tiens! on nous apporte du
café, et dans de grandes tasses encore... Ah! quel
bonheur de ne plus voir les tasses microscopiques
de notre pays. Elles sont si petites, si petites, qu'il
m'est arrivé un jour, par distraction, en avalant le
contenu, d'avaler le contenant.

Sa bonne humeur lui était revenue. Il se croyait
en France, sur le boulevard des Italiens, depuis qu'il
avait mis le pied sur le pont d'un navire français.

Au bout d'une demi-heure environ, le commandant
vint les rejoindre.

— La négociation a réussi, dit-il. Mon collègue

accepte. Il vient d'ordonner de chauffer, et il pourra
lever l'ancre vers huit ou neuf heures... Il ne s'est
engagé qu'à vous conduire à Bône. Mais c'est l'Algérie ; vous y serez aussi en sûreté qu'en France.
J'y arriverai moi-même demain et, si cela vous convient, vous prendrez passage à mon bord pour Marseille.

— Cela nous convient parfaitement, fit Sivasti en
avalant une gorgée de café... Nous ne pouvions pas
espérer mieux.

— Évidemment, continua Mourad. La seule traversée importante est celle de Bône à Marseille, et
nous la ferons sur votre navire, qui est excellent...
De Tunis à Bône, c'est un petit trajet ; on suit toujours la côte et...

— Permettez, fit le commandant de l'*Afrique* en
l'interrompant, ce petit trajet, comme vous dites,
n'est pas sans présenter quelques difficultés... justement parce qu'on suit toujours la côte... Nous
autres marins, nous craignons rarement la pleine
mer, mais quand on est obligé de se tenir dans le
voisinage de la terre, de doubler des caps... Ajoutez
à cela, messieurs les Tunisiens, que, la moitié du
temps, vos phares ne sont pas allumés.

— Ah ! vraiment, cela ne m'étonne pas de leur
part, fit Sivasti.

— Enfin, je vous avouerai encore que le capitaine du *Tripoli,* c'est le nom de votre vapeur, n'est pas très habitué au voyage qu'il entreprend... Ma conscience m'ordonnait de vous donner ces avertissements... A vous de décider.

— Je me décide à partir, dit aussitôt Mourad. Il est préférable pour nous d'affronter cette traversée que de rester ici... Tenez, continua-t-il, en désignant le port de la Goulette qu'on voyait très distinctement, il se passe là-bas quelque chose d'inusité. Les embarcations vont et viennent, et je vois hisser certains drapeaux de mauvais augure... Les Tunisiens qui assiégeaient hier mon palais sont capables de venir me relancer jusqu'en mer.

— Si vous le craignez, fit observer le commandant, rendez-vous immédiatement à bord du *Tripoli...* Son capitaine est un Marseillais, à la tête chaude et de grande énergie, qui ne laissera pas facilement molester un passager de votre importance... Moi, je vous l'ai dit, je suis obligé à beaucoup de ménagements, par suite de ma position demi-officielle.

— Nous partons, capitaine, fit Mourad, après vous avoir toutefois remercié cordialement de votre hospitalité et du service que vous nous avez rendu.

Tout en parlant, l'ancien ministre s'était enveloppé

de nouveau dans son large burnous, et encapuchonné dans son bourko.

Le capitaine conduisit ses hôtes jusqu'à l'échelle du bord, et leur dit avant de les quitter :

— Au revoir, demain, à Bône.

Quant au commandant du *Tripoli*, il reçut ses passagers avec une brusquerie qui frisait la brutalité. C'était un de ces marins plus habitués à transporter des colis, des ânes et des chevaux que de hauts personnages. Mais il avait les qualités de ses défauts ; il se démenait tellement, se faisait si bien obéir, déployait lui-même tant d'activité, que le vapeur fut prêt à partir vers neuf heures du matin.

Il était temps. Une véritable flottille d'embarcations l'entouraient déjà. De renseignements en renseignements, on avait fini par comprendre que Mourad, recherché depuis le matin, introuvable à Tunis, devait s'être embarqué sur quelque navire, et les habitants de la Goulette, prévenus par les Tunisiens, voulaient s'opposer à son départ.

Mais le capitaine du *Tripoli* croyait devoir protection à ceux qui se fiaient à lui ; il désirait aussi gagner la somme promise, et, sans se préoccuper des canots qui l'assiégeaient, il donna l'ordre de lever l'ancre.

Quelques minutes après, un coup de piston stri-

dent retentit ; l'hélice s'agita, l'eau bouillonna, et le
navire se mit à manœuvrer en chavirant de droite et
de gauche les embarcations légères qui se tenaient
trop près de lui. Il était écrit, sans doute, que tous
les départs de Mourad devaient être accidentés : la
veille, il fuyait à l'aide d'un incendie, cette fois,
grâce à des naufrages partiels.

Sivasti, debout sur la dunette, saluait de la main
ceux qu'il laissait derrière lui.

— Adieu, mes petits amis, adieu, leur disait-il.
J'espère ne jamais vous revoir. Je renonce pour
la vie à Tunis, à ses habitants et à ses femmes. .
Vive Paris ! et vivent les Parisiennes !

Pendant qu'il criait ainsi, le petit navire filait à
toute vapeur et passait bientôt devant la vieille
Carthage, dont les ruines, dominées par la chapelle
de Saint-Louis, brillaient au soleil levant.

— Chauffez! Chauffez ! criait le capitaine de sa
rude voix, au mécanicien.

Et, se tournant vers ses passagers, il leur disait
sans ménagement, avec sa brutalité ordinaire :

— Je me dépêche pour doubler le plus vite possible ces satanés caps qui nous séparent de Bône...
Je crains un coup de Nord-Ouest, et quand ce
sacré vent de mistral se met à soufffer, bagasse!
je ne vous dis que ça !

VI

C'était avec raison que le capitaine du *Tripoli* se méfiait du temps. L'équinoxe de septembre allait, cette année 187..., faire sentir sa terrible influence sur la Méditerranée et sur la côte d'Afrique. Le vapeur avait à peine doublé le cap Bon, le promontoire de Mercure, comme l'appelaient les anciens, que le vent du Nord-Ouest, qui soufflait bonne brise depuis la sortie du golfe de Tunis, devint plus violent.

Le *Tripoli*, dont les voiles carrées avaient jusqu'alors accéléré la marche, fut obligé de se confier à sa machine, et de naviguer seulement sous vapeur. Il fatiguait beaucoup, roulait affreusement, et ses trois passagers, malades depuis longtemps déjà, commençaient à trouver qu'ils auraient mieux fait de prendre en plus sérieuse considération les avertissements que leur avait donnés le commandant de l'*Afrique*.

— Si nous allions faire naufrage! disait Sivasti

encore debout sur le pont, mais cramponné aux
bastingages.

— Mon Dieu, répondait le capitaine, cela pourrait
bien nous arriver. C'est justement dans ces parages,
un peu plus à l'ouest cependant, qu'au mois de
février dernier s'est perdu l'*Auvergne*, capitaine
Isnard, de la Société générale des transports mari-
times.

— Vous êtes moins que rassurant, capitaine, faisait Sivasti.

— Que voulez-vous, moi, je vous dis ce qui est...
Il faut bien causer un peu pour passer le temps, et
cette conversation a, du moins, de la couleur locale.

— Trop de couleur locale, beaucoup trop, gémis-
sait le secrétaire, horriblement malade.

Mais le capitaine, sans prendre garde à son passager, poursuivant son idée :

— Oui, oui, elle s'est perdue, cette pauvre
Auvergne, par un coup de mistral, comme aujour-
d'hui... Cependant, c'était un vapeur de la force
de cent vingt chevaux, trois fois gros comme
mon navire... Il avait trente et un hommes, et je
n'en ai que sept... Quant à son capitaine, le brave
Isnard, un excellent marin, il connaissait parfaitement la côte, et moi, je ne la connais pas.

— Mais, sapristi, si vous ne la connaissez pas, nous irons nous y briser.

— Ce n'est pas certain... il faut compter sur le hasard... il nous favorisera peut-être, continuait le commandant du *Tripoli*, qui croyait ainsi rassurer son passager.

Il n'y réussissait pas : Sivasti pâlissait de plus en plus.

— Je vous ferai remarquer, du reste, reprenait le capitaine, que cela n'a pas beaucoup servi à mon collègue de connaître la côte, puisqu'il s'est tout de même perdu.

Il interrompit tout à coup ce discours pour jurer affreusement.

— Nom de nom, de mille noms de nom! voilà le temps qui se met à grains, et le vent qui souffle par rafales... Je vous conseille de rentrer dans votre cabine, car bientôt vous ne pourrez plus vous tenir sur le pont. Vous allez rouler, mais rouler, que ce sera un véritable supplice.

— Ah! mon Dieu! fit Sivasti d'une voix plaintive, on peut donc rouler davantage?

— Je le crois f... bien. En ce moment, nous avons un temps de demoiselle à côté de celui que la nuit nous garde.

Sivasti, tout à fait rassuré par ces bonnes paroles,

13.

se traîna, en se servant de ses genoux et de ses
mains, jusqu'à la cabine qu'il partageait avec
Mourad. Celui-ci avait pris le parti de s'étendre
sur sa couchette. Mais de brusques secousses le
jetaient à chaque instant hors du cadre.

— Eh bien, ça ne va pas, mon pauvre Sivasti ?
fit-il d'une voix plaintive.

— Oh ! non, pas du tout, répondit le secrétaire
aussi plaintivement et en essayant d'atteindre la
seconde couchette.

— Et cette pauvre Fatmah, en as-tu des nouvelles ?

— Elle est étendue comme nous, dans la cabine
voisine, mais elle ne dit mot, elle ne se plaint pas...
Ah ! vois-tu, mon cher, la religion musulmane donne
une résignation... que nous n'avons pas, nous autres...
Rien ne préserve du mal de mer comme...

Un terrible coup de roulis vint l'interrompre et
le jeter à bas de son cadre.

En se relevant, il murmurait :

— Et le capitaine a dit que ce n'était encore
qu'un temps de demoiselle.

Le capitaine ne s'était pas trompé. Vers neuf heures du soir, une véritable tempête sévissait sur la
Méditerranée. La mer était démontée et couvrait le
pont du *Tripoli*, qui gouvernait difficilement et
fuyait à la lame. Ce qui, surtout, augmentait le

danger, c'est qu'on ne pouvait plus déterminer la position du navire, que de fortes embardées avaient fait dévier de sa route. Un brouillard très intense empêchait aussi de distinguer les phares, et le loch, qu'on jetait à chaque instant, donnait seulement une estime douteuse du chemin parcouru.

Le petit vapeur faisait encore assez bonne contenance, grâce à ses machines presque neuves. Mais il était évident que, dans l'impossibilité de prendre la cape au large par ce vent de nord-ouest, il ne tarderait pas à rencontrer la côte.

En effet, vers deux heures du matin, un homme de garde signala des brisants à l'avant. Le capitaine, d'un bond, rejoignit le matelot, reconnut qu'il avait dit vrai et fit aussitôt manœuvrer pour s'élever au vent. Mais la mer et l'ouragan étaient tellement furieux, qu'on ne put y parvenir.

Du reste, tout à coup, la drosse du gouvernail vint à casser et le navire fut livré à lui-même.

On essaya de jeter les deux ancres; les chaînes se rompirent.

Bientôt le *Tripoli,* conservant son aire et emporté par le vent et la mer, se trouva au milieu des brisants et talonna fortement. Le capitaine n'eut plus alors d'autres ressources que de faire mettre machine en route, pour tenir son navire dans une position perpendiculaire à la plage, et l'ensabler de façon à présenter l'arrière à la lame.

Cette dernière manœuvre désespérée réussit, et le *Tripoli* parvint à se creuser un lit dans le sable.

A deux reprises, pendant cette terrible tempête, Mourad et Sivasti avaient essayé de monter sur le pont. C'est le mouvement instinctif de tous les passagers qui, dans ces moments de crise, redoutent par dessus tout d'être ensevelis vivants dans leurs cabines. Mais la mer balayait le navire de la dunette à l'avant, et ils furent obligés de redescendre, tombant l'un sur l'autre, dégringolant l'escalier, se heurtant contre les murailles du navire. Quand le *Tripoli* talonna sur les brisants, ils se crurent perdus.

— C'est fini ! soupira Sivasti.

— Que veux-tu, nous n'y pouvons rien ! répondit philosophiquement Mourad.

Le musulman, à cette heure terrible, triomphait de l'Européen. Mourad oubliait son éducation à la française pour revenir à ses instincts premiers, à cette insouciance, cette indolence, cet abandon de l'oriental devant le danger et la mort.

— Tiens ! nous ne remuons plus, fit de nouveau observer Sivasti... Serions-nous entrés dans le port ?

— J'en doute... En tout cas, je ne veux plus

rester ici, dans cette tombe ; je veux savoir ce qui se passe là-haut, je monte.

— Je monte avec toi. Rien ne s'y oppose... Nous ne bougeons plus.

Fatmah avait eu aussi l'idée de monter sur le pont. Ils la rencontrèrent à mi-chemin. Elle était pâle, mais très calme, très confiante en la Providence, comme toutes les Circassiennes qui sont de religion mahométane.

Sivasti s'aperçut bientôt qu'au lieu d'être entré dans le port, il avait, au contraire, fait naufrage. La mer déferlait avec furie le long du vapeur, qui, venu en travers, s'était abattu sur tribord, bâbord au large. Les lames devenaient d'autant plus dangereuses que le navire, arrêté maintenant dans sa marche, leur offrait plus de résistance. Aussi l'équipage, sous peine d'être enlevé, était-il obligé de se cramponner aux bastingages du vent.

Le capitaine, qui n'avait plus aucune manœuvre à ordonner, avait rejoint ses passagers et leur disait :

— Eh bien ! vous l'avais-je prédit, cette tempête ?

— Un peu tard, fit observer Sivasti. Si vous nous l'aviez annoncée avant de partir, peut-être serions-nous restés à Tunis.

— Pour nous faire massacrer ou mettre en prison...

Vous êtes beaucoup mieux ici, à deux pas de l'Algérie.

— Comment, nous ne sommes même pas sur la côte française? demanda Mourad inquiet.

— Mais non, mais non... Comme vous y allez!... Vous voulez tout de suite être arrivé... Vous avez fait naufrage sur l'île de Tabarque... les Arabes disent Tabarka... Un de mes hommes qui connait le pays vient de la reconnaître... Elle appartient au bey de Tunis... Vous êtes chez vous.

— Si vous appelez cela être chez nous, fit Sivasti, qu'un paquet de mer venait de renverser.

— Voyons, voyons, ne vous plaignez pas, reprit le capitaine toujours désireux de rassurer ses passagers... Vous n'avez pas le droit de vous plaindre... Si, avant le lever du soleil, vous n'êtes pas enlevés par une lame, ou si le navire n'est pas culbuté, la quille en l'air, vous aurez quelque chance de gagner le rivage... Prenez garde, tenez-vous bien, cria-t-il tout à coup, bagasse! nous allons être défoncés!

Il n'eut pas le temps d'en dire davantage : une véritable montagne d'eau et d'écume s'abattit sur le navire. Mais les passagers et l'équipage échappèrent encore à ce danger.

La nuit se passa ainsi, dans les angoisses de la mort. Ce fut une lente agonie.

Aux premières lueurs du jour, le capitaine put se rendre compte exactement de la situation. Elle lui parut moins désespérée qu'il n'avait cru.

— Ah! vous êtes de rudes veinards! dit-il à ses passagers... Savez-vous pourquoi nous n'avons pas été entièrement chavirés cette nuit?... C'est que notre mâture touche le sable par le bout, et nous a servi de point d'appui... Et ce n'est pas tout, elle va nous rendre un autre service : elle nous fournira un pont naturel pour débarquer.

— Débarquer, débarquer! répliqua Mourad, vous en parlez à votre aise, capitaine. C'est nous jeter d'un danger dans un autre. Je la connais, votre île de Tabarque; elle est très mal composée. Les Arabes qui habitent la côte voisine y font à chaque instant irruption. Ils appartiennent à des tribus insoumises; ce sont de véritables brigands, des voleurs, des assassins.

— Et vous venez de rester plusieurs années au pouvoir, sans songer à débarrasser la Tunisie de ces brigands!

— Ah ! je ne savais pas, dit cyniquement Mourad, que je ferais naufrage sur cette côte.

VII

Malgré les craintes exprimées par Mourad, il fut décidé par le capitaine qu'on abandonnerait immédiatement le navire pour gagner la terre. Si, du reste, on avait tardé plus longtemps à prendre cette décision, la mer aurait chassé les naufragés de la demeure qu'ils prétendaient encore occuper. Depuis le lever du soleil, le vent ne soufflait plus en tempête; mais des lames profondes, nées pendant l'ouragan, arrivaient encore du large, atteignaient la côte et frappaient avec violence la carcasse du bâtiment, qui leur faisait obstacle. D'un moment à l'autre, il pouvait être défoncé et engloutir dans ses débris matelots et passagers. Cependant, comme Mourad songeait aux richesses qu'il portait avec lui et hésitait à descendre, le capitaine crut devoir lui faire des observations assez sensées.

— Les Arabes, lui dit-il, ne nous ont certainement pas encore aperçus et nous avons tout le temps de gagner la citadelle voisine... Elle est cachée par ces rochers; mais mon lieutenant m'affirme qu'elle se

trouve à cinq kilomètres environ dans la direction
du sud.

Mourad n'était pas encore convaincu. Ce mot de
citadelle sonnait mal à son oreille. Si on allait le
retenir prisonnier! Mais Sivasti lui fit remarquer que
non seulement il ne courrait aucun danger au milieu
de soldats tunisiens, mais qu'on le couvrirait d'honneurs, s'il se faisait reconnaître. En effet, sa disgrâce était toute récente, et la nouvelle ne pouvait
en être parvenue sur cette île perdue, à moitié sauvage. Une raison encore meilleure devait résoudre
la question : tout à coup, comme on le prévoyait
depuis si longtemps, une lame plus formidable que
toutes les autres vint s'abattre sur les flancs du
navire et l'entr'ouvrit. La position n'était plus
tenable et, sous la direction du capitaine, le sauve-
tage s'opéra.

Chacun emportait avec soi ce qu'il avait de plus
précieux: les matelots, dans leur sac en toile, des
vêtements et quelque argent ; le lieutenant et le
capitaine, les livres du bord, les instruments, une
somme peu importante et divers souvenirs dont le
marin ne se sépare jamais. Quant à Mourad, Sivasti
et Fatmah, sous les plis de leurs bournous, ils
essayaient de dissimuler le trésor qu'ils s'étaient
partagé.

Le capitaine quitta le dernier son bord. Après avoir jeté un long regard de tristesse sur ce bâtiment qu'il avait commandé, qu'il avait aimé, et dont les flots s'apprêtaient à faire une épave, il s'aventura sur la vergue qui servait de pont, du navire à la plage.

Réunis à terre, matelots et passagers après s'être comptés, pour être certains que personne ne manquait à l'appel, formèrent une petite troupe, et marchèrent vers le sud dans la direction de la citadelle. Pendant un quart d'heure environ, aucun incident ne troubla cette marche, qui fut moins triste qu'on aurait pu le supposer. Ces hommes, brisés de fatigue, grelottants dans leurs vêtements mouillés, et qui venaient d'échapper aux plus grands dangers, ne paraissaient même pas abattus. C'est que le matelot est insouciant comme l'oriental. Un naufrage ne lui fait rien perdre, et il ne demande qu'à *sauver sa peau*, suivant l'expression vulgaire. L'équipage, pour égayer la route, causait du terrible drame qui s'était passé la nuit précédente.

— Cette gueuse de mer, nous en a-t-elle fait des misères! disait l'un.

— J'ai reçu, disait l'autre, deux ou trois renfoncements, à me briser les côtes.

— J'ai bien cru, répliquait ce troisième, que nous

allions boire à la grande tasse notre dernier bouillon.

— Et que nous ne reverrions plus jamais la Joliette, bagasse ! ajoutait un Marseillais.

Mourad et Sivasti eux-mêmes retrouvaient leur insouciance et leur bonne humeur.

— Décidément, disait l'ancien ministre, j'ai calomnié ce pays de Tabarka, ou plutôt je soupçonne le gouverneur de la province d'avoir fait, avec intention, aux Arabes de ces parages, une mauvaise réputation. Il les disait barbares et insoumis, afin de garder pour lui seul l'impôt qu'il savait fort bien percevoir... Cette population est parfaitement civilisée.

— Elle peut être civilisée, faisait observer Sivasti, mais, pour l'instant, elle est invisible.

A peine avait-il prononcé ces mots, qu'une nuée d'Arabes, brandissant des coutelas, et poussant des cris sauvages, tourna le rocher qui l'avait masquée jusque-là et s'élança vers la petite troupe des naufragés.

Aussitôt les matelots, obéissant à un sentiment instinctif, s'apprêtèrent à se défendre. Mais le capitaine avait déjà compté l'ennemi et compris que toute résistance ne servirait qu'à faire massacrer ses hommes.

— A bas les armes ! cria-t-il. Nous ne sommes

pas en nombre. Essayez de prendre la fuite : c'est tout ce que je permets.

Ils trouvèrent le conseil bon et s'élancèrent dans différentes directions. Mais, brisés par les fatigues de la nuit, et poursuivis par des Arabes qui surgissaient de tous les rochers de la plage, ils ne tardèrent pas à être rejoints. Dès qu'un matelot était saisi, les pillards s'emparaient de ce qu'il portait à la main, le dépouillaient de ses vêtements, lui attachaient les bras et les jambes pour qu'il ne pût fuir, et le jetaient par terre.

Le capitaine, son lieutenant et ses trois passagers, avaient jugé la fuite inutile. Ils restaient debout à la même place, s'attendant à subir le sort de leurs compagnons. Mais les Arabes faisaient cercle autour d'eux sans oser les rejoindre. Lorsqu'ils avaient attaqué les naufragés, ils croyaient sans doute ne rencontrer que des Européens, des chrétiens, des chiens de chrétiens, comme ces sauvages nous appellent encore, et ils se trouvaient en présence de plusieurs co-religionnaires.

Mourad comprit ce qui se passait en eux et quel parti il pouvait tirer de leurs scrupules. Il abattit son capuchon, s'avança résolûment vers le groupe le plus voisin et dit en arabe, d'une voix de commandement :

— Je suis officier dans l'armée du bey. Je vous ordonne de respecter mes compagnons et de me guider vers la citadelle ; je récompenserai ceux qui m'obéiront ; je ferai punir les autres.

Malheureusement, tandis qu'il parlait ainsi, Mourad écarta les plis de son bournous et porta la main à son sabre. Les Arabes aperçurent cette arme resplendissante de pierreries ; leurs yeux brillèrent de convoitise, leurs regards fauves s'allumèrent.

Au lieu de s'avancer sur Mourad, ils s'étaient reculés, afin de se consulter. Mais, dans le groupe compacte qu'ils formaient maintenant, on parlait à voix basse du sabre, de son prix, de sa richesse. En même temps, un des Arabes laissait entendre que le compagnon de l'officier cachait peut-être sous son bournous des armes aussi belles, que la femme voilée dissimulait sous sa féradje de somptueux vêtements. Puis, un autre faisait encore remarquer que le bras gauche de ces trois personnages était replié sous le manteau et qu'il portait sans doute un objet précieux.

Quelle fortune, là, sous leurs yeux, à portée de leurs mains, pour tous ces misérables, couverts de haillons, affamés ! Quelle soif de pillage, quelle rage de possession, devaient éveiller chez ces bandits du désert les richesses entrevues et celles qu'ils pressentaient !

Et, puisque le crime avait déjà reçu un commencement d'exécution, pourquoi s'arrêteraient-ils en si beau chemin ? Pourquoi respecteraient-ils les riches, après avoir pillé les pauvres ? Ils avaient affaire, il est vrai, à de grands personnages, à des officiers du bey. Mais ces gens n'étaient-ils pas leurs ennemis naturels, des ennemis qui, pour les obliger à payer l'impôt, les chassaient dans la montagne comme des bêtes fauves ? Enfin, la superstition religieuse venait donner plus de force à ces réflexions : la fatalité, la providence, Allah, le prophète, avaient jeté ces riches, ces puissants, ces seigneurs sur leurs côtes, les avaient livrés avec toutes leurs richesses ; ne serait-ce pas se montrer ingrat d'un tel bienfait, que de ne pas s'emparer de ces biens tombés du ciel... de Mahomet ? Les plus âgés de la tribu, les anciens, consultés par les plus jeunes, déclarèrent qu'il n'y avait pas à hésiter, et, comme c'était l'opinion de toute la bande, on fit aussitôt les préparatifs d'attaque.

Les naufragés, pendant la courte délibération de leurs ennemis, s'étaient préparés à se défendre. Peut-être Mourad et Sivasti n'auraient-ils pas combattu, s'il ne s'était agi que de leur existence. Mais

leur fortune, c'est-à-dire toutes les jouissances
qu'elle promettait, se trouvait menacée. Si on
les dépouillait, ils auraient à subir la pauvreté,
la misère, loin de leur pays, dans l'exil. Mourad
tira de son fourreau précieux une fine lame
de Damas, à pointe recourbée. Sivasti s'arma
d'un de ces longs poignards de fabrication turque,
à manche d'ivoire, à fourreau d'argent ciselé.
Fatmah elle-même, en esclave dévouée qui veut
défendre le bien de son maître, saisit une hachette
abandonnée par quelque matelot, au moment de la
fuite. Obligés de se servir de leurs deux bras pour
combattre, ils avaient déposé devant eux les coffres
qu'ils portaient, et le pied droit posé sur chacun de
ces coffres, le corps en avant, ils attendaient.

Quant au capitaine et à son lieutenant, ils se
demandèrent un instant s'ils allaient prendre part
à cette lutte inégale. N'était-il pas évident que les
Arabes n'en voulaient aucunement à la vie de Mourad
et de Sivasti, et qu'ils prétendaient seulement s'emparer de leurs biens?... Alors pourquoi s'exposer à
être massacrés pour défendre la fortune d'étrangers,
ennemis de leur race, ennemis de leur religion?
Mais ces étrangers, en montant à bord du vapeur
français, n'avaient pas seulement confié au capitaine
leur existence; ils lui avaient fait aussi, pour ainsi dire,

le dépôt de ce qu'ils portaient sur eux, de tout ce qu'ils possédaient. Ce dépôt, après avoir échappé la nuit précédente à un premier danger, en courait un second et devait être défendu à terre, comme il l'avait été en pleine mer. En cas de naufrage, un capitaine est toujours le chef de son équipage, le maître responsable. Il doit aide et protection à tous ceux qui sont restés sous son autorité, fidèles à son infortune. Les deux officiers du *Tripoli* se décidèrent donc à combattre auprès de leurs passagers.

VIII

La lutte commença : malgré son inégalité, elle pouvait être longue. Les uns se battaient pour prendre, pour conquérir ; les autres, pour garder, pour défendre leur bien, ce qui inspire la même ardeur. Puis les Arabes devaient être desservis par leur inexpérience. S'ils avaient eu l'idée de se précipiter tous à la fois sur leurs adversaires, ils en auraient eu facilement raison. Mais ils ne savent pas se réunir, se masser, se former en bataillon serré. De même qu'ils

marchent l'un derrière l'autre, ils se battent isolément,
sans commandement, sans ordre, sans tactique. Ils
s'élancent, attaquent, et, s'ils n'ont pas atteint leur
ennemi, ils rebroussent chemin, s'éloignent, pour
revenir l'instant d'après. Les naufragés, au contraire,
réunis en un seul groupe, serrés les uns contre les
autres, dos à dos, faisant face à l'ennemi de tous côtés,
avaient l'avantage de la concentration.

Tout en se battant, Mourad et Sivasti répondaient
aux cris des Arabes par d'autres cris, leur ren-
voyaient leurs injures, et dans ce bruit, dans
ces vociférations, puisaient un courage qui peut-
être leur manquait. Le capitaine et son lieutenant, de nature violente et sanguine, vociféraient
aussi et jetaient à leurs ennemis de terribles jurons
marseillais. Seule, Fatmah combattait en silence,
regardant fixement celui qui l'attaquait, prête à parer
ses coups ou à le frapper s'il s'avançait trop près.
Elle s'était dépouillée de son féradje, l'avait en-
roulé autour de son bras gauche pour s'en faire une
sorte de bouclier, et, de sa main droite, elle tenait
sa hachette toujours levée. Dans la lutte, ses voiles
étaient tombés et elle apparaissait superbe de corps
et de visage. La poitrine, lancée, pour ainsi dire, en
avant, projetée dans l'espace, presque nue, avait la
rigidité du marbre, malgré son ampleur. Les han-

14

ches, fortement accusées, faisaient paraître la taille
plus fine et plus souple. La jambe et le pied posé
sur le coffret, étaient d'un dessin parfait. Son abondante chevelure noire dénouée flottait sur les épaules
et descendait jusqu'aux reins. Ses yeux allongés, aux
longs cils, comme ceux des femmes de sa race, n'é-
taient plus alanguis et semblaient enflammés. De
petites dents fines, nacrées, mordaient des lèvres
rouges, épaisses, et les narines d'un nez grec,
aux contours exquis, s'agitaient, palpitaient, semblaient aspirer l'odeur âcre du sang déjà répandu.
Plusieurs Arabes s'étaient arrêtés à quelques pas
d'elle, et la regardaient ardemment, de leurs yeux
fauves. Ils semblaient se dire : « Quelle belle esclave
nous aurions là ! »

Le combat continuait au milieu des insultes, des
cris, des vociférations, des coups portés, parés et
rendus. Mais, comme on pouvait le prévoir, du côté de
la petite troupe, les bras se lassaient, la fatigue venait,
et avec elle une sorte d'engourdissement.

Un Arabe, armé d'une hache qu'il était allé voler
sur le navire, parvint à se glisser jusqu'à Mourad, et
tout en parant les coups que celui-ci lui portait, leva
son arme, et fendit le couvercle d'un des coffres.
Il en jaillit aussitôt des pièces d'or, des rubis, des
saphirs, des émeraudes, des perles, des diamants,

superbes de grosseur, de couleur et d'éclat. Tout
cet or, toutes ces pierres, se répandirent sur le
sable, où le soleil les fit miroiter, étinceler de mille
feux.

Cette vue, ce spectacle éblouissant, devaient
fasciner les Arabes, leur inspirer de nouvelles ar-
deurs, les décider à tout tenter, pour s'emparer de
ces merveilles. Ils ne songeaient pas encore à
leur valeur, à leur prix, aux jouissances qu'elles
pourraient leur procurer. Ils les désiraient, ils les
convoitaient pour leur beauté, leur couleur, leur
scintillement. Tout ce qui brille charme l'oriental.
Il adore son ciel ardent, ses nuits étoilées, et, dans le
saphir, il voit une étoile, dans le diamant, un rayon
de soleil.

Après avoir défoncé le premier coffre, l'Arabe,
blessé, sanglant, parvint à briser les deux autres.
Le même jaillissement eut lieu, le même étincelle-
ment. Le sable était comme illuminé. Alors tous les
Arabes à la fois, sans s'occuper de combattre maintenant, s'approchèrent, se couchèrent à plat ventre, la
barbe et le menton fixés dans le sol, tandis que l'œil
cherchait et que la main happait chaque pierre précieuse l'une après l'autre. On aurait dit une meute
affamée, cherchant sa nourriture dans la terre, et in-
sensible aux coups qu'on lui portait. Bientôt, du reste,

Mourad, Sivasti et Fatmah renoncèrent à frapper. Comment pouvaient-ils empêcher ce pillage, cette curée ? Pendant qu'ils essayaient de défendre ces perles noires, là-bas, à deux pas d'eux, ils voyaient disparaître émeraudes et diamants.

Chaque Arabe faisait son tas, puis l'enfermait dans les plis de son bournous, et recommençait à chercher. Quand il n'y eut plus rien sur le sol, quand la place fut nette, que toute la pâture eut été dévorée, alors seulement ils songèrent à fuir avec leur trésor, oubliant l'arme qui avait excité leurs premières convoitises, oubliant même d'entraîner Fatmah qu'ils avaient ardemment désirée.

Débarrassé des Arabes, Sivasti, à bout de forces, s'était assis par terre.

— Eh bien, dit-il à Mourad, toujours debout, nous avons peut-être eu tort de ne pas fuir par terre comme je te le conseillais... Tu craignais d'être dévalisé dans le désert ; nous l'avons été sur le rivage... Il est vrai qu'au lieu d'enrichir des Arabes algériens, tu as fait la fortune d'Arabes tunisiens... C'est une consolation.

— Tu oses encore plaisanter, dit Mourad.

— Eh ! mon cher, il faut essayer d'égayer la situation ; elle est si triste.

En ce moment le capitaine, qui s'était éloigné de quelques pas, accourut.

— Enfin, s'écria-t-il, voici les soldats de la citadelle. Ils viennent à notre secours.

— Il est bien temps, fit Savasti... Je reconnais là notre brave armée.

. — Mais vous allez faire poursuivre ces brigands ! cria le capitaine.

— Pourquoi ? dit Mourad, qui reprit aussitôt son sang-froid. Pensez-vous donc qu'ils se laisseront prendre? Dans un instant, ils auront regagné leurs rochers, leurs montagnes, leurs repaires, où nos troupes n'ont jamais osé les combattre... En admettant qu'on s'empare de quelques-uns d'entre eux, je défie bien qu'on mette la main sur l'or et les pièces précieuses qu'ils viennent de me voler. Ils les auront enfouis dans le sable, dans des trous de rocher, dans des cachettes inconnues.

— J'ajouterai, continua Sivasti, que, si les Tunisiens arrivent à reprendre par hasard quelques diamants, ils les garderont pour eux; je ne me fais pas d'illusion sur le compte de mes chers compatriotes.

L'officier et les soldats du détachement ne connaissaient pas l'ancien premier ministre. Ils le prirent pour ce qu'il prétendit être : un haut fonctionnaire

14.

civil envoyé par le bey en Algérie, avec la mission
de traiter une affaire commerciale, et jeté sur la côte
à la suite d'une tempête. Mourad dédaigna même de
se plaindre des violences qu'il avait subies. Il s'en-
tretint du vol des pierres précieuses, sans paraître
y attacher une grande importance, et surtout sans
parler de la valeur de ces pierres, de la fortune
considérable qu'elles représentaient. Comme Sivasti
s'étonnait à voix basse de cette discrétion, l'ancien
ministre lui dit :

— Si je commettais l'imprudence d'avouer que je
viens de perdre des millions, cet officier et ces soldats se méfieraient de nous, nous prendraient pour
des voleurs, lorsque nous sommes des volés, et nous
garderaient prisonniers dans leur citadelle, jusqu'au
moment où ils auraient reçu de Tunis des renseignements sur notre compte.

— Tiens ! je n'avais pas pensé à cela, fit Sivasti...
Sais-tu que ta présence d'esprit ne te fait jamais
défaut?

— C'est possible, mais elle ne m'a pas empêché
d'être ruiné.

— Tu referas ta fortune.

— J'y compte bien... En attendant, rappelle-toi
ceci : pour refaire cette fortune, je dois laisser ignorer que je l'ai perdue et arriver en France, toujours

précédé de ma réputation d'homme puissamment riche.

— Mais, à Paris, il faut payer les fournisseurs, les marchands?

— J'ai sauvé du pillage les pierres que je portais sur moi. Elles représentent une valeur de deux à trois cent mille francs, et suffiront à nos premières dépenses. Nous verrons ensuite à nous créer des revenus. Cela ne sera pas difficile, si on nous croit millionnaires. Je connais Paris.

— Et le proverbe, ajouta Sivasti : « On ne prête qu'aux riches » ?

— Tu l'as dit... Donc, nous sommes toujours riches.

— Volontiers, fit Sivasti, cela me va très bien.

IX

La petite troupe des naufragés, tout en causant de ses infortunes et de ses projets, se dirigeait vers la citadelle. Les officiers tunisiens et les soldats qui s'y trouvaient les reçurent de leur mieux, sans pouvoir

cependant leur fournir ni vivres ni vêtements. C'est
à peine si les pauvres gens avaient le nécessaire
pour eux-mêmes. Les troupes tunisiennes sont payées
de la façon la plus insuffisante, lorsque par hasard
elles le sont, ce qui est rare. Heureusement des
corailleurs (pêcheurs de corail), qui se trouvaient
en relâche dans le port voisin, apprirent dans la
journée le naufrage du *Tripoli,* et vinrent au secours
de son équipage. Ces hommes proposèrent même de
conduire, dès que la mer serait plus calme, matelots
et passagers jusqu'à la Calle, petit port français le
plus rapproché de la Tunisie. Mais Mourad, désireux
de gagner le plus vite possible la frontière algérienne,
préféra la voie de terre. Aussitôt, les gens de la
citadelle se répandirent dans le pays, afin d'essayer
de trouver des mulets et des guides.

Le lendemain, à la première heure, la petite troupe
put se mettre en route. Elle traversa un pays sauvage
et des plus accidentés, sans courir cependant de nouveaux dangers, et, au coucher du soleil, elle atteignit les premières possessions françaises.

— Enfin ! s'écria Mourad, nous sommes en sûreté.

— Oui, dit Sivasti, mais la position serait encore
meilleure si nous avions toujours nos petites cassettes sous le bras.

— Elles étaient bien lourdes, répliqua l'ancien ministre.

— Tiens, c'est ton Excellence qui plaisante maintenant, fit observer Sivasti.

— Ma foi, oui. Je suis déjà consolé de ma mésaventure, et j'ai dans l'idée que la fortune me réserve, à partir d'aujourd'hui, ses dons les plus précieux. C'est justement parce que mon étoile s'est un instant voilée qu'elle va briller avec plus d'éclat... Tiens! regarde le ciel... La vois-tu? Elle illumine tout ce qui l'entoure.

— Je ne vois rien, fit Sivasti, en levant les yeux, mais je salue de confiance cette bienheureuse étoile.

Ils passèrent la nuit sous la tente hospitalière d'une tribu de Kabyles, et, le lendemain, ils se remirent en route pour la Calle, où ils ne tardèrent pas à arriver. Les autorités militaires et civiles témoignèrent aux naufragés les plus vives sympathies, et le directeur du port, M. Épivant, qui avait autrefois déjà recueilli l'équipage de l'*Auvergne*, se chargea de rapatrier les officiers et les matelots du *Tripoli*. Quant à Mourad, il avait résolu de gagner Marseille au plus vite, et d'aller s'embarquer à Bône, sa destination première, et dont une vingtaine de lieues à peine le séparait. Il les fit en voiture, avec Sivasti et Fatmah, sur une assez bonne route qui relie ces deux stations importantes de la côte algérienne : La Calle et Bône.

Arrivé dans cette dernière ville, sans se préoccuper d'un hôtel, le premier soin de Mourad fut de se faire conduire au port.

Un bateau à vapeur chauffait ; il s'en approcha, et, après l'avoir regardé, il dit à Sivasti :

— Comme ce bâtiment ressemble au navire de la compagnie Valéry, l'*Afrique*.

— Rien de moins étonnant, fit quelqu'un derrière lui, puisque c'est l'*Afrique* elle-même.

Mourad se retourna et aperçut le capitaine, qui, le premier, lui avait donné l'hospitalité en rade de Tunis.

— Comment !... vous êtes encore ici ?

— Il le faut bien... La tempête que nous venons d'essuyer m'a forcé de retarder mon départ et je suis arrivé à Bône seulement ce matin... J'étais fort inquiet sur votre compte et je demandais partout de vos nouvelles, lorsque je vous ai aperçus... Alors votre petit vapeur, malgré mes prévisions, s'est bien comporté ?

— Pas trop mal, répondit Sivasti, qui venait de s'approcher... Seulement, il a une façon particulière de naviguer ; il navigue sous l'eau.

— Comment, sous l'eau ?

— Oui, si vous faites des recherches, vous le trouverez au fond de la Méditerranée.

— Que me dites-vous là ?

— Oui, oui... au fond... ou si vous y tenez absolument, au-dessus ; mais, par petits morceaux, très petits morceaux... Du reste nous ne saurions en vouloir à cet excellent navire qui, avant de s'émietter, a eu l'amabilité de nous déposer sur le rivage.

Ils donnèrent au capitaine des détails sur le naufrage, en passant sous silence, toutefois, l'épisode qui concernait le vol des pierres précieuses.

— Eh bien ! fit le commandant de l'*Afrique*, après les avoir écoutés, vous pouvez vous vanter d'avoir eu de la chance !

— Une chance incroyable, répliqua Mourad et elle se continue, puisque je vous retrouve, et que je vais faire le voyage avec vous... Quand comptez-vous partir ?

— Dans une heure environ... Vous voyez, nous chauffons... Le temps est tout à fait remis, et, pour comble de bonheur, vous aurez pendant la traversée des compagnons charmants.

— Des Tunisiens, sans doute ? fit Sivasti. Nous n'y tenons pas.

— Il ne s'agit pas de Tunisiens, mais de Français :

un peintre distingué, M. de Bussine et sa fille,
Mlle Suzanne, une Parisienne.

— Ah ! une Parisienne ! dit Mourad avec intérêt.
Elle est jolie ?

— Si elle est jolie ! Délicieuse, une tête adorable,...
et faite...

— Diable ! vous paraissez enthousiaste. De quelle
nuance sont ses cheveux ?

— Du blond le plus pur,... mais un blond chaud,
ensoleillé... C'est le ciel de l'Afrique qui a passé
par là.

— Et les yeux ?

— Bleus, et d'une douceur, d'une expression !

— Ah ! vraiment, fit Mourad... Eh bien, je suis
ravi de voyager avec cette blonde personne. Cela me
changera... Je commençais à être rassasié, après
mon long séjour en Orient, des cheveux et des yeux
noirs.

Fatmah, assise un peu à l'écart, ne l'entendait pas.
Du reste, elle n'aurait pas souffert de ces paroles.
On ne comprend pas la jalousie en Orient comme en
Europe, et on admet le partage.

— Tenez, reprit le capitaine, mes deux passagers
vont arriver dans un instant... On apporte leurs bagages, et toute une collection de tableaux, que M. de

Bussine me montrait il y a un instant, à l'hôtel d'Orient, où il était descendu.

— Que représentent ces tableaux ?

— Des paysages, des épisodes de la vie au désert... Le père et la fille viennent de passer trois ans dans les contrées du Sud, au milieu des tribus du Sahara algérien... et retournent en France, où M. de Bussine espère placer facilement une partie de ses études. Plusieurs d'entre elles ont été déjà exposées à Alger avec un grand succès.

— Mais, si elles me plaisent, dit Mourad, je pourrai m'entendre, pendant la traversée, avec votre peintre. Je songeais justement à me faire une galerie de tableaux dès mon arrivée à Paris.

— Cela tombe à merveille, fit le capitaine... Montez-vous à bord ?

— Volontiers. Nous ne tenons pas à nous éloigner de votre navire. Vous n'auriez qu'à partir sans nous.

Ils gravirent l'escalier de l'*Afrique*, et par ordre du commandant, ils furent installés dans de confortables cabines.

— Tu vois, disait Mourad à Sivasti, on me croit toujours riche, et on me traite en conséquence. Cette bonne réputation nous servira jusqu'au jour où la fortune nous reviendra vraiment.

I   15

— Quelles espérances de fortune peux-tu donc concevoir? répliquait Sivasti... Je ne vois pas trop ce que nous allons faire en France, maintenant... As-tu quelque grand projet?

— Non. Je compte sur le hasard et sur ma fameuse étoile.

Il s'interrompit, et montrant à Sivasti deux personnes qui traversaient le quai, et se dirigeaient vers l'*Afrique :*

— Voici, sans doute, fit-il, les compagnons qu'on nous a promis... Diable ! je commence à comprendre l'enthousiasme du capitaine. Cette jeune fille est délicieuse. Quel regard, quel sourire, quelle taille, et quels cheveux !... Décidément, mon cher, il n'y a que les Françaises.

— A qui le dis-tu? fit Sivasti... Mais je conseille à ton Excellence de ne pas trop s'enflammer. Nous ne sommes plus en Tunisie, et on n'achète pas les Françaises aussi facilement que les Circassiennes.

Pendant qu'ils causaient ainsi sur le pont de l'*Afrique,* M. de Bussine et sa fille montaient à bord.

Suzanne méritait les compliments qu'on venait de lui adresser. « Si la jeune fille tient toutes les promesses de l'enfant, écrivions-nous, si le dessin reste à la hauteur de l'esquisse, sa beauté attein-

dra une rare perfection. » Elle avait, en trois années,
atteint cette perfection.

Dès qu'elle fut sur le pont du vapeur français,
Mlle de Bussine tendit la main au capitaine, qui s'é-
tait élancé pour la recevoir, et lui dit d'une voix
bien timbrée, une voix douce et chaude à la fois :

— Je suis heureuse d'être à votre bord, capitaine.
Il me semble que je viens de toucher la terre de
France, dont je suis éloignée depuis si longtemps.

— Vous regrettiez donc bien votre pays, Mademoiselle ?

— Non pas précisément mon pays, fit-elle, car
en Algérie j'étais en France. Mais j'ai laissé là-bas,
à Paris, une tombe chérie, la tombe de ma mère, et
j'ai beaucoup souffert de ne pouvoir chaque jour
m'agenouiller près d'elle.

Bientôt l'*Afrique* quittait le port de Bône et se
dirigeait sur Ajaccio, où il devait faire une escale
de deux heures avant de gagner Marseille.

X

Les passagers de première classe étaient en petit nombre ; les mauvais temps des jours passés, la tempête qui venait de sévir sur la Méditerranée, avaient effrayé beaucoup de personnes. Celles, au contraire, qui s'étaient décidées à partir, habituées à la mer, savaient que, généralement, aux grandes tempêtes succède un calme plat. Le vent et les flots se reposent de trop d'agitation et de furie, comme nous-mêmes, après un accès de colère, nous tombons dans une sorte d'abattement. Parmi ces passagers expérimentés, il en était deux qui méritaient d'attirer l'attention. Le premier, M. de C..., est un des disciples les plus renommés de Robert Houdin. Son adresse passe pour surprenante, et, non content d'imiter le maître, il a inventé lui-même les tours les plus prodigieux. Mais il possède une certaine fortune qui le rend indépendant et lui permet de ne point tirer pécuniairement parti de sa science dans l'art de la prestidigitation. Il se contente d'opérer dans un petit cercle d'amis qui suf-

fisent à lui faire une grande renommée. Son talent,
du reste, n'est pas sans utilité : il aurait rendu,
dit-on, de véritables services à plusieurs juges
d'instruction, en dévoilant la plupart des ruses employées par les *grecs* ou voleurs au jeu, pour dévaliser les *pigeons*, c'est-à-dire leurs victimes.

L'autre passager s'appelait Lionel Murdon, fils
cadet de lord Murdon, bien connu en Angleterre et
surtout en Irlande, son pays natal. C'était un char-
mant garçon de vingt-cinq ans environ, beaucoup
moins grand que ne le sont en général les Anglais,
et de figure des plus sympathiques. Ses yeux bleus
aux longs cils, ses traits délicats, avaient peut-être
quelque chose d'efféminé. Mais le rapprochement
des sourcils, très nettement tracés, la configuration
de la tête, certains plis de la bouche, la fixité du
regard, apprenaient que, si la physionomie respirait
la douceur, le caractère devait être résolu et énergique.

Lionel, qui voyageait depuis une année en Afrique,
pour son plaisir et son instruction, s'était rencontré
à Biskra, cette première oasis du désert, avec
M. de Bussine et sa fille. La beauté de Suzanne, son
charme et son esprit surtout, avaient paru faire sur
lui une vive impression, et, si les deux jeunes gens
se retrouvaient aujourd'hui à bord de *l'Afrique*, le

hasard n'y était pour rien. Lionel l'avait certainement dirigé, afin de vivre encore quelques heures
dans la société de ses anciens compagnons de
voyage.

La seconde soirée passée à bord réunit tous les
passagers dans le salon commun. La mer était si
calme, le temps si doux, qu'on avait laissé
ouvertes les croisées, pour mieux admirer les montagnes de la Sardaigne qui se profilaient à l'horizon,
encore empourprées par les dernières lueurs du
soleil couchant.

Lionel, assis près de Mlle de Bussine, sur une des
longues banquettes du salon, parlait de son séjour
en Afrique, de ses courses folles dans le désert, de
ses chasses et aussi de ses ascensions, car un tou-
riste anglais serait incomplet, s'il n'avait gravi plusieurs montagnes. Elle l'écoutait, souriante, émue,
au récit de quelque aventure où il avait couru
un danger, et semblait heureuse de se retrouver
avec lui.

En face des deux jeunes gens, à l'arrière, près
du piano, Mourad jetait de longs regards obliques
sur Suzanne. Cette blonde jeune fille, pleine de grâce
et de charme, au regard vif, au sourire intelligent,
à la physionomie originale, captivait décidément
l'attention de cet oriental, fatigué des femmes du

harem, toujours somnolentes, faites sur le même
type et comme fabriquées dans le même moule.

Quant à Fatmah, avec la permission de Mourad
elle posait en ce moment devant Georges de Bussine,
qui l'en avait instamment priée. Assis près de la table sur laquelle on avait dîné, éclairé par une
lampe qui vascillait au balancement du navire,
Georges faisait le portrait de la belle Circassienne. Elle avait consenti à baisser une partie
de son voile, et ses longs yeux noirs, dont le
regard enveloppait le peintre, semblaient le distraire et le troubler... Il tenait son crayon d'une
main mal assurée, et, par moment, négligeait de
l'abaisser sur le papier... L'artiste s'oubliait et
l'homme admirait.

Comme le navire, en s'approchant du détroit de
Bonifacio, s'éloignait de la côte, et que la nuit succé-
dait au crépuscule, le capitaine de l'*Afrique*, après
avoir donné des ordres sur le pont, rejoignit ses
passagers.

— Comment désirez-vous passer votre soirée ?
dit-il en s'adressant à tous. Personne ne songe à
se coucher de bonne heure par cette belle nuit. On
pourrait faire de la musique ; le piano du bord n'est
pas trop mauvais.

Cette proposition n'obtint aucun succès. Il n'y

avait, ce jour-là, sur l'*Afrique*, ni musicien, ni
chanteur.

— Préférez-vous jouer ? dit le capitaine. J'ai des
cartes et des jeux de toute espèce.

On repoussa cette offre comme on avait repoussé
la première. Alors le commandant, que le beau
temps mettait de joyeuse humeur et qui aimait, lorsqu'il avait des passagers, à se distraire de son dur
métier, eut une nouvelle idée.

— Je sais ce qu'il vous faut, dit-il, et, ma foi! si
l'un de vous y consent, nous passerons le temps
fort agréablement.

— De quoi s'agit-il ? Qu'avez-vous imaginé ?
firent plusieurs voix.

Il ne répondit pas à ces questions, mais, s'approchant de M. de C..., il l'entraîna dans un coin du
salon.

— Je compte sur vous, lui dit-il, pour m'aider
à faire les honneurs de mon bord. On m'a beaucoup
parlé de vous, et je n'ai jamais eu la bonne fortune
de vous voir... *travailler*, ajouta-t-il en souriant. Donnez-nous à tous aujourd'hui ce plaisir... Vous allez
souvent en Algérie; je vous promets comme récompense, pour toutes vos traversées, la plus belle de
mes cabines et un temps aussi splendide qu'aujour-
d'hui.

M. de C... s'empressa d'acquiescer à ce désir. Lorsqu'on sut qu'il consentait à faire quelques-uns de ses tours, les passagers l'applaudirent et se rapprochèrent.

— Je vous remercie de la confiance que vous me témoignez, fit-il en riant. Mais pourrai-je la mériter? Je n'ai rien pour... travailler, suivant l'expression du commandant.

— Vous n'avez besoin de rien, dirent plusieurs personne.

— Je vous demande pardon. Il me faut quelque chose à escamoter... à moins que je ne m'escamote moi-même... Voyons, capitaine, que pouvez-vous m'offrir? Des fleurs, afin de les multiplier? Il n'y en a pas à bord... Des poissons pour le tour du bocal? Nous n'avons pas le temps de les pêcher... Des lapins, pour les faire sortir de mes manches? C'est bien vulgaire... Allons, comme décidément je suis privé de tous mes outils, donnez-moi simplement quelques jeux de cartes... Je vais faire une partie avec ces dames et ces messieurs.

— Oh! non, dit en riant Lionel Murdon, vous nous gagneriez tout notre argent.

— Rassurez-vous, je vous le rendrai; mais je vous aurai auparavant prouvé... et cela peut servir... que rien n'est plus aisé que de tricher au jeu.

15.

— Rien de plus aisé pour vous, reprit Lionel, mais tout le monde n'a pas votre prodigieuse adresse.

— Tout le monde, non ; mais je connais beaucoup de gens tout aussi habiles que moi dans le maniement des cartes... Hélas ! ils jouent ceux-là, et font de nombreuses victimes, tandis que mes talents m'interdisent justement le jeu... Je volerais tous mes adversaires, sans même m'en apercevoir... Pourquoi Robert-Houdin, quelques-uns de ses élèves et moi, aurions-nous seuls le privilège de l'adresse ?... Bien d'autres que nous sont aussi forts !... Seulement, tandis que nous faisons parade de nos talents, ceux dont je parle, cachent soigneusement les leurs. Le bruit qui se fait autour d'un prestidigitateur lui donne la fortune ; le mystère dont s'entoure un grec lui permet de s'enrichir.

— Alors vraiment, Monsieur, demanda Lionel Murdon, le grec existe ?

— S'il existe !... Consultez certains inspecteurs chargés par la préfecture de police de surveiller les jeux clandestins, M. Cavaillé entre autres, qui a écrit sur ce sujet un livre fort curieux intitulé : *Les Filouteries du jeu*, et Robert-Houdin lui-même qui, sous ce titre : *Les Tricheries des grecs dévoilées*, a fait acte d'écrivain, et d'écrivain utile.

— Sont-ils nombreux, ces grecs ? demanda Mourad.

— J'en compte, Excellence, environ deux mille
cinq cents à Paris.

— C'est effrayant ! s'écria Sivasti qui venait de
s'approcher... Mais alors, il y a plus de grecs que de
joueurs ?

— Non pas, car le nombre des joueurs est incal-
culable... Sans parler de la province où l'on trouve
jusqu'à deux ou trois cercles dans certaines villes,
Paris, qui ne comptait avant la guerre que trente-
sept cercles tolérés par la police, et qui, au moment
de la dernière exposition, en avait déjà quarante-neuf,
en possède aujourd'hui soixante-douze... Et il n'est
pas question, bien entendu, dans ce chiffre, des
maisons clandestines qui pullulent de tous côtés.

— Et où le grec abonde, soit ! fit de Bussine...
Mais, dans les soixante-douze cercles dont vous
parliez...

— J'en excepte d'abord une douzaine, fit M. de C...
en l'interrompant... Ce sont les grands cercles, les
cercles autorisés, qui se gèrent eux-mêmes. Cependant, plusieurs d'entre eux ont eu leur Waterloo.

— Qu'est-ce que cela veut dire ?

— Cela veut dire, qu'un jour, par hasard, on
a surpris quelqu'un en flagrant délit de tricherie,
un étranger ordinairement. On ouvre trop facile-

ment les salons de certains cercles à ces joueurs
passagers qui font de grandes rafles et retournent
dans leur pays.

— Mais, en dehors de vos douze cercles, il en
existe sans doute plusieurs où le jeu est honnête.

— Oui, une quinzaine parmi les cercles tolérés qui
ont un gérant... Mais, dans les quarante-cinq autres,
le grec travaille plus ou moins.

— Voyons ! voyons ! cher Monsieur, fit le capitaine,
donnez-nous quelque preuve à l'appui de vos paroles...
une preuve matérielle.

— J'y consens. Regardez-moi bien, et je vous
mets tous au défi de me surprendre en faute...
Cependant, vous êtes prévenus, et le joueur ne l'est
pas. Vous êtes parfaitement calmes, et la plupart
des joueurs ont perdu leur sang-froid.

Il prit les cartes neuves, encore revêtues de leur
enveloppe, que lui présentait le capitaine, et dit :

— A quel jeu jouons-nous ?

XI

Les passagers se consultèrent et choisirent l'écarté.
C'est le jeu le plus connu; ceux qui ne le jouent
pas l'ont vu jouer.

M. de C... battit les cartes avec soin très lentement, mais sans les regarder. Puis il pria Lionel
Murdon, qui s'était présenté comme adversaire,
de vouloir bien couper.

— Vous allez retourner le roi, dit Lionel tout
en coupant.

— Cela me serait trop facile, Monsieur; je préfère le prendre dans mon jeu... Retourner le roi,
c'est éveiller l'attention, c'est provoquer le soup-
çon... Un grec ne commet pas de ces fautes-là.
Car je vous prie de remarquer qu'en ce moment,
je prétends jouer absolument comme ces messieurs,
sans employer d'autres moyens que les leurs... Je
ne vous donne pas une séance de prestidigitation,
mais une simple séance de tricherie; je travaille en
Grèce.

— Pourvu que nous ne profitions jamais de vos leçons, fit en riant Mourad.

— Oh! répondit M. de C..., elles n'ont rien de dangereux... Vous pourriez me voir opérer des journées entières sans y rien comprendre, et le jour où vous auriez compris, il vous faudrait encore un exercice constant, secondé par une adresse qui n'est pas donnée à tout le monde, avant d'arriver au résultat le plus ordinaire... Les gens, dont je parle, ont dépensé souvent, pour devenir fripons, plus de temps, de patience, d'intelligence et d'énergie, qu'il n'en aurait fallu pour faire honnêtement une grande fortune dans le commerce, l'industrie et même les arts... Mais, que voulez-vous, ils aimaient le métier de *philosophe*.

Ce mot de philosophe étonna tous les passagers. On s'empressa de demander à M. de C... une explication.

— Nous appelons, dit-il, *philosophe* le grec qui opère dans le monde. Ses manières ne laissent rien à désirer. Il joue tous les jeux avec la même impassibilité et la même... perfection.

M. de C... jouait tout en parlant et venait de gagner trois parties consécutives au jeune Anglais, sans que celui-ci fût parvenu à marquer un seul point.

Il s'arrêta, posa les cartes sur la table et dit, en s'adressant à la galerie :

— Si cela vous intéresse, je vais vous donner les noms des différentes espèces de grecs.

— Volontiers, fit-on de toutes parts.

— Nous plaçons donc, en première ligne le philosophe, qui se subdivise, pour ainsi dire, lui-même ainsi : le « philosophe sans service » ou le « travailleur », c'est-à-dire celui qui opère lui-même, comme moi, par exemple, sans complice, qui lui envoie le *Dusse*, le *Ser* ou le *Télégraphe*.

— Ah ! mon Dieu ! fit une dame en riant, quelles expressions ! Qu'est-ce que cela veut dire ?

— Cela veut dire, Madame, que personne ne l'a *servi*, et ne lui a envoyé des signes conventionnels pour indiquer le jeu de l'adversaire... L'autre espèce de philosophe, au contraire, « avec service », est celui que des complices aident de toutes les façons possibles, ou encore celui qui ne joue pas, et se contente d'indiquer les bonnes affaires, de préparer des coups, de prélever une forte redevance sur ses associés.

— C'est moins dangereux, remarqua Sivasti.

— Évidemment, mais il faut être sûr de ses complices, et les dominer entièrement... Il existe à **Paris** plusieurs grands philosophes ou *mangeurs* (c'est encore un de leurs surnoms) qui n'ont jamais touché une carte, et qui se font cependant, grâce au jeu, des revenus considérables... Je continue ma nomenclature.

— Continuez, continuez, dit Mourad, c'est fort intéressant pour un étranger, un innocent, pourrais-je dire, appelé à faire bientôt partie de quelques-uns de vos cercles parisiens.

— Je place ensuite, reprit M. de C..., le grec de la classe moyenne, qui opère dans les tripots, dans les cafés. On l'appelle aussi « *graisseur* », parce que les cartes dont il se sert sont souvent sales, vieilles, graissées... Immédiatement après lui vient le « *suiffard* », qui se livre à ses friponneries dans des tripots encore plus infimes, dans des établissements borgnes.

— D'où vient ce mot de « sniffard »? demanda M. de Bussine.

— C'est le diminutif de « graisseur »; le suif étant fait avec de la graisse.

— Les grecs ont donc leur argot, comme les voleurs ?

— Certainement, et un argot des plus imagés, des plus pittoresques... Nous placerons maintenant le *charrieur*, fripon chargé de rechercher les joueurs, autrement dit les *pigeons*, et de les charrier dans l'endroit où on les dévalise... Puis, le *bédouin* ou grec voyageur. Sous le prétexte qu'on s'ennuie en chemin de fer, en bateau ou en diligence, il propose une petite partie à ses voisins, et les allège de tout ce qu'ils ont dans leurs poches. Dernièrement les tribunaux se sont occupés d'une de ces friponneries ambulantes. Non seulement le pigeon avait vidé son portefeuille dans les mains des bédouins, mais il leur avait aussi, sans les connaître, emprunté trois mille francs qu'ils se sont empressés de lui prêter, puisqu'ils allaient les lui reprendre, un instant après.

— Ces voleurs ont été punis, je suppose? demanda Mourad.

— Oui, Excellence. Le vol au jeu n'est pas défini par le code pénal. Mais l'article 401 qui s'applique aux vols non spécifiés permet de punir les grecs d'un emprisonnement d'un an au moins, de cinq ans au plus, et de les soumettre à la surveillance de la haute police, pendant un nombre d'années égal à celui de la peine.

— Ces condamnations doivent être bien rares, fit observer le capitaine ; on en parle fort peu dans les journaux.

— En effet, et c'est tout simple : le grec est d'ordinaire rusé, habile, plein d'expédients, doué d'un rare sang-froid. Puis, s'il est découvert dans le

monde ou dans un cercle, on le met simplement à la
porte, pour éviter le scandale d'une plainte ou d'un
procès... S'il est surpris en flagrant délit de tricherie dans un tripot, le gérant, qui a peur de voir
fermer sa maison, et ses clients, qui tremblent de ne
plus jouer, étouffent l'affaire.

— C'est grand dommage.

— Cependant, il arrive qu'une victime court se
plaindre à la préfecture... Alors on fait venir le grec,
et suivant son expression pittoresque, on le force
à rendre les *pigeons*, la *sauce* et les *petits pois*,
autrement dit à restituer les sommes volées.

— Cela doit lui être bien pénible, fit Mourad.

— Je vous en réponds. Il se défend comme un
beau diable, et affirme qu'il a *donné du flan*, c'est-à-
dire qu'il a joué honnêtement.

— Et après le *bédouin*, demanda M. de Bussine,
y a-t-il autre chose ?

— Oui, il y a le *pisteur*, espèce d'éclaireur, de
compère du grec. Il lui indique les bonnes parties
et les bons pigeons... Il y a aussi le *tombeur*,
l'homme qui flaire un filou et vit à ses dépens en le
faisant *chanter*... C'est à peu près tout, je crois.

Et, s'adressant à Lionel Murdon, M. de C... lui
dit :

— Faisons-nous encore une partie?

— Volontiers, quoique je connaisse à l'avance mon sort.

— Bah! Je viens de vous donner un jeu excellent, regardez-le... J'espère que cette fois vous marquerez le point.

— Je le crois, fit Lionel, à moins que vous n'ayez le roi dans votre jeu.

— Je m'engage à ne pas l'avoir. Tenez, le voici au talon.

— Alors, je parie un louis que j'ai gagné.

— Un louis pour les pauvres, bien entendu, j'accepte.

Lionel avait quatre atouts et la dame de carreau. Il joua et perdit le coup contre son adversaire qui n'avait que deux atouts, mais deux atouts majeurs et le roi de carreau.

M. de C... se mit à rire et lui dit :

— Vous commenciez à vous désespérer... Je vous ai relevé par un *beau verre en fleurs*, c'est-à-dire que je vous ai distribué de belles cartes pour vous donner du courage, vous *allumer*, vous faire augmenter votre enjeu.

— Vous connaissez donc toutes les cartes que vous me donnez ?

— Toutes sans exception depuis un instant, grâce au toucher, à certaines remarques et à des signes

imperceptibles pour vous, que j'ai déjà faits... Je
puis nommer chaque carte sans la retourner... Tenez,
je vous jette le sept de pique, le roi de cœur, l'as
de carreau... Est-ce exact?

— Parfaitement exact... Mais c'est à peine, cette
fois, si vous avez touché à ces cartes, si vous les
avez regardées.

— J'ai fait l'*arc-en-ciel*.

— Qu'entendez-vous par là?

— Je vous ai jeté les cartes très loin, d'une façon
négligée, avec une sorte de désinvolture. Lancées
ainsi, elles ont décrit un cercle, et j'ai pu les voir
lorsqu'elles sont arrivées à leur point culminant...
Méfiez-vous des banquiers, qui, au baccarat, distri-
buent les cartes de cette manière. C'est souvent
une pose, un chic, mais c'est parfois aussi un vol.

— Vous venez de parler du baccarat, Monsieur,
fit Mourad. Est-ce qu'on y triche aussi facilement
qu'à l'écarté?

— Tout aussi facilement, et avec bien plus de
variété... Pouvez-vous me donner, capitaine, trois
jeux complets avec les basses cartes?

— Parfaitement, cher Monsieur.

— Avez-vous aussi à bord des fèves, des haricots,
des pois secs?

— Sans doute... Vous en désirez?

— Oui, pour les distribuer à ces dames et à ces messieurs. Cela leur servira d'enjeu s'ils veulent faire ma partie. Je parie qu'avant un instant, leurs différentes masses seront passées de mon côté.

— Vous allez nous tailler une banque de baccarat ? fit M. de Bussine.

— Oui, une banque à deux tableaux, absolument de la même façon qu'on taille dans un cercle de Paris. Vous connaissez sans doute ce jeu, Monsieur?

— Oui... beaucoup, fit Georges en rougissant.

— Vous voudrez bien alors, reprit M. de C..., vous asseoir d'un côté de la table et remplir le rôle de *ponte*.

— Non, non!... s'écria vivement M. de Bussine, je ne joue jamais, je ne veux pas jouer !

— Mais puisque nous ne jouons pas d'argent, lui fit-on observer.

— Cela ne fait rien... Je me suis juré de ne jamais toujours une carte.

— Il les a probablement trop souvent touchées, murmura Monrad à l'oreille de Sivasti... Tant de réserve aujourd'hui semble indiquer qu'il était autrefois moins prudent.

— Oui, il doit y avoir là quelque mystère, fit Sivasti.

— Et un mystère que sa fille a pénétré... Comme

elle le regarde!... Ah! mon cher, elle est adorable
cette créature-là !

Le capitaine, qui s'était rendu dans sa cabine,
revint avec les trois jeux de cartes demandés. En
même temps, le maître d'hôtel apportait un boisseau
de pois secs, qu'on partagea entre tous les joueurs.

XII

Lorsqu'ils furent rangés des deux côtés de la
table, M. de C... leur dit :

— Je vous ferai observer que je vais *travailler*
en philosophe, sans service, sans complice, sans
portée préparée à l'avance... Je dois vous avouer,
en toute modestie, qu'il faut être d'une certaine
force pour opérer de cette façon. En général, le grec
s'est procuré, par un moyen quelconque des
cartes absolument semblables à celles du cercle où
il veut jouer... Chez lui, en secret, il *les maquille*,
c'est-à-dire qu'il met sur chacune d'elles un petit
signe imperceptible que seul il pourra voir. Ce maquillage est varié à l'infini, et fait souvent avec une

habileté extraordinaire... Un juge d'instruction m'a
présenté, l'année dernière, un jeu de cartes ainsi
préparé, et c'est seulement après une longue étude
que j'ai pu découvrir le secret du grec qui s'en était
servi.

— Quel était ce secret ? demanda Mourad.

— A l'aide d'un petit morceau de fer, le dos d'un
canif sans doute, il avait fait à l'extrémité de chaque
carte une échancrure différente et absolument invisible, mais qu'il retrouvait au toucher, avec ses
doigts limés et d'une sensibilité extraordinaire. D'autres se contentent de fixer dans leur étonnante mémoire le tarotage des cartes, c'est-à-dire leurs
dessins extérieurs. Ceux-ci enfin, moins prudents,
moins habiles, piquent certaines cartes ou les tein-
tent.

— Je comprends, fit M. de Bussine, debout près
de la table, que c'est un très grand avantage pour le
banquier de connaître les cartes qu'il distribue. Mais
cela ne saurait suffire : il n'en perdra pas moins, s'il
donne un beau jeu à ses adversaires, et s'il en prend
un mauvais.

— Évidemment. Aussi, les cartes maquillées, bi-
seautées, sont-elles employées très rarement, surtout au baccarat... Le grec préfère se ménager des
portées, c'est-à-dire des mains artificielles qui lui

permettront d'avoir, pendant plusieurs coups, un point supérieur à celui de ses adversaires.

— Et comment pourra-t-il introduire ces portées dans le jeu ?

— Oh ! d'une foule de façons... Tantôt il les place dans une petite poche, faite exprès, dite *finette*, les prend négligemment dans sa main, après avoir détourné l'attention des joueurs, et les pose sur les bonnes cartes ; c'est ce qu'on appelle la portée du gilet. Il les cache aussi dans sa manche, sous son jarret, dans la tige de sa bottine. Il y a encore la portée de la bague, sous laquelle est attaché un caoutchouc qui retient les cartes... la portée de Spartacus... celle du portefeuille... celle de la tabatière... celle du cabinet... celle de la poignée de main... La nuit se passerait à vous donner des explications sur toutes ces filouteries, mais les noms qu'on leur a donnés expliquent suffisamment leur existence... J'en aurai fini avec les portées, en vous disant que les grecs du monde les intitulent des *appliques*, que dans les tripots on les appelle des *cataplasmes*, et qu'enfin, dans les maisons clandestines de la dernière catégorie, on les désigne sous le nom d'*emplâtres*.

— Mais, fit observer Mourad, il me semble qu'après la partie, cette fraude doit être découverte...

En comptant les cartes, on s'aperçoit aussitôt qu'elles sont plus nombreuses et qu'on en a ajouté d'étrangères au jeu.

— Vous avez parfaitement raison, Excellence. Aussi ce système d'applique ne s'emploie-t-il guère aujourd'hui que dans les divers lieux où se réunissent des étudiants, des ouvriers, des jeunes gens que leur inexpérience, leur naïveté, leur honnêteté permettent d'exploiter facilement à l'aide de moyens grossiers... Le maître ou le gérant de ces maisons est, la plupart du temps, le complice des grecs, partage avec eux, et se garde bien de compter les cartes... Dans les cercles d'une certaine catégorie, les escroqueries en question sont devenues très difficiles, et le grec est presque toujours obligé d'avoir pour complice un croupier ou un employé de l'établissement. Les deux escrocs décachètent ensemble les jeux de cartes réglementaires appartenant au cercle, composent des portées et remettent ensuite avec soin, sous leur enveloppe, ces jeux préparés. Le soir, on les place sur la table de baccarat, comme s'ils étaient vierges de toute souillure, de tout apprêt ; le grec les reconnait, prend la banque et gagne.

— Mais, dit M. de Bussine, le banquier est obligé de faire battre ces cartes, et de les donner à couper. La portée ou la main préparée se trouve ainsi détruite.

16

— Non, fit M. de C..., Grâce à la *paille*, à l'*aiguille* et au *postillon* qui servent au grec de points de repère, les difficultés dont vous parlez sont facilement vaincues. On n'a pas du reste l'habitude de battre les cartes, autant que vous le croyez, surtout au baccarat. Les joueurs, c'est-à-dire les *pontes* des deux tableaux, peuvent les mêler, mais neuf fois sur dix, dans les cercles de premier ordre, ils n'usent pas de ce droit, par confiance, par politesse, et parce qu'ils sont pressés, toujours pressés... de perdre leur argent. Quant au banquier, il n'est pas forcé de battre. Dans quelques maisons seulement, on l'oblige à *reconnaître* les cartes, et il lui suffit d'en déranger une seule. C'est le croupier qui étale les jeux sur la table, les mêle, et fait ce qu'on appelle *la salade*. Mais j'ai supposé que ce croupier était un complice. Des trois jeux qui sont devant lui, il n'en bat véritablement que deux, et il touche à peine au troisième, celui qui est préparé, *sécancé*, et qu'il connaît.

— Soit! fit M. de Bussine. Mais, dans le courant d'une partie de baccarat, ces portées, ces mains, ou ces *sécances*, sont à chaque instant bouleversées par un faux tirage... ou même au tirage à cinq.

— C'est ce qui vous trompe, cher Monsieur. Le danger dont vous parlez peut exister même avec

les portées auxquelles on a donné ces noms bizarres :
la *redoutable,* la *terrible,* la *foudroyante,* l'*utile,*
mais il disparaît avec la portée *infaillible.*

— Quoi! il en existe une?

— Parfaitement, et on a beau tirer à six et même
à sept, refuser des cartes à deux ou à un, la portée
fonctionne toujours.

— C'est incroyable !

— C'est incroyable, en effet; aussi n'ai-je cru
qu'après avoir vu... Vous trouverez, du reste, cette
combinaison expliquée dans le livre de M. Cavaillé...
Des grecs qu'il venait d'arrêter et qui promettaient
de ne plus pécher ont livré leur secret.

— Soit! dit Mourad, j'admets votre portée infaillible. Mais elle exige une complicité; son épaisseur
ne permet pas de s'en servir facilement, et, du reste,
vous reconnaissez vous-même que la portée n'est
plus guère en usage dans les maisons d'un certain
ordre.

— Oui, mais j'en suis arrivé, un peu lentement,
à la catégorie des grands philosophes, des maîtres
dans l'art, des princes de la Grèce. Ceux-ci dédai-
gnent absolument le maquillage des cartes, méprisent
les portées préparées en dehors du cercle, et ont
horreur des compères, des complices de toutes
sortes.

— Comment procèdent-ils alors?

— De deux façons : par le *filage* et par la portée faite au jeu, sous les yeux de tous les joueurs, et avec les cartes qui appartiennent au cercle, telles qu'elles sortent de leur enveloppe.

— Est-ce donc possible? fit Mourad.

— Possible, oui. Je le fais et je l'ai vu faire. Grâce à la façon de battre, à une mémoire prodigieuse et à la finesse du toucher dont la puissance est centuplée chez certaines personnes, le grec reconnaît quelques cartes et les dispose de façon à se préparer des abatages ou des coups gagnants. Il a aussi recours au filage, c'est-à-dire qu'après avoir reconnu une carte, la seconde, la troisième du jeu, il la donne à ses adversaires ou la prend pour lui-même, au lieu de donner ou de prendre la véritable carte, celle qui se trouvait au-dessus du paquet. « J'ai fait ma fortune grâce au filage, m'avouait un grec. Mais quelle étude préparatoire ! Je me suis exercé pendant deux ans, assis devant une glace, et lorsque j'ai filé assez adroitement pour ne plus me voir filer, j'ai seulement tiré parti de mon talent. »

— On devrait, Monsieur, fit observer une des passagères, vous donner une chaire à la Sorbonne pour y faire un cours sur cette intéressante question. Vos auditeurs ne toucheraient plus une carte de leur vie, et vous arriveriez à détruire un vice qui rend souvent bien malheureuses les femmes mariées et les mères de famille.

— Hélas! Madame, fit M. de C..., le cours, dont vous parlez, n'aurait pas d'élèves. Les gens qui ont le bonheur de ne jamais jouer trouveraient inutile de le suivre, et, quant aux joueurs, ce sont des sourds et des aveugles. Ils ne veulent rien voir, rien entendre. Ils préfèrent se faire voler que de cesser de manier des cartes. Un jour, dans une ville d'eaux, j'ai cru devoir signaler certain grec qui tenait la banque. Aussitôt, les pontes furieux se sont retournés vers moi et l'un d'eux m'a dit : « N'interrompez donc pas la partie. » Je vous ferai remarquer, du reste, que toutes ces tricheries ont été dévoilées depuis longtemps, et que la fièvre du jeu n'a jamais été plus terrible.

— D'où vient ce nom de grec? demanda quelqu'un.

— D'un grec d'origine nommé Apoulos, qui, admis à la cour de Louis XIV, y réalisa une fortune considérable. Il fut, il est vrai, surpris quelque temps après en flagrant délit et condamné à vingt ans de galère. Cet exemple, vous le voyez, n'a corrigé ni les fripons ni leurs dupes... Mais je

16.

vous demande pardon de toutes ces explications ; je
passe à la pratique.

Il prit les jeux destinés au baccarat comme il avait
pris les jeux d'écarté, les battit longtemps, avec
beaucoup de soin, les divisa par petits paquets, réunit
les paquets en un seul... toutes choses admises
dans les meilleurs cercles... donna les cartes à couper et les distribua. Au bout d'un quart d'heure,
tous les passagers avaient perdu leur enjeu de haricots, réunis en un seul tas devant le banquier.
Cependant Mourad, Sivasti et M. de Bussine, qui,
tous les trois, suivaient attentivement les mouvements de M. de C..., qui épiaient tous ses gestes,
avouèrent n'avoir rien remarqué d'incorrect.

C'était concluant, puisque M. de C..., oubliant son
métier de prestidigitateur, avait simplement travaillé
en philosophe, suivant les règles de l'art... grec.

Quand il eut fini de démontrer et d'opérer, on le
remercia chaudement, et les passagers quittèrent le
salon commun : les uns se dirigeaient vers leur
cabine, les autres, avant de se coucher, voulaient
faire un tour sur le pont, et jouir encore des splen-
deurs de la nuit. On côtoyait, en ce moment la Corse,
et ses longues chaînes de montagnes se dessinaient
superbement dans un ciel étoilé.

Suzanne avait rejoint M. de Bussine et lui disait tout bas :

— Pauvre père ! Dans ton existence d'autrefois, comme tu as dû être trompé et volé... Ah ! que je suis heureuse en pensant que tu ne cours plus aucun danger.

Quant à Mourad, il s'était retiré à l'arrière du navire, et les deux coudes sur le bastingage, la tête dans les mains, il songeait aussi... peut-être aux moyens de regagner la fortune qu'il venait de perdre ?

XIII

Après être resté deux heures à l'ancre dans la rade d'Ajaccio, et avoir pris le courrier, le vapeur de la compagnie Valéry se dirigea vers les côtes de France. Quinze heures suffisaient maintenant pour atteindre Marseille, et tous les passagers de l'*Afrique*, qui venaient de vivre depuis plusieurs jours de la même existence et s'étaient trouvés en communauté de pensées, allaient se quitter et probablement ne jamais se revoir. La plupart d'entre eux, il est vrai,

ne songeaient même pas à cette séparation. Les
gens qui voyagent beaucoup sont habitués à ces
rapprochements subits, bientôt suivis de brusques
séparations. On se rencontre, on cause, on se plaît,
puis on se quitte et tout est dit. Mais il arrive aussi
que, de ces courtes relations, naît le désir de se
retrouver et de se mieux connaître.

Mourad, par exemple, habitué depuis longtemps à
satisfaire tous ses caprices, à ne voir dans la femme
qu'une esclave toujours heureuse de lui obéir et de
lui céder, se révoltait à l'idée que Suzanne de
Bussine, dont il appréciait si fort la beauté, allait lui échapper et disparaître de sa vie brusquement, sans même se douter de l'impression qu'elle
avait faite sur lui. Il ne l'aimait certainement pas, si
on s'attache au véritable sens du verbe aimer. Mais
l'Oriental voluptueux, le blasé toujours sensuel se
trouvait entraîné par une force irrésistible vers cette
Européenne, cette Parisienne, qui, tout à coup, lui
était apparue ; et le caprice qu'elle lui inspirait devenait d'autant plus vif, que, connaissant nos mœurs,
nos usages, il n'avait aucun espoir de le satisfaire.
Pour la première fois de sa vie, il venait se heurter
contre une impossibilité.

Cependant il était de caractère trop opiniâtre et
trop souple en même temps, pour se laisser décou-

rager dès la première heure, et s'avouer vaincu avant
de commencer la lutte. Comme tous les gens de son
pays, il comptait sur le temps, qui aplanit les obstacles, et sur le hasard, qui souvent favorise les desseins les plus osés. Il s'agissait seulement pour lui,
en ce moment, de nouer avec M. de Bussine des relations qui, se continuant à Paris, lui permettraient
de revoir Suzanne. Aussi s'empressa-t-il de profiter
des quelques heures qu'il pouvait encore passer
dans la société de ses compagnons de voyage.

— Je n'ai pas osé commettre l'indiscrétion, dit-il à
Georges de Bussine, en le rejoignant sur le pont, de
vous demander à voir les études que vous avez
faites en Algérie. Mais je sais par le capitaine
qu'elles sont remarquables, et vous voudrez bien,
je l'espère, me les montrer à Paris... Je compte
vivre plusieurs années loin de mon pays, et je
serais heureux de posséder quelques paysages,
quelques scènes de la vie orientale, propres à me le
rappeler... Ne voyez donc pas en moi un simple
curieux, mais bien un amateur qui ne discute jamais
le prix d'une belle œuvre, et se regarde comme
très honoré qu'on veuille bien la lui céder.

Georges de Bussine, dont le travail avait été jusqu'alors improductif, désirait trop vivement se défaire

de ses tableaux pour ne pas répondre à des avances si gracieusement faites.

— Dès votre arrivée à Paris, Excellence, dit-il, je m'empresserai de vous envoyer mes études. Si quelques-unes d'entre elles vous plaisent, nous pourrons nous entendre, d'autant plus aisément, que, je dois vous l'avouer en toute sincérité, je n'ai pas le droit d'être exigeant... Mon nom est à peine connu et...

— Je vous arrête, fit Mourad. Ce genre de considération que vous dicte votre modestie ne saurait avoir une influence sur moi... Quand une toile me charme, il ne me vient pas à l'idée de chercher la signature, et l'œuvre d'un inconnu de talent m'est aussi précieuse que celle d'un peintre en renom.

— Où comptez-vous descendre à Paris ? demanda Georges, après s'être incliné.

— Je ne sais pas encore... Veuillez plutôt me donner votre adresse, et j'aurais le plaisir de me présenter chez vous dans quelques jours.

— C'est que je n'ai pas d'adresse, fit de Bussine. Lorsque j'ai quitté Paris, il y a trois ans, j'ai rendu l'appartement que j'y habitais, et j'ignore où je vais demeurer maintenant avec ma fille.

— S'il en est ainsi, soyez assez aimable pour venir

me voir la semaine prochaine, au Grand-Hôtel, où je compte descendre provisoirement.

— C'est entendu.

— Est-ce que vous n'aviez pas, reprit Mourad, commencé le portrait de Fatmah, cette Circassienne qui a désiré venir en France avec moi ?

— En effet, et je serais heureux de le continuer.

— Rien de plus simple... Dès que vous serez installé dans votre nouvel atelier, Fatmah ira poser devant vous. Je serais désolé qu'une de vos études restât inachevée... Suivant moi, les préjugés doivent disparaître quand il s'agit d'une question d'art.

Avec sa finessse, sa pénétration, son esprit délié. Mourad avait remarqué que la splendide beauté de Fatmah impressionnait vivement Georges de Bussine, et il calculait déjà les avantages que ses amours personnelles pourraient en tirer. Fatmah, pour lui, n'était qu'une servante qu'il avait conservée parce qu'elle lui avait coûté plus cher que les autres. Elle ressemblait trop aux femmes de son pays, pour lui plaire encore et lui faire éprouver quelque jalousie. Depuis qu'il avait quitté Tunis, depuis surtout qu'il avait rencontré Suzanne de Bussine, il ne croyait plus qu'aux Européennes, et, sans se préoccuper des usages orientaux, il comptait

laisser Fatmah vivre comme elle l'entendrait. Il se
réservait seulement d'user de sa grande influence
sur elle, de la domination qu'il exercerait toujours
sur cette ancienne esclave, pour la faire servir à ses
desseins, s'il en était besoin.

Pendant que Mourad liait ainsi des relations avec
M. de Bussine et se l'attachait par un double intérêt,
sur une autre point du navire, Lionel Murdon et
Suzanne causaient ensemble.

— Ne plus nous revoir, est-ce possible ? disait
Lionel... Avez-vous donc oublié que nous avons vécu
de la même vie, pendant près d'un an, là-bas
sur la limite du désert ?... Plus tard, nous nous
sommes tant de fois retrouvés. Partout où vous alliez
le hasard m'y conduisait... Et, après toutes ces bonnes rencontres, toutes ces heures charmantes passées
à vos côtés, après nos longues causeries devant la
tente ou sur la lisière du bois de palmiers... lorsque
j'ai l'esprit tout plein de vous... vous ne craignez
pas de me dire : « Nous ne nous verrons plus,
adieu ! »

— Pourquoi nous reverrions-nous ? disait-elle d'une
voix attristée. A quoi sert-il de nous revoir puisque nous avons deux destinées bien distinctes ?

Et, comme il allait l'interrompre, elle l'arrêta d'un
geste gracieux, et continuant :

— Écoutez-moi, fit-elle, je vous en prie... Celle que vous avez rencontrée pour la première fois, il y a trois ans environ, n'était qu'une enfant, plus réfléchie que ne le voulait son âge, mais une enfant de seize ans... Elle s'est élancée avec joie, avec reconnaissance, vers le compagnon qui venait égayer son isolement, son exil... et peu à peu le compagnon est devenu un camarade... le camarade un ami... Car les existences errantes, les dangers que l'on court ensemble, un échange continuel de pensées resserrent les liens et affermissent les sympathies... Mais l'enfant a grandi dans cette vie mouvementée, sous ce beau ciel, sous ce grand soleil, plus vite peut-être qu'elle n'aurait grandi en France... Elle est maintenant une jeune fille que la solitude, le recueillement et la tristesse ont vieillie moralement, comme au physique le soleil avait mûri l'enfant... La raison est venue, et cette raison, cette vilaine raison, me dit que nous ne devons plus nous revoir.

— Pourquoi ?

— Parce qu'une plus longue intimité, fit-elle avec résolution en relevant la tête, pourrait nous causer de grands chagrins.

Il allait se récrier. Elle l'arrêta, et continuant :

— Oui, j'y ai bien réfléchi, nos deux existences ne peuvent se confondre... Tout nous sépare... Votre

17

famille, je vous l'ai déjà dit, n'admettra jamais que vous songiez à cette petite Française rencontrée dans un coin de l'Afrique... sans fortune, sans espérances, la fille d'un artiste inconnu.

— Inconnu maintenant; mais il ne tardera pas à se faire un nom.

— S'il continue à travailler.

— Vous en doutez?

— Peut-être, fit-elle tout bas... Ah! je puis vous dire cela, à vous, avec qui j'ai échangé tant de pensées... Mon père, je m'en suis bien aperçu, ne travaille point par plaisir, par goût. Il travaille par nécessité, pour tromper son ennui. A Paris, au milieu des distractions d'autrefois, j'ai peur pour lui... j'ai peur pour moi.

— Mais c'était le jeu sa seule distraction. Il l'avouait dernièrement... comme on avoue une faute, une honte, en rougissant, en s'accusant, en déclarant qu'il ne jouerait plus, qu'il ne jouerait jamais.

— Il le déclare trop, il le déclare trop souvent, fit-elle. On dirait qu'il doute de lui, qu'il a besoin de s'armer, de se fortifier à chaque instant, contre ses désirs, ses entraînements... Tenez, hier, lorsqu'on a étalé ces jeux de cartes sur la table, j'ai vu son regard briller, ses mains se crisper... Ah! s'il était guéri, il n'aurait pas de telles émotions.

— En un mot, fit Lionel, toutes les impressions de votre enfance vous sont revenues, plus fortes, plus vives... Vous tremblez pour lui, comme votre mère a si longtemps tremblé.

— Oui, murmura Suzanne, en baissant la tête.

— Alors, reprit-il vivement, pourquoi voulez-vous m'éloigner ? Vous pouvez avoir besoin quelque jour d'un dévouement...

Elle l'interrompit, et lui tendant la main :

— Eh bien ! j'aurais recours au vôtre, fit-elle. Je ne renonce pas à l'ami, et je le recevrai toujours avec bonheur, lorsque, après avoir fait de nouveaux voyages, il viendra me voir à Paris, calme, reposé... et peut-être marié.

— Ah ! vous êtes cruelle ! s'écria-t-il.

— Cruelle pour moi, en effet, murmura-t-elle, sans qu'il l'entendît et en détournant la tête pour lui cacher ses larmes.

Plusieurs personnes les rejoignirent sur la dunette, où ils étaient assis, et interrompirent cette conversation. Bientôt l'*Afrique* fit son entrée dans le port de Marseille, et ses passagers se dispersèrent.

XIV

Arrivés dans la matinée, Georges de Bussine et sa fille, malgré les lenteurs du débarquement et les formalités de la douane, parvinrent à prendre l'express de dix heures quarante-cinq, qui devait entrer en gare de Paris, le lendemain, vers cinq heures du matin.

Trois années auparavant, Georges avait appris par un journal que le hasard fit tomber entre ses mains la condamnation de son frère. Aussitôt, malgré les ordres formels donnés par Lucien le jour de leur séparation, il fut sur le point de retourner en France protester contre cette condamnation, cette erreur judiciaire, et rétablir les faits dans toute leur vérité. Mais, à la même époque, comme s'il avait prévu ce qui allait se passer dans l'esprit de son frère, Lucien lui écrivit pour lui enjoindre de nouveau, dans les termes les plus précis, en faisant appel à tous leurs souvenirs d'enfance, en lui parlant au nom de leur mère, au nom d'Henriette, de ne rien changer aux plans qu'il lui avait tracés. Il lui promettait le pardon

seulement au prix d'une obéissance passive, et lui
faisait le serment de ne jamais le revoir, s'il quittait
l'Afrique et s'il l'empêchait d'accomplir son sacrifice
jusqu'au bout. « Tu expieras ton crime dans l'exil,
lui disait-il, tu l'expieras par le travail et par la
souffrance que tu éprouveras à savoir que je souffre.
C'est le châtiment que je t'inflige, et si, emporté par
un sentiment de fausse générosité, tu venais à t'y
soustraire, je serais inexorable pour toi... Pense surtout à ta fille... Ma honte ne l'atteint pas; la tienne
la couvrirait d'opprobre... Et, maintenant, attends
que je te dise de revenir... Je vais essayer de mériter, par ma conduite, que la durée de cet exil soit
abrégée. Mérite par la tienne que mes efforts ne
soient pas inutiles... Je te parle de moi pour la dernière fois, et je ne te parlerai jamais plus du passé
si tu m'obéis. »

Cette lettre fit sur Georges une vive impression :
sa légèreté, sa faiblesse de caractère, qui pouvaient
le conduire aux plus grands écarts, au crime même,
ne le rendaient pas inaccessible aux bons sentiments.
Il faisait partie de cette classe nombreuse d'individus
incapables de résister à leurs passions, sans que le
cœur soit pour cela vicié. Il leur sera peut-être beaucoup pardonné; mais ils sont plus dangereux que
les autres, parce qu'on est toujours tenté d'être in-

dulgent pour eux, et de croire à leur amendement.

Lucien Lecomte fut satisfait : Georges obéit. De son côté, Lucien tint ses promesses : se bornant dans les lettres suivantes à donner des encouragements, de sages conseils, et à parler de Suzanne dont il prenait plaisir à s'occuper sans cesse. A celle-ci, à sa chère enfant, du fond de sa prison, il écrivait aussi de longues lettres, pleines d'utiles enseignements, de tendresses paternelles et qu'il lui faisait parvenir... on saura bientôt comment... sans que Suzanne pût se douter de quel triste lieu sortaient ces pages, si bonnes, et quelquefois si belles.

Enfin, en septembre 187..., le père et la fille reçurent un mot, ainsi conçu : « Revenez... Prévenez par dépêche du jour de votre arrivée M. et Mme Petithomme ; ils iront au devant de vous et vous conduiront à votre nouvelle demeure. »

Et ils revenaient en toute hâte.

A Paris, ils trouvèrent, en effet, leurs voisins d'autrefois, qui, avisés depuis la veille par un télégramme expédié de Marseille, les attendaient à la gare. Suzanne, en apercevant Césarine, s'élança dans ses bras, et tout en l'embrassant, elle lui disait :

— Où est mon père Lucien ? Pourquoi n'est-il pas avec vous?

— Vous ne le verrez que demain, ma chère enfant,

répondit Mme Petithomme. Vous arrivez plus tôt que nous ne pensions.

— Ah! c'est que j'étais si pressée de l'embrasser! fit la jeune fille.

— Je vous comprends. Mais M. Lucien voyage pour ses affaires. Il a quitté depuis longtemps son ancienne position, pour en prendre une autre, qui le force à s'éloigner souvent de Paris... Malgré tout son désir de venir au devant de vous, il lui a été impossible d'être de retour aujourd'hui.

Pendant qu'elles causaient ainsi toutes les deux, et que Césarine s'extasiait sur la beauté de Suzanne, M. Petithomme faisait porter les bagages des deux voyageurs dans un petit omnibus loué à l'avance. Ce transport fut des plus faciles, grâce à Cornélius, qui chargeait lui-même sur ses larges épaules les colis trop lourds. En trois ans, le colosse n'avait pas perdu un pouce de sa taille, et paraissait plus vigoureux que jamais.

— Où allons-nous? avait demandé Georges, lorsque l'omnibus se fut mis en route.

— A Montmartre, répondit Mme Petithomme... M. Lucien y a loué pour vous, dans un coin un peu retiré, une petite maison où vous serez seuls, et qui contient un bel atelier.

— Quelle bonne idée, fit Suzanne, d'avoir choisi ce

quartier ; je serai près du cimetière où je veux aller tous les jours.

Alors, elle s'empressa de faire aux Petithomme différentes questions sur la tombe de sa mère. La trouverait-elle dans l'état où elle avait rêvé de la voir ?

— Oui, oui, firent-ils. Toutes vos instructions ont été suivies par votre oncle.

Ils pouvaient d'autant mieux lui répondre, qu'à la prière de Lucien, ils s'étaient eux-mêmes chargés d'entretenir cette tombe.

Une heure suffit à la voiture pour se rendre de la gare de Lyon à Montmartre. Elle s'arrêta dans une des rues qui aboutissent sur le boulevard extérieur, devant une petite maison d'apparence très modeste, mais très convenable et de bon air. Une servante, que Mme Petithomme avait engagée la veille, s'empressa de leur ouvrir dès qu'elle aperçut la voiture.

— Je puis entrer, je puis tout visiter ? demanda Suzanne, sur le seuil de la maison.

— Vous êtes chez vous, dit Césarine.

Alors la jeune fille, sans s'arrêter, sans regarder les pièces du rez-de-chaussée, prit l'escalier qui se trouvait en face du vestibule. Elle le gravit doucement, posément, tout émue, comme si elle devinait ce qu'elle allait voir. Arrivée sur le palier du premier étage, elle ouvrit une porte, entra dans une chambre, y jeta un coup d'œil et poussa un cri.

C'était la reproduction exacte de la chambre où était morte sa mère, rue Caumartin. Elle retrouvait les mêmes dispositions intérieures, les mêmes tentures, les mêmes rideaux, les tableaux, les portraits, la garniture de cheminée d'autrefois, et tous les meubles : le grand fauteuil où Henriette aimait à s'asseoir, le lit où elle avait dormi de son dernier sommeil. D'un coup d'œil, Suzanne reconnut toutes ces choses, tous ces objets sacrés, toutes ces reliques, tous ces vieux amis. Alors, elle s'agenouilla au milieu d'eux, les regardant toujours à travers ses larmes, leur parlant à travers ses sanglots. Sur le seuil de la porte, Césarine regardait aussi, toute fière de son ouvrage, car elle devinait, à l'émotion de Suzanne, qu'elle avait bien rempli les instructions de Lucien Lecomte. Au bout d'un instant, elle rejoignit la jeune fille, et lui dit :

— Ce n'est pas tout, venez.

Puis elle ouvrit une porte, et la fit entrer dans une autre pièce. C'était la chambre où Suzanne avait vécu près de sa mère, avait grandi ; sa chambre d'enfant, toute pleine encore des objets qui la remplissaient autrefois, et que, le jour de son départ précipité, elle n'avait pu emporter. Elle y retrouvait même, habi-

17.

lement reproduit, le désordre dans lequel elle l'avait laissée.

— Ah ! s'écria-t-elle, attristée et charmée tout à la fois, souriante et pleurant, que je te reconnais bien, mon oncle, mon père, à toutes ces bonnes pensées !... Ton cœur ne s'est pas un seul instant démenti... Viens donc vite, pour que je te remercie, que je me pende à ton cou !

— Demain, il viendra, dit Césarine, je vous le promets.

— Alors, fit Suzanne, je veux que cette journée de demain soit à lui, à lui seul et je vais donner celle-ci à ma mère... Vous savez la place où se trouve sa tombe. Voulez-vous m'y conduire, ma bonne amie ?

— Je ne puis pas en ce moment, répondit Césarine. J'ai plusieurs choses à faire ici. Mais mon mari est à votre disposition. Nous avions prévu votre demande, et il est prêt à vous accompagner.

Quelques instants après, Suzanne, sans avoir voulu visiter les autres pièces de la maison, partit pour le cimetière Montmartre, suivie par M. Petithomme. Elle ne pouvait avoir un garde du corps plus respectable et plus respecté.

Dès qu'elle eut quitté la maison, Georges, qui n'avait pu encore parler secrètement à Césarine la rejoignit.

— Où est mon frère ? dit-il d'une voix émue. Je croyais le retrouver ici. N'aurait-il pas obtenu sa grâce, comme j'avais cru le comprendre ?

— Si, dit Mme Petithomme, mais on ne lui a fait remise que d'une partie de sa peine, et c'est demain seulement à midi, qu'il pourra être mis en liberté... Il se rendra immédiatement ici.

— On lui permet donc de vivre à Paris ? Je craignais que les lois sur la surveillance...

— Je l'ai craint aussi. Mais ses amis, ses protecteurs, M. Robins entre autres, ont vaincu tous les obstacles. On lui a promis une autorisation de résidence à Paris.

— Oh ! que je suis heureux ! Que je suis heureux !... Enfin ! son martyre est fini !

— Il a été long, fit-elle d'une voix sèche en le regardant.

XV

Mme Petithomme, on s'en souvient, avait depuis longtemps deviné le secret qui existait entre Geor-

ges et Lucien. Elle connaissait le crime du premier,
le dévouement et le sacrifice du second. Mais elle
avait juré à Lucien Lecomte de ne pas le trahir, de
laisser ignorer à tous sa conduite et elle tenait reli-
gieusement cette promesse. Dans ces derniers temps,
lorsqu'il avait été question du retour prochain de
Georges de Bussine, Lucien adressa une nouvelle
prière à Césarine : c'était de ne jamais laisser échapper un mot qui pût faire croire à Georges qu'elle le
savait coupable. Par un sentiment de délicatesse,
dont ce grand cœur était seul capable, Lucien ne
voulait pas que son frère eût à rougir devant quelqu'un, et que le souvenir du passé vînt gêner l'avenir. Césarine avait aussi accédé à cette prière. Cependant, après avoir été témoin pendant trois années
des longues souffrances de l'innocent, lorsqu'elle se
trouva tout à coup en présence du coupable, elle
sentit gronder en elle, comme une sourde colère,
une révolte. Esclave de la parole donnée, elle
était incapable de dire ouvertement à Georges :
« C'est vous qui avez volé, et c'est votre frère
qui a été puni à votre place. » Mais elle allait
prendre plaisir, éprouver une âpre jouissance à
lui présenter, à étaler en quelque sorte devant ses
yeux, toutes les plaies, toutes les souffrances de
sa victime. Qui donc les lui ferait connaître si ce

n'était pas elle ? Ce ne serait certainement pas Lucien Lecomte. N'avait-il pas promis de ne jamais parler des trois années écoulées et défendu à son frère d'y faire la moindre allusion ?

Georges, inconscient des dispositions de Césarine à son égard, lui demanda depuis combien de temps elle avait vu Lucien.

— Je l'ai vu hier, dit-elle d'une voix brève.

— A Melun, n'est-ce pas ? Ce matin le train qui m'amenait de Marseille à Paris s'est arrêté dans cette station, et quelque chose m'a dit que c'était là-bas, de l'autre côté de la rivière, derrière ces hautes murailles, que mon frère avait si longtemps souffert.

— Oui, vous ne vous êtes pas trompé, répondit-elle... C'est bien à Melun qu'il a passé trois longues années et qu'il est encore aujourd'hui.

Il reprit au bout d'un instant de douloureux silence :

— Alors vous l'avez vu hier... au parloir sans doute ?

— Non. J'ai pu causer secrètement avec lui, dans le cabinet d'instruction. Le directeur nous connaît depuis si longtemps, moi et mon mari, qu'il n'a pas craint de m'accorder cette faveur.

— Je comprends, fit Georges. Vous n'avez pas

abandonné mon frère pendant ces trois années...
Vous êtes souvent allée le voir, et on vous connaît
dans la prison.

— Vous ne comprenez pas du tout. Vous me
prenez pour une simple visiteuse qui se rend, de
temps à autre, de Paris à Melun. C'est une erreur...
J'habite Melun depuis trois ans.

— Quoi! vous vous êtes fixée là-bas, près de
lui... Ah! merci, merci.

— Ne me remerciez donc pas avant de savoir...
Ce n'est pas près de lui que je me suis fixée. C'est
dans la ville, où nous appelaient nos intérêts, à
M. Petithomme et à moi.

— Vos intérêts?

— Sans doute. Un jour, Cornélius me dit : —
« As-tu remarqué, bichette, que maintenant, au lieu de
gagner de l'argent à la Bourse, nous en perdons?...
Nos numéros ne sortent plus et nous avons fait deux
ou trois mauvaises opérations, depuis que M. Lecomte
n'est plus là pour nous conseiller. — C'est vrai,
Monsieur Petithomme, il faut nous arrêter et attendre. — Oui, mais pendant ce temps-là nous ne ga-
gnerons rien, le magot ne s'augmentera plus. J'ai
bien envie de prendre une place. — Laquelle? —Celle
de confectionnaire. — Qu'est-ce que c'est que
ça? — Le confectionnaire est l'homme qui, dans une

prison où le travail est soumis à la régie et non pas
à l'entreprise, se charge de faire exécuter par les
détenus certains travaux. — Ah! on peut gagner de
l'argent à ce métier-là? — Beaucoup. — Mais il
faut d'abord trouver une place vacante. — Il y en
a une à Melun. L'individu chargé de faire confec-
tionner la vannerie fine est mort dernièrement. »

Je venais de deviner Cornélius ; il avait cherché
et trouvé le moyen de se rapprocher de M. Lucien...
Et, en même temps le cher homme songeait à nos
intérêts, travaillait à augmenter notre fortune... Je
lui tendis les bras, il comprit mon geste, se baissa,
me saisit par la taille et m'éleva jusqu'à son visage
pour me permettre de l'embrasser. Il méritait bien
cette récompense pour avoir eu par hasard une
bonne idée.

Bientôt, nous nous mettions en campagne, nous
prenions nos renseignements, et nous présentions
des tarifs tellement avantageux pour les détenus et
pour l'État, qu'après les formalités d'usage, nous
étions acceptés comme confectionnaires et installés
dans l'atelier de vannerie à Melun. Quand je dis :
nous étions installés, j'exagère. Les femmes ne pénètrent pas dans la prison. Mais, sous le prétexte de
surveiller mon mari, de lui donner des conseils, de
lui faire passer des notes, je suis depuis trois ans

sur le dos du directeur, de l'inspecteur, du gardien-
chef, des surveillants. On ne rencontre que moi dans
les annexes de la maison centrale; mais, en même
temps, je puis entrevoir votre frère, dont nous avons
fait notre comptable d'atelier, place réservée aux
détenus qui ont une bonne conduite et savent la
tenue des livres.

— Vous voyez que c'est pour lui que vous vous
êtes fixés là-bas, s'écria Georges.

— C'est possible, après tout, fit-elle. Nous lui de-
vions bien ça au pauvre cher homme... Quand je
pense qu'il n'aurait pas été arrêté, qu'il n'aurait pas
été condamné, si nous avions su lui donner à propos
les cent mille francs qu'il nous demandait.

— Ah! il vous a demandé...

— Oui, lorsqu'il s'est aperçu qu'on avait volé sa
caisse... oui, volé sa caisse... Il a voulu combler ce
déficit, et il s'est adressé à nous. Il se disait : ils
me doivent leur fortune et peuvent bien me tirer de
peine... Mais nous l'avons laissé partir les mains
vides, avares que nous sommes, lâches que nous
sommes, misérables que nous sommes!

Et, tout en parlant ainsi, Césarine gesticulait,
s'emportait contre elle-même, se frappait la poitrine.

— Nous avons surtout compris nos torts envers
lui, continua-t-elle, le jour où nous l'avons retrouvé

à Paris, au dépôt des condamnés, rasé, tondu, pâle,
maigri, dans son costume de détenu, séparé de nous
par des barreaux de fer. Ah! depuis ce jour, nous
n'avons eu qu'une pensée : lui venir en aide, rendre
sa prison moins dure, veiller sans cesse sur lui.
Toutes les lettres que vous et Mlle Suzanne avez
reçues depuis trois ans, c'est dans l'atelier qu'il les
écrivait, dans le petit bureau grillé où se tiennent
les comptables. Puis, il les glissait à mon mari, qui
le soir me les rapportait en ville, à Melun, dans la
maison que nous occupions sur la place Notre-Dame,
à deux pas de la maison centrale. Quand nous étions
seuls, Petithomme et moi, nous ne parlions que de
lui, de notre cher martyr, comme nous l'avons surnommé. — Que t'a-t-il dit aujourd'hui? demandais-je
à Petithomme. — Il te prie, répondait Cornélius,
d'aller le plus vite possible au cimetière Montmartre
renouveler les fleurs de la tombe. — Bon, j'irai demain... Est-ce tout? — Non. Il te demande de chercher une petite maison pour y installer son frère et
sa nièce à leur retour, et de la meubler avec les
meubles de la rue Caumartin, afin que Mlle Suzanne
retrouve la chambre de sa mère, telle qu'elle était
autrefois... Et aussitôt ces ordres donnés... oui ces
ordres... on est fier d'en recevoir d'un homme
comme celui-là... je partais pour Paris, je me met-

tais en campagne... et vous avez pu voir comment
je lui ai obéi.

— Ah! quel bon cœur vous avez! ne put s'empêcher de s'écrier Georges.

— Laissez-moi donc tranquille avec mon bon
cœur, répliqua-t-elle brusquement. C'est du sien
qu'il faut parler. En voilà un cœur, un vrai... Si
tous les hommes en avaient un semblable, on pourrait démolir toutes les prisons. Tenez, mon mari,
Cornélius... ce n'est certainement pas un méchant
homme... mais, malgré sa grande taille, il ne va pas
à la cheville de votre frère... Je ne cesse de le lui
répéter... Cependant je dois lui rendre cette justice, qu'il a beaucoup gagné depuis quelque temps...
depuis qu'il est en prison, et qu'il vit avec M. Lucien, qu'il cause avec lui... Le condamné, le détenu,
rend meilleur, purifie l'homme libre ; c'est drôle.

— Mon frère est-il bien changé ?

— S'il est changé !... Dites qu'il est méconnais-
sable... Et, à ce propos, il faut que je prévienne
Mlle Suzanne. Je lui dirai que, pendant son absence,
il a fait une grande maladie, car autrement elle
pourrait s'étonner de le trouver sans barbe, sans
moustache, sans cheveux, et maigre comme un
squelette. C'est que le régime n'est pas très forti-
fiant dans les maisons centrales. On est bien vite

atteint de ce qu'on appelle l'anémie des prisons.
Comment pourrait-il en être autrement : le matin, une
soupe maigre contenant quatre décilitres de bouillon
et soixante-dix grammes de pain ; le soir, une soupe
semblable et une pitance de trois décilitres de pommes de terre, de haricots ou de lentilles suivant les
jours de la semaine. Le dimanche, le jeudi seulement
et à l'Assomption, l'Ascension, la Toussaint et la
Noël, les détenus reçoivent, le matin, du bouillon
gras, et le soir soixante grammes de viande cuite,
celle qui a servi le matin à faire le bouillon... Pour
boisson, de l'eau claire, toujours, toujours... sans
exception.. Oui, depuis trois ans, votre frère n'a pas
bu un verre de vin. Vous entendez bien, votre frère !

XVI

Si Mme Petithomme, comme nous l'avons dit, prenait plaisir à exercer sa vengeance sur Georges, en
lui détaillant toutes les privations, toutes les misères
de son frère, Georges, de son côté, n'essayait pas de
se soustraire à ces divulgations, à ce flux de paroles

et de renseignements. Les gens véritablement forts puisent leur force en eux-mêmes. Pour se bien conduire, ils disent : « Le devoir est là » et cela leur suffit. Les faibles, au contraire, ont besoin de se fortifier auprès d'autres personnes et de leur demander leur appui pour se maintenir dans la bonne voie. C'est ainsi que Georges de Bussine, qui voulait racheter son crime et récompenser Lucien de son sacrifice, se sentait obligé de connaître toute l'étendue de ce sacrifice, de le creuser pour ainsi dire, de mesurer sa profondeur.

— Quoi ! s'écria-t-il, mon frère, pendant ces trois ans, n'a jamais bu de vin... Je croyais cependant que lorsque les détenus travaillaient...

— Au bagne, oui, fit Césarine en l'interrompant... Les forçats chargés de certains travaux ont droit à un quart de vin. Mais, dans les maisons de force, on ne leur en donne jamais une goutte... Pourquoi ?... Dans les prisons de Paris, où la détention est relativement courte, on peut acheter du vin à la cantine... Dans les maisons centrales, au contraire, où la santé des hommes les plus forts est épuisée par un long emprisonnement, où ils auraient besoin de se réconforter au moral et au physique, on supprime le vin... Et, qu'on ne vienne pas me dire que c'est pour faire une distinction entre les petits et les grands crimi-

nels, pour frapper plus durement les détenus des
maisons centrales que ceux des prisons, car je vous
répondrais : Les forçats sont plus coupables, pourquoi
leur donnez-vous du vin ?... Non, non, c'est la routine, toujours la routine. Le conseil supérieur des
prisons est animé d'excellentes intentions. Il s'entoure
de renseignements, il fait des livres, il fait des con-
grès, il entasse paperasses sur paperasses ; mais
il ne change rien à ce qui existe. Il vit toujours, ou
plutôt il fait vivre toujours, d'après l'ancien code
des prisons et le règlement des maisons centrales de
1822. Il oublie que depuis cette époque nos bagnes
de Brest, de Toulon, de Rochefort ont été transportés dans des pays lointains, et modifiés de fond
en comble. Les maisons centrales seules sont restées stationnaires avec leurs anciens règlements.
Aussi la plupart des condamnés préfèrent-ils les travaux forcés à la réclusion, et pour être envoyés
en Calédonie se livrent-ils à des violences envers
leurs gardiens ou leurs co-détenus... Ces méfaits
sont tellement nombreux, qu'il a fallu faire une
nouvelle loi : « Les peines encourues pendant la
détention sont expiées maintenant dans la maison où
le crime a été commis. » C'était nécessaire, je n'en
disconviens pas ; mais il eût été plus juste, de
modifier l'existence des réclusionnaires, comme on

a modifié celle des galériens. Si les premiers n'étaient pas punis plus sévèrement que les seconds... ce qui est en désaccord avec le code pénal... vous n'auriez pas eu besoin de lois nouvelles.

Ah ! continua-t-elle après avoir repris haleine, car elle parlait de toutes ces choses avec sa volubilité ordinaire, si tous ces grands messieurs connaissaient aussi bien que moi les maisons dont ils s'occupent !... Je les connais, moi, depuis A jusqu'à Z... Pensez donc, trois années à Melun, en compagnie de gardiens, de surveillants, d'employés de la prison... Et, le soir, la société de M. Petithomme, qui venait d'y être enfermé pendant quatorze heures. Pour faire des économies, il se passait du contre-maître libre que prennent d'ordinaire les confectionnaires. Il était à la fois son chef et son employé, il cumulait. Mais quelle besogne !... Ah ! s'il a jamais eu de mauvaises pensées, le pauvre cher homme !... et quelque velléité de me tromper, d'abuser de son beau physique, je puis, du moins répondre de sa sagesse depuis trois ans.

Certes, je le connais leur Melun, et voici ce que je voudrais dire à tous ceux qui étudient la science pénitentiaire... Oui, science, le mot n'est pas de moi, c'est un avocat-général, M. Petiton, qui s'en servait dernièrement dans le beau discours qu'il a prononcé

à la rentrée solennelle des cours et tribunaux... Je
leur dirais : « Vous vous préoccupez, je le sais, de
la santé de vos détenus... C'est votre devoir, et vous
n'essayez pas de vous soustraire à cette responsabilité... Eh bien! l'anémie ravage vos prisons; elle est
inscrite sur le visage de tous les réclusionnaires...
Donnez de temps en temps un verre de vin à ces
hommes... Si votre budget vous l'interdit, permettez
à vos cantines d'en vendre... Oh ! mesurez la por-
tion ; je suis pour cela d'accord avec vous... Mais
après avoir mesuré, donnez... Ces hommes travaillent plus de douze heures par jour. Quand ils ne
travaillent pas, ils marchent... il est défendu de
s'asseoir dans les préaux, vous le savez bien... et
le dimanche, où les ateliers sont fermés... je ne vois
guère pourquoi... on leur a fait faire jusqu'à vingt et
vingt-cinq kilomètres en tournant toujours dans le
même cercle, les uns derrière les autres... Ils dé-
pensent donc leurs forces; restaurez ces forces par
un doigt de vin... Ce serait humain et intelligent.

Et, pendant que j'y suis, tenez, continua Césarine en s'animant, et comme si elle parlait vraiment aux honnêtes gens qui s'occupent du sort des
prisonniers, pendant que j'y suis, je vais vous
dire une autre chose que j'ai sur le cœur : pourquoi supprimez-vous dans les maisons centrales, le

tabac sous toutes ses formes : à fumer, à priser,
à chiquer?... D'abord il y entre, vous le savez bien.
Comment? De toutes les façons possibles, malgré
la surveillance de vos gardiens. Les amis du dehors en jettent par-dessus les murs; les confectionnaires, les contre-maîtres libres et d'autres employés
en apportent... Oh! nous ne nous en cachons pas,
M. Petithomme et moi... Nous avons au moins cent
kilos de tabac sur la conscience... Mais si les cent
kilos sont lourds, notre conscience est légère sous
ce rapport... Il y a bien d'autres moyens, mais je ne
veux pas dévoiler les secrets des détenus; ce serait une trahison.

Le tabac donne lieu aux trafics les plus insen-
sés. Vous ne pouvez pas vous figurer quel béné-
fice osent faire certaines gens en introduisant ainsi
dans la prison cette marchandise prohibée... Mon
mari a vu un détenu acheter cent francs un paquet
de tabac d'une valeur de douze à quinze francs.
Mais c'est un objet défendu, et les prisonniers en
veulent à tout prix... Pour se le procurer, il y en
a qui descendent jusqu'aux actions les plus honteuses... demandez à M. Petithomme ; il pourra
vous dire des choses qu'il n'a pas osé me confier
à moi-même... Laissez donc cet objet si précieux,
parce qu'il est interdit et qu'il est cher, se vendre

ouvertement à la cantine... Donnez des permis de tabac aux gens qui se conduisent bien, comme on donne dans certains établissements des permis de sortie... Oh ! pas d'abus ! Le tabac ne sera toléré que dans le préau, en plein air, à certaines heures, et toujours comme récompense, entendez-vous bien... Vous ne pouvez pas vous figurer ce qu'un directeur obtiendrait d'un détenu, en lui disant : « Toi, tu as manqué à la discipline, je te prive pendant huit jours de tabac... Toi, tu t'amendes ; encore deux jours de bonne conduite, et tu fumeras un cigare... » Comme les punitions ordinaires dont se moquent la plupart de vos hommes deviendraient inutiles... Les plus insoumis, les plus indisciplinés se calme- raient, à la seule idée d'avoir le lendemain une prise. Réfléchissez encore à cela, Messieurs. Ce n'est pas un fumeur qui vous parle. C'est une femme qui n'a jamais fumé, mais qui a vu et entendu... Le tabac, sagement appliqué, peut contribuer à l'amélioration physique et morale de vos détenus. .

Cette fois, Césarine s'arrêta tout net. Elle avait parlé si vite, avec tant de feu, que la respiration lui manquait. Elle finissait par s'apercevoir aussi qu'elle avait fait une trop longue dissertation, et qu'au lieu de s'occuper seulement de Lucien Lecomte, elle s'intéressait beaucoup trop au sort des détenus

en général. Cependant, ces petits détails de la vie
intérieure des prisons, s'ils paraissent puérils à quelques-uns, frapperont davantage d'autres personnes,
assez intelligentes pour comprendre que certaines
privations aggravent considérablement la peine.
Ainsi, tout en écoutant Césarine, Georges se rappelait que Lucien avait été un grand fumeur. Il se
souvenait de l'avoir entendu dire : « Je préfère un
modeste dîner avec un bon cigare à la fin, que le
plus somptueux des repas sans cigare au dessert. »

Ce souvenir, qui n'avait rien de risible, qui était
plutôt touchant dans la situation présente, l'amena
naturellement à dire à Mme Petithomme :

— Vous avez donné à mon frère les moyens de
fumer ?

— Jamais, par exemple! s'écria-t-elle. Est-ce
qu'il aurait voulu faire une chose défendue... Jamais,
pendant trois ans, il ne s'est écarté du règlement
de la prison... Jamais il ne s'est rendu coupable
d'une contravention... Je me trompe... Il vous
écrivait, à vous et à Mlle Suzanne, en cachette.
Mais, pour cela, il n'avait pas de remords, je
vous en réponds... C'était sa seule joie au pauvre cher homme... Fumer! ah! bien, oui, vous ne
savez donc pas qu'on encourt un mois de cellule.
Ah! on n'y va pas de main morte dans les mai-

sons de force... Il le faut bien... Soixante gardiens
environ pour huit cents détenus... Pauvres gens!...
Je parle des gardiens... Des appointements de huit
cents francs par an, pour la plupart (1); le gardien-
chef, deux mille francs, malgré la responsabilité
qui pèse sur lui... Et que de dangers! Quel esclava-
vage aussi! A peine une sortie de loin en loin.
Il faut veiller sans cesse, même la nuit... Les détenus
ne sauraient envier l'existence de leurs gardiens!...
Pour intimider ce personnel de huit cents détenus,
voici les punitions qu'on peut infliger... Elles sont
graduées d'après l'importance des fautes : privation de cantine, privation de correspondance et de
parloir, pain sec, salle de discipline, cellule avec
vivres, cellule au pain et à l'eau, cellule ténébreuse
au pain et à l'eau, cellule ténébreuse avec camisole
de force, fers ou menottes... ce dernier châtiment
dans le cas seulement d'insubordination grave, de
voies de fait... Mais ce n'était point par crainte de
toutes ces punitions que votre frère observait les
règlements. Il obéissait à un sentiment plus élevé,
plus noble, et que j'ai cru comprendre.

— Quel sentiment? demanda Georges.

---

(1) Depuis que cette étude a été faite, ces appointements
ont été portés à **mille francs.**

Elle s'avança vers lui, et le regardant bien en face :

— J'ai toujours eu dans l'idée, fit-elle, qu'il expiait la faute d'un autre, et qu'il voulait l'expier dans toutes ses rigueurs pour que le vrai coupable pût payer entièrement sa dette et fût complètement libéré.

XVII

L'attitude de Mme Petihomme et ses dernières paroles apprirent peut-être à Georges qu'elle avait deviné son secret. Mais il ne parut pas l'avoir compris, garda quelque temps le silence, et, tout à coup, s'avançant vers Césarine, comme elle s'était avancée vers lui :

— Parlez-moi encore de mon frère, lui dit-il, retracez-moi heure par heure, jour par jour, sa triste existence... Je veux tout savoir.

— Soit ! fit-elle... Je prendrai le détenu Lecomte... et elle appuya sur ces mots : « le détenu »... au moment où il est sorti du dépôt des condamnés à Paris, pour être transféré à la maison de force de Melun... Un matin, après lui avoir ordonné de quitter les vêtements de la prison et de revêtir les habits qu'il

portait le jour de son arrivée, on l'a conduit au greffe
où l'attendait l'agent des voitures cellulaires... Cet
homme s'est assuré de son identité, a donné décharge de la remise du condamné, en signant au regis-
tre de la levée d'écrou, et a mis les menottes à votre
frère, avant de le faire monter dans la voiture qui
devait le transporter au chemin de fer.

Là, descente de voiture, au milieu des curieux,
trajet à pied par la salle des bagages, jusqu'à la
gare intérieure, et transfert immédiat dans le wagon
cellulaire divisé en quatorze compartiments, où l'on
est fort mal à l'aise, je vous assure... Deux heures
après, arrivée à Melun. Nouveau transfert dans une
voiture de la maison centrale, et entrée dans cette
maison.

M. Petithomme y était installé depuis huit jours,
et m'avait appris qu'on attendait, d'un moment à
l'autre, un convoi de condamnés. Aussi je me pro-
menais sans cesse sur le quai, entre la rivière et
les grands murs de la prison. Je voulais que votre
frère m'aperçût à son arrivée... Cela pouvait lui faire
du bien de voir qu'on ne l'abandonnait pas.

Enfin, la voiture apparaît... Je me glisse derrière
elle, dans la première cour, la cour de service...
Personne ne s'étonne, on me connaît, je fais déjà
partie de l'immeuble... M. Lecomte descend. Il

18.

m'aperçoit, et un bon sourire éclaire son visage... Ah! ce sourire m'a payé de ma longue attente.

On l'a déposé devant la porte de la détention, dans l'endroit appelé le *verron*. C'est là que le gardien-chef de la maison centrale reçoit le condamné et les objets qui lui appartiennent des mains de l'agent de la voiture cellulaire, et signe avec ce dernier un nouvel acte d'écrou. Ces formalités remplies, le détenu Lecomte fut conduit dans une salle d'infirmerie, dite salle de pansements. On le dépouilla de ses vêtements personnels, et on s'assura, comme on l'avait déjà fait à la Grande-Roquette, qu'il n'avait rien de caché dans la bouche, ni dans aucune partie du corps. Cette visite terminée, il dut prendre un bain. Une demi-heure après, on lui remettait ses effets de lingerie et les vêtements de la prison, en droguet de fil et de laine beige, vêtements qui avaient déjà servi à d'autres détenus... Sur un morceau de toile, attachée à la veste, était inscrit son numéro d'écrou, 573... Rappelez-vous ces trois chiffres, 5-7-3... Ils ne vous porteront pas bonheur si vous prenez des billets à la loterie.

Georges ne répondit pas. Elle continua :

— Des salles de l'infirmerie, où il eut à subir une nouvelle visite du médecin, le condamné fut conduit au prétoire de justice disciplinaire. C'est là que tous

les jours, à neuf heures et demie, le directeur de la
maison, assisté de l'inspecteur, du gardien-chef, et
quelquefois de l'aumônier, fait comparaître les détenus qui ont manqué à la discipline, écoute leurs
observations, les absout ou leur inflige une punition. Après avoir tenu son audience habituelle, le
directeur donna l'ordre à votre frère de s'avancer
et lui dit : « Je viens de consulter l'extrait du jugement rendu contre vous, votre bulletin de statis-
tique morale, et votre notice individuelle... Ils m'ont
prouvé qu'avant votre condamnation, vous n'aviez
pas de mauvais antécédents, et que votre conduite
a été bonne depuis votre arrestation... Je puis donc,
dès à présent, esssayer d'adoucir votre sort, dans la
limite des règlements... Le nouveau confectionnaire
de la vannerie fine a besoin d'un comptable d'atelier.
Votre ancienne situation vous permet de remplir
cet emploi. Vous travaillerez dans l'atelier commun,
et, aux heures de repos, vous passerez dans le
quartier d'amendement et de préservation... Je
ne saurais accorder de plus grandes faveurs à un
nouveau détenu, et je vous le fais remarquer pour
que vous vous en montriez digne... Si votre conduite est toujours bonne, j'essaierai de rendre
votre détention supportable, de même que je vous
punirai plus sévèrement que tout autre si vous com-

mettiez un acte d'insubordination. Votre éducation,
vos anciennes habitudes, doivent vous faire comprendre l'absolue nécessité d'une discipline rigoureuse dans un établissement comme celui-ci. » Puis,
s'adressant à un gardien, le directeur lui donna
l'ordre de conduire le nouveau détenu dans l'atelier
désigné.

M. Lucien, après avoir parcouru une cour res-
serrée entre deux murs, pénétra dans une longue
galerie, sur laquelle s'ouvrent les ateliers, et fut
introduit dans l'atelier de vannerie fine, à droite,
vers le milieu de la galerie. Une cinquantaine de
condamnés de tout âge, de toute condition, oc-
cupaient cet atelier : les uns n'avaient plus que
quelques mois de prison à faire, les autres devaient
rester enfermés plusieurs années. Ceux-ci subis-
saient leur première peine, ceux-là étaient des récidivistes, habitués des maisons centrales, et même
des bagnes, car l'un d'eux, le père X..., comme on
l'appelle, est âgé de soixante-quatorze ans, et a
passé quarante et un ans de sa vie, soit en prison,
soit dans les maisons de force, soit au bagne de
Toulon. Tous travaillaient; assis le long des murs,
ils tressaient de l'osier, ou, debout devant des tables, ils ajustaient divers ornements sur des corbeilles et des petits paniers. Un seul gardien les

surveillait. Il ne portait aucune arme sur lui; mais
en cas d'insubordination grave, il pouvait appeler
à son aide, en pressant le bouton d'une sonnette
électrique qui, de toutes les parties de la maison,
correspond avec le poste des gardiens.

Votre frère, intimidé par tous les regards fixés
sur lui, restait à la même place, sans savoir de quel
côté se diriger; mais Petithomme, prévenu par moi
de son arrivée, se trouvait dans l'atelier. Il s'avança
vers M. Lecomte, sans avoir l'air de le connaître, et
lui dit :

— Vous êtes sans doute le comptable que j'ai
demandé. Venez; je vais vous indiquer ce que vous
avez à faire.

Il le conduisit dans le petit compartiment entouré
de treillage, et là il put lui serrer la main en cachette.

Après s'être arrêtée un instant, Césarine reprit :

— Depuis ce jour, et pendant trois ans, ni mon
mari, ni M. Lucien ne se sont quittés. Le premier
distribue l'ouvrage aux détenus, surveille leurs travaux, et vient rejoindre le second toujours assis
à la même place et occupé à tenir ses livres.
Le silence, qui est obligatoire dans les maisons
centrales et rend la peine plus rigoureuse, n'a jamais
été observé entre le confectionnaire et son comptable

d'atelier. Réunis dans leur bureau, loin des autres détenus, sous le prétexte de s'occuper des affaires de l'atelier, ils pouvaient se parler, se communiquer des nouvelles. Mais ces avantages et les faveurs accordées à votre frère devaient lui créer de nombreuses difficultés, l'exposer à bien des dangers. Des criminels, réunis dans une même enceinte, pressés entre des grilles et des murs, acculés dans un coin, et sevrés de tous les plaisirs, de toutes les jouissances de la vie matérielle, se réfugient beaucoup plus qu'on ne croit dans la vie morale. Ils vivent par la tête, si ce n'est par le cœur, ressentent des amitiés, des affections très ardentes, sont capables souvent de dévouement les uns pour les autres, et ont en retour des inimitiés persistantes, des haines terribles. Ils connaissent la jalousie et l'envie dans toute leur âpreté et les ressentent pour les causes les plus mesquines : il n'est pas rare de les voir prendre en aversion un des leurs, parce que, ardent au travail, il gagne plus d'argent qu'eux, parce qu'il s'offre plus de douceurs à la cantine, ou que les gardiens semblent le bien traiter. Ils lui en veulent surtout lorsqu'il montre une certaine réserve et qu'il se *tient à l'écart*, suivant leur expression.

Tous ces torts, la plupart des détenus les repro-

chent à votre frère, et pour se venger ils l'ont souvent accusé d'une foule de peccadilles et de fautes
qui peuvent mettre en discrédit auprès de l'administration celui qui les commet. Mais, pendant trois ans,
M. Lecomte a su se défendre de ces accusations. Sa
tenue au prétoire de justice disciplinaire, et les
preuves qu'il donnait de son innocence établissaient
clairement qu'il était seulement victime du mauvais
vouloir de ses codétenus. Il est temps cependant,
ajouta Césarine d'une voix grave, que votre frère
quitte l'atelier et la maison. Les nombreuses vic-
toires remportées sur les hommes qui l'ont accusé,
l'impossibilité où ils se sont trouvés jusqu'à présent
de se venger de lui, ont fini par exaspérer quelques
misérables qui certainement lui feraient un mauvais
parti, s'il restait avec eux... Il n'y a plus rien à craindre heureusement, puisqu'il part demain... Nous
partirons avec lui, car notre traité avec l'administration est expiré depuis hier.

Césarine allait peut-être donner d'autres détails à
Georges de Bussine lorsque Suzanne rentra.

— Ah! s'écria la jeune fille, en rejoignant Mme Petithomme, que mon oncle, mon père Lucien est
bon!... Que de soins il a donné à ma tombe chérie!...
Qu'il me tarde de le remercier et de l'embrasser de
toute mon âme!

La journée se passa pour Suzanne et Georges
dans l'attente du lendemain. Quant à M. et à
Mme Petithomme, ils retournèrent à Melun. Cornélius
voulait entrer dans la prison, avant le coucher des
détenus, pour apprendre à Lucien l'arrivée de son
frère et de sa fille d'adoption.

XVIII

Depuis la veille, en effet, le traité de M. Petithomme avec l'administration était expiré. Mais,
comme son successeur n'entrait en fonctions que le
lendemain, personne ne pouvait s'étonner que l'ancien confectionnaire eût encore des ordres à donner,
des mesures à prendre. Arrivé à la maison centrale,
lorsque les détenus se trouvaient encore dans leurs
ateliers, il put donc rejoindre immédiatement Lucien Lecomte. Depuis trois ans, Cornélius abu-
sait de sa grande taille et de sa corpulence pour
s'entretenir avec son protégé. Il restait debout, appuyé contre le grillage intérieur du petit bureau qui
leur était réservé à tous deux, élevant ainsi une

sorte de barrière vivante entre les prisonniers et le comptable, barrière aussi large et aussi épaisse que si elle avait été construite en pierres de taille. Son petit filet de voix lui était aussi d'un grand secours : ses paroles arrivaient distinctement aux oreilles de Lucien ; mais, à deux pas plus loin, on n'entendait qu'un sifflement, un léger murmure.

Dès qu'il fut en position, il dit à Lecomte qui l'interrogeait du regard :

— Je les ai vus.

— Ah! merci, fit à voix basse Lucien... Je vous attendais avec impatience... Ils sont en bonne santé ?

— Oui, votre frère paraît rajeuni... Quant à Mlle Suzanne, c'est une merveille, et Mme Petithomme, qui a du goût, m'a dit : Je n'ai jamais rencontré une aussi jolie personne... Ah! vous aurez de la peine à la reconnaître.

— Soyez sans inquiétude, fit-il en souriant doucement, je la reconnaîtrais entre mille. Depuis trois ans, je la vois sans cesse... je la vois grandir et embellir... Dans la nuit qui m'entourait, elle a été une sorte d'étoile toujours rayonnante, sur laquelle j'avais les yeux fixés.

— Vous verrez demain votre étoile, fit observer Cornélius.

19

— Oui, et jamais le temps ne m'a paru plus long... Savoir cette chère enfant si près de moi, et ne pouvoir encore l'embrasser !

Une discussion s'éleva dans un coin de l'atelier. M. Petithomme tourna sa petite tête vers le côté d'où venait le bruit ; mais le silence se fit presque aussitôt, grâce au gardien qui s'était empressé d'intervenir.

— Vos codétenus ne vous ont causé aucun ennui aujourd'hui ? demanda Cornélius, en reprenant l'entretien avec son comptable... Ils ne vous ont pas fait de misères ?

— Non. Mes deux ennemis les plus acharnés, Sagot et Brazier, se sont rendus coupables hier d'infractions qui les ont fait envoyer à la salle de discipline.

— Et lorsqu'ils en sortiront, continua M. Petithomme, vous serez loin d'ici... Vous n'avez donc plus rien à craindre.

Une cloche venait d'annoncer la cessation du travail, et Cornélius dut quitter Lucien, après lui avoir serré la main à la dérobée et dit au revoir. Il avait été déjà convenu entre eux que Lecomte, dès qu'il serait libre, le lendemain, vers midi, se rendrait dans la petite maison occupée, sur la place Notre-Dame, par M. et Mme Petithomme, et qu'après

s'être habillé avec des vêtements préparés, il parti-
rait immédiatement pour Paris.

Les deux détenus dont Lucien Lecomte venait
de prononcer le nom, étaient deux drôles de la pire
espèce et d'une égale perversité, quoique de condi-
tions bien différentes.

Le premier, Sagot, surnommé la *Reine des
Brosses*, un petit blond de vingt-cinq ans, assez joli
garçon, en était à sa troisième condamnation.
Pendant ses rares instants de liberté, il avait
exercé le métier d'ébéniste, et passait pour fort
habile. Aussi avait-on essayé de le placer dans
divers ateliers où son adresse aurait pu être
mieux employée qu'à la vannerie. Mais tous les
contre-maîtres libres des autres industries s'étaient
tour à tour plaints de sa paresse, de son incon-
duite, de son immoralité révoltante et avaient
demandé son renvoi.

L'autre détenu, Brazier, était un ancien notaire de
province, condamné à dix années de réclusion, pour
faux et abus de confiance. A voir ce petit homme
chétif, mal fait, au teint bilieux, au regard oblique,
incapable d'un acte de violence, d'une rébellion ouverte, mais toujours sournoisement indiscipliné, on
comprenait la haine que Lucien Lecomte devait lui
inspirer. Il était d'autant plus dangereux qu'il pas-

sait pour avoir caché le *magot*, avant d'être arrêté,
qu'il en promettait une part aux amis, lorsqu'il
serait libre, et qu'en attendant, malgré toutes les
surveillances, il trouvait moyen de recevoir du dehors divers objets prohibés, avec lesquels il achetait
facilement les consciences de ses codétenus.

Rien de plus sinistre et de plus lugubre que la
salle de discipline où se trouvaient en ce moment
Sagot et Brazier. Elle est située dans la partie de la
maison où s'élevait l'ancienne prison et c'est par des
annexes qu'elle se rattache aux bâtiments nouveaux.
C'est une immense salle, plutôt une cave, mal
éclairée, plus longue que large, aux murailles épaisses, peintes à la chaux, et dont le plafond très
bas est soutenu par des piliers nombreux. Au
milieu, dans toute la longueur, entre les piliers,
on voit de petits sièges en pierre recouverts d'un
morceau de bois, sans dossier et sans bras, ayant
l'aspect et la forme d'un dé à jouer et portant sur
un des côtés un gros numéro peint en noir. A l'une
des extrémités de cette salle, derrière un grillage,
se trouve le poste des gardiens. Les détenus condamnés à la salle de discipline ne travaillent pas de
leurs mains comme dans les ateliers, mais travaillent presque continuellement des jambes. Pendant
dix minutes, l'un derrière l'autre, à distance égale,

ils doivent marcher au pas gymnastique, et faire le
tour de la galerie dans la partie comprise entre la
muraille et les premiers piliers. Un gardien qui, par
prudence, reste toujours derrière le grillage, marque
le pas en criant : « Une, deux, une, deux; gauche,
droite, gauche, droite. » Les dix minutes écoulées,
ils interrompent leur exercice et vont s'asseoir pendant cinq minutes sur les petits dés en pierre, chacun
à son numéro, le corps droit, les mains le long des
jambes, les talons joints. Puis, l'exercice gymnastique reprend... et ces promenades, coupées
par de courts repos, commencent à six heures du
matin, pour ne finir qu'à huit heures du soir. On
calcule que chaque condamné fait de vingt à vingt-
cinq kilomètres par jour.

Malgré l'ennui et la fatigue qu'ils peuvent en res-
sentir, la plupart des détenus préfèrent cette peine
à celle de la cellule, car l'isolement les effraie plus
que tout au monde. Le notaire Brazier, qui, par suite
de son ancienne profession sédentaire aurait dû avoir
plus de goût pour le repos que pour le mouvement,
partageait lui-même cette opinion et ne détestait
pas la salle de discipline, où il retrouvait quelques
mauvais sujets, dont il avait fait peu à peu ses créa-
tures.

Le silence obligatoire dans toutes les parties d'une

maison centrale doit être encore plus rigoureux dans un lieu de punition. Mais, s'il est avec le ciel des accommodements, il en existe aussi avec la discipline. Les gardiens se lassent de dire toujours : une, deux, une, deux ; gauche, droite, gauche, droite. Ils s'arrêtent un instant pour causer avec leurs camarades, et les condamnés qui continuent à marcher l'un derrière l'autre, se rapprochent un peu et se parlent... dans le dos. C'est ainsi que ce jour-là, vers sept heures du soir, Sagot qui marchait derrière Brazier lui disait :

— Tu sais que Lecomte nous quitte demain.

— Oui, murmurait l'ancien notaire sans se retourner... Et dire que tu n'as rien imaginé encore pour le retenir ici !

— Eh ben, et toi, *qui es à la redresse* (toi qui es un malin), qu'as-tu donc trouvé ?

— Moi, j'ai monté quelque chose, mais ce n'est pas assez gros, et s'il a obtenu sa grâce il filera tout de même.

Le gardien, au fond de la galerie, derrière le grillage, recommença son cri de : « Une, deux, une, deux ; gauche, droite, gauche, droite. » Mais Brazier et Sagot, que cet avertissement forçait seulement à marquer mieux le pas, continuaient leur conversation.

— Vois-tu, disait le notaire, je le hais ce Le-

comte... J'étais à la Grande-Roquette, il y a trois
ans, et j'allais être employé à la bibliothèque, lorsqu'il est arrivé... Aussitôt on lui a donné ma place...
Ici, je voulais être nommé comptable d'atelier, et il
m'a encore monté sur le dos... A lui, toujours des
faveurs, à moi toujours des punitions... J'ai fait une
demande pour obtenir la remise d'une partie de ma
peine, et on a refusé, tandis qu'on lui accorde trois
ans sur six. Pour qu'il reste avec nous, pour qu'il
partage notre sort, je donnerais je ne sais quoi,
vois-tu.

— Tu ferais bien mieux, dit Sagot, de savoir ce
que tu donnes.

— Pourquoi ?

— Parce que si tu le savais, tu me le dirais, et
l'espoir d'avoir quelque chose m'ouvrirait peut-être
les *châsses* (les yeux).

— Eh bien, fit Brazier, si tu parviens à le retenir
ici, je partagerai avec toi le tabac que j'ai reçu
hier.

— T'as reçu du *perlot?* Beaucoup ?

— Un kilogramme de chaque espèce : à fumer, à
priser et à chiquer.

Ces paroles produisirent tant d'effet sur Sagot,
qu'il s'arrêta net. Mais le gardien criait justement en
ce moment : Une, deux, gauche, droite, et ce cri,

comme si on avait poussé un ressort, le fit repartir
mécaniquement.

— Écoute, dit-il au bout d'un instant, depuis le
départ de mon ami Clopied, le maître d'école qui
ne me laissait manquer de rien, je n'ai eu ni *cimate*
(prise de tabac) ni *bige* (cigarette) ni *mégot* (bout de
cigare). Je suis capable de tout pour me procurer
ces douceurs... Si demain matin je retourne à l'atelier, je chercherai quelque chose... Mais c'est
difficile. Il faut trouver une grosse affaire comme tu
disais tout à l'heure.

— Trouve, essaie de *le faire poisser* (surprendre
en flagrant délit par un gardien), et je te donnerai
non plus la moitié du tabac, mais tout le tabac,
entends-tu... tout.

Les dix minutes étaient écoulées, le gardien ordonna le repos, et les deux détenus allèrent prendre
place sur leur siège habituel, dans la position régle-
mentaire.

A huit heures, tous les condamnés de la maison
centrale montèrent dans les dortoirs.

XIX

Les nombreux dortoirs de la maison centrale de
Melun ne diffèrent que par le nombre de lits qu'ils
contiennent : cinquante à quatre-vingts environ,
réglementairement isolés les uns des autres et for-
mant trois ou quatre longues rangées. Aucun
surveillant ne pénètre dans ces lieux éclairés
par quelques rares quinquets et hermétiquement
fermés. Mais, dans la cloison qui sépare les dortoirs d'un long corridor, sont percées, à divers
endroits, de petites ouvertures où peut s'appliquer
l'œil des gardiens.

La dernière nuit que Lucien Lecomte passa au
dortoir du quartier d'amendement et de préservation
fut une nuit d'insomnie. La pensée d'être libre le
lendemain, après un si long emprisonnement, de revoir ce frère qu'il aimait toujours en raison même
des souffrances éprouvées pour lui, de serrer dans
ses bras cette Suzanne adorée, le devait tenir
éveillé... Puis, la détention rend timides, craintifs,
les meilleurs esprits : tant qu'on n'est pas définitive-

19

ment sorti de prison, on a peur d'y être encore longtemps retenu... et parfois quelques vagues terreurs
troublaient les beaux rêves de Lucien.

A cinq heures, les cloches annoncèrent le réveil,
et aussitôt recommença pour Lecomte sa vie habituelle, mathématiquement réglée : descente des dortoirs, distribution du pain de ration, courte promenade sur les préaux, entrée aux ateliers, prières,
nouvelle promenade, et enfin, à neuf heures, travail
dans les ateliers jusqu'à midi.

Lucien, assis derrière son grillage, comptait les
minutes qu'il devait encore passer en prison. Le
temps lui paraissait d'autant plus long, que M. Petithomme retenu chez lui par le nouveau confectionnaire qu'il mettait au courant de divers détails, ne
devait se rendre à l'atelier que plus tard, avec son
successeur.

En revanche, le détenu Sagot apparut vers dix
heures. Comme il l'espérait, on lui avait ouvert les
portes de la salle de discipline. Dès qu'on lui eût
donné du travail, il gagna sa place habituelle, toute
proche de la cloison derrière laquelle se tenait Lucien.

Vers dix heures et demie, le gardien-chef vint
trouver Lecomte et lui dit :

— Suivez-moi ; M. le directeur vous demande.

Jamais détenu n'obéit avec plus de plaisir à un

ordre : dans la pensée de Lucien, on le faisait appeler pour lui apprendre que sa grâce était arrivée, et qu'il devait se rendre au greffe, afin de remplir les formalités d'usage.

Quelques instants après, il pénétrait dans une petite pièce située à l'entrée de la maison, au premier étage, et dont la croisée donne sur la Seine. C'est le domaine du directeur, qui, en l'apercevant, l'interpella de la sorte :

— Comment, Lecomte, après toutes les faveurs dont je vous ai comblé, après la peine que je me suis donnée pour essayer d'obtenir votre grâce, vous ne craignez pas de me créer les plus grands ennuis au ministère !

— Moi ? Monsieur, fit Lucien étonné.

— Oui, vous... Voilà maintenant que vous écrivez dans les journaux.

— J'ai écrit dans les journaux, moi ! fit-il de plus en plus surpris.

— Sans doute... On m'envoie de Paris un article, signé de vous... Tenez : Lucien Lecomte, détenu à la maison centrale de Melun... Le journal a pensé qu'un article présenté de cette façon, avec les... titres et qualités de l'auteur, exciterait la curiosité, et il s'est empressé de le publier.

Et, comme Lucien allait protester, le directeur ajouta :

— Vous êtes d'autant plus coupable que vous avez commis une sorte d'abus de confiance envers moi. La plupart des idées émises dans cet article se trouvent dans un rapport que j'allais adresser au ministère... Il était placé là sur la table, et vous en avez copié divers passages dernièrement, lorsque je vous ai fait venir pour m'aider dans un travail de comptabilité.

— Mais, Monsieur le directeur, je vous jure...

— Inutile de nier... Voici le rapport, voici l'article, lisez et comparez... Je prends un passage au hasard :

« Autrefois, quelques hommes de science ont cru que la justice devait appliquer la torture pour découvrir la vérité. Aujourd'hui, d'autres hommes, d'une érudition incontestable, d'un caractère élevé, prônent le régime cellulaire absolu. Il y a une analogie frappante entre les hommes d'autrefois et les hommes d'aujourd'hui. En torturant le corps, les premiers ne s'adressaient qu'à la matière périssable, ils tuaient par la souffrance. Ceux qui prônent le régime cellulaire absolu, les seconds, emploient une nouvelle torture : en privant le détenu de vivre en société, ils s'adressent à l'état mental, l'atrophient, et tuent par la folie, quand ils n'infligent pas la peine de mort par le suicide... Le régime cellulaire appliqué pendant plus de six mois est un crime de lèse-humanité. »

Et plus loin : « La population pénitentiaire devrait être divisée en trois classes distinctes, d'après la moralité de chaque détenu. La première comprendrait tous les hommes subissant une première peine, ou récidivistes, mais que la violence seule de leur caractère a rendus coupables. La seconde classe: tous ceux qui subissent une première condamnation pour délit ou crime quelconque. La troisième : les récidivistes de cette seconde catégorie... »

Puis, continua le directeur en regardant Lucien, mon rapport ne vous suffit pas... Vous trouvez sur ma table... tenez, le voici encore... le livre d'un célèbre jurisconsulte anglais Bentham, et vous citez ses paroles comme si elles étaient de vous :

« Un criminel, après avoir subi sa peine dans les prisons, ne doit pas être rendu à la liberté sans précautions et sans épreuves ; le faire passer subitement d'un état de surveillance et de captivité à une liberté illimitée, l'abandonner à toutes les tentations de l'isolement, de la misère et d'une convoitise aiguisée par de longues privations, c'est un trait d'insouciance et d'inhumanité qui devrait enfin exciter l'attention des législateurs. »

Et, immédiatement, continua le directeur, vous en revenez à mon rapport. Vous proposez l'application d'un système de liberté préparatoire ou conditionnelle : « Le condamné travaillant hors de la prison et y revenant le soir... la création de refuges où les libérés des deux sexes pourraient trouver un asile et du travail... système appliqué en Irlande, en Autriche, en Prusse, en Suisse et dans plusieurs États de l'Amérique. »

Enfin vous vous inspirez de mon travail pour développer quelques idées sur la surveillance de la haute police : « Elle ne devrait pas, dites-vous, être prononcée par les tribunaux, dès le principe, comme complément et aggravation de la peine. Il serait plus juste et plus rationnel d'attendre, pour soumettre un homme à cette surveillance, qu'il fût sur le point de quitter la prison, et qu'on eût étudié sa moralité pendant sa détention. Certains criminels dangereux, par leur faiblesse ou leur perversité, doivent être étroitement et toujours surveillés, après leur libération. D'autres, au contraire, se sont amendés de telle sorte, que cette surveillance devient inutile, injuste, et leur enlève la possibilité de travailler et de se relever. »

Tout cela n'est pas mauvais, parbleu ! reprit le directeur en laissant de côté l'article du journal, et je ne regrette pas la publicité donnée à ces idées. Mais vous auriez dû au moins me demander la permission de me piller ainsi, et surtout attendre pour écrire aux journaux que vous fussiez sorti de prison... Votre signature au bas de cet article a dû produire un effet déplorable au ministère... Un détenu qui écrit dans les journaux !... Je m'explique comment on n'a encore pas signé votre grâce, malgré les promesses formelles qu'on n'avait faites.

— Comment ! s'écria Lucien, pâle et tout tremblant, ma grâce n'est pas signée !

— Je ne crois pas, puisque le courrier de ce matin ne me l'a pas apportée.

— Ah ! mon Dieu ! fit le malheureux.

Le directeur eut pitié de cet homme pour lequel il avait toujours éprouvé une secrète sympathie et qui, pendant trois ans, venait de se faire remarquer par une conduite exemplaire.

— Voyons, lui dit-il, tout n'est pas perdu... J'essayerai de prouver que vous n'avez pas compris la gravité de ce que vous faisiez... Mais montrez-moi de la franchise... Comment cet article a-t-il pu sortir de la maison et être envoyé à un journal de Paris ?

Lucien se redressa, et, d'une voix ferme, énergique :

— Je vous jure, Monsieur, dit il, que je n'ai jamais

envoyé d'article à un journal. Je suis victime
de quelque infâme perfidie, de quelque vengeance.

— Ah ! fit le directeur, après l'avoir regardé et
frappé par son accent de sincérité.

— Oui, continuait Lecomte d'une voix plus basse,
c'est une perfidie, et vous en serez persuadé, si
vous voulez bien m'écouter un instant. Comment
supposer que j'aurais été assez inintelligent pour
commettre une faute si grave et qui allait être immédiatement dévoilée ?... Comment la pensée pouvait-elle me venir de rappeler à tous les lecteurs
d'un journal mon nom et ma condamnation que je
voudrais tant voir oublier, de provoquer un scandale,
juste au moment où j'espérais ma grâce ?

— Vous parlez de perfidie et de vengeance, reprit
M. X... Qui soupçonnez-vous de vouloir vous nuire et
se venger de vous ?

Lucien Lecomte garda le silence.

— Pourquoi ne répondez-vous pas ?

— C'est qu'il me coûte beaucoup de répondre,
Monsieur. Depuis trois ans, on a essayé de me faire
beaucoup de mal, et je ne me suis jamais plaint...
me contentant de me défendre, sans nommer personne.

— Eh bien, aujourd'hui, Lecomte, il ne s'agit pas
seulement de vous, il s'agit de moi. Si je ne prouve

pas votre innocence, on me reprochera au ministère de m'être intéressé à un détenu indigne de ma bienveillance. Je vous ordonne donc de me nommer la personne ou les personnes qui, suivant vous, sont vos ennemis.

— Soit! j'obéirai... Ceux que j'accuse de méchanceté et de perfidie à mon égard... et que je soupçonne d'avoir encore essayé aujourd'hui de me nuire s'appellent : Sagot et Brazier.

— Brazier, l'ancien notaire?

— Oui, l'ancien notaire.

Ce nom parut frapper le directeur. Après avoir réfléchi un instant il sonna pour demander le gardien-chef. Lorsque celui-ci fut arrivé, il lui dit :

— Brazier n'est-il pas en ce moment à la salle de discipline?

— Oui, Monsieur le directeur.

— Eh bien, allez, je vous prie, le chercher immédiatement et conduisez-le ici.

Le gardien-chef se retira.

XX

Quelques minutes après, Brazier faisait son entrée, tortillant dans ses longs doigts osseux son béret qu'il tenait à la main, affreux, repoussant dans ses vêtements mal tenus, beaucoup trop grands pour sa chétive personne.

— Approchez, lui dit le directeur.

L'ancien notaire fit deux pas en avant, mais obliquement... de profil, comme s'il glissait. Sous les lunettes qu'on l'avait autorisé à porter, brillaient ses petits yeux vifs, mais dépourvus de cils et entourés d'un bourrelet sanguinolent.

M. X... le regarda, puis lui dit :

— Ce n'est pas la première fois que vous entrez dans mon cabinet ; je vous y ai fait appeler la semaine dernière, pour vous dire que je ne croyais pas devoir appuyer votre demande en grâce... Pendant que je vous parlais, on est venu me demander, et je suis allé aussitôt m'entretenir avec l'inspecteur de la maison, derrière la porte que j'ai refermée sur moi... Vous étiez seul ; on ne vous voyait

pas. Vous en avez profité pour parcourir un rapport, qui se trouvait sur cette table, et en apprendre
par cœur une cinquantaine de lignes... J'ai entendu
parler de votre excellente mémoire... Plus tard,
vous avez transcrit ces lignes, et, comme vous
entretenez des intelligences au dehors... je le sais
encore... vous les avez envoyées à un journal,
signées du nom de Lecomte.

— Moi! fit Brazier, en jouant la plus complète
innocence. Et dans quel but aurais-je fait tout cela,
Monsieur le directeur?

— Dans le but de nuire à Lecomte, que depuis
trois ans vous n'avez cessé de tourmenter.

— Ah! c'est moi qui le tourmente, fit Brazier
d'une petite voix aigre, perçante et en fixant
Lucien... Ah! c'est moi qui le tourmente!... Eh
bien, Monsieur le directeur, permettez-moi de vous
dire que je ne m'attendais pas à celle-là... Si de
nous deux il y a une victime, certes ce n'est pas
lui.

— Oh! fit Lucien.

— Ne répondez pas, ordonna M. X... ne dites
pas un mot. Vous parlerez seulement si je vous interroge.

Et s'adressant à l'ancien notaire :

— Continuez. Expliquez-vous. Vous donnez à

entendre que vous êtes la victime. Quel mal vous
a-t-on fait ?

— Tout le mal possible, s'écria Brazier, qui s'animait, s'échauffait, s'indignait comme aurait pu le
faire un honnête homme persécuté. J'ai dû subir
pendant trois ans des tracasseries de toutes sortes...
Il n'existe pas de petites vengeances qu'il n'ait exer-
cées sur moi... Il profitait de sa situation de comptable pour me rogner ma part de pécule, pour faire
des calculs à mon désavantage... Il se plaignait au
confectionnaire, M. Petithomme, de mon bavardage,
de ma paresse, et celui-ci qui le protège... on le sait
dans la prison... me faisait punir par les gardiens...
Si je suis encore à la salle de discipline aujourd'hui,
c'est à cause de lui.

Il s'arrêta, et regarda le directeur pour juger de
l'effet produit par cette sortie.

— Eh bien, fit M. X..., tout ce que vous venez
de me dire prouve que je ne m'étais pas trompé...
Vous en voulez cruellement à Lecomte, et vous
avez essayé de vous venger de lui.

— En écrivant dans les journaux, continua Brazier, et en signant de son nom ? Il m'accuse encore
de cela ?

— Ce n'est pas lui qui vous accuse, c'est moi.

— Mais alors, Monsieur le directeur, reprit im-

pudemment l'ancien notaire, vous avez des preuves
matérielles de ma culpabilité ? Si je suis parvenu à
faire sortir d'une maison, aussi bien surveillée que
la vôtre, un article pour un journal, on a dû vous
montrer ma copie, et vous avez reconnu mon écriture.

— Oh ! fit le directeur, n'aurais-je pas reconnu
votre écriture, que cela ne signifierait absolument
rien. J'ai plus d'une fois parcouru votre dossier et il
établit que vous imitez à ravir l'écriture d'autrui...
Puis, vous n'avez pas mis directement votre article
à la poste, vous l'avez confié à quelqu'un. Avant
de l'apporter, on pouvait le copier et déchirer
l'original.

— Oui, Monsieur le directeur, fit Brazier d'un ton
doucereux, tout cela est possible, en effet. Mais,
comme il serait plus simple de se dire que l'article
est de Lecomte, qu'il a été entièrement écrit et
signé par lui.

— Lecomte n'aurait jamais commis une telle
faute, une telle imprudence. Il savait que sa grâce
allait lui être accordée.

— Ah ! permettez, il l'espérait seulement, mais il
ne l'avait pas encore... On la faisait attendre... Alors
la pensée a pu lui venir d'attirer l'attention sur lui,
de se rendre intéressant, auprès de la presse

et du public, en développant quelque idée géné-
reuse...

M. X... l'interrompit vivement.

— Comment pouvez-vous, fit-il, parler des idées
émises dans cet article ; vous le connaissez donc ?

— Non, Monsieur le directeur, non, répondit Brazier, sans trahir le moindre embarras. Mais vous avez
commencé par me dire qu'il s'agissait d'un rapport
écrit par vous, et dont certains passages auraient été
copiés. Aussi ai-je pensé... et je suis certain de ne
m'être pas trompé... qu'il s'y trouvait des idées
grandes, généreuses.

Le directeur fit un geste pour l'arrêter et aussitôt
Brazier, renonçant à ses flagorneries, reprit en ces
termes :

— Aujourd'hui, Lecomte s'aperçoit que son article
n'a pas produit l'effet qu'il en attendait, et il nie
l'avoir écrit... C'est tout simple... Mais il a tort de
m'accuser d'en être l'auteur... et son idée n'est pas
heureuse. Comment aurais-je pu faire sortir cet
article de la maison ? Je ne suis pas bien, moi,
avec les personnes du dehors, avec les confectionnaires, leurs femmes, les contre-maîtres libres de
tous les ateliers, tandis que lui, au contraire...

— Assez, fit le directeur, et s'adressant au gar-

dien-chef, qui avait assisté à l'entretien :   Emmenez
cet homme, ajouta-t-il.

— Dois-je le reconduire à la salle de discipline?
demanda le gardien.

— Depuis quand y est-il?

— Depuis trois jours.

— Et je suis bien fatigué, gémit l'ancien notaire

— Retournez à votre atelier... Mais je vous pré-
viens qu'à la première faute, ce ne sera plus à la salle
de discipline que je vous enverrai ; je vous con-
damnerai à la cellule.

— Oh ! fit Brazier, je ne commettrai plus de
fautes, si Lecomte veut bien renoncer à me persé-
cuter.

Et, comme en se retirant, il passait devant son
codétenu :

— Voyons, Lecomte, lui dit-il d'une voix plaintive, attendrie, aie pitié de ton compagnon d'infortune... Je ne suis pas plus heureux que toi, et
nous devrions nous soutenir, en notre qualité de
gens bien élevés... Un ancien notaire, un caissier...

Le gardien-chef, qui était derrière lui, l'interrompit et le força de marcher. Il sortit, toujours en
glissant, en tortillant son béret, tandis que son regard rougeâtre brillait sous ses lunettes.

Lorsqu'il fut seul avec Lecomte, le directeur lui
dit :

— L'homme, qui sort d'ici ne m'a jamais inspiré
le moindre intérêt. Je le crois très capable de
vous avoir joué un mauvais tour, mais rien ne le
prouve, et je dirais même qu'il s'est défendu assez
habilement.

— Trop habilement.

— Ah ! vous l'accusez toujours, reprit le directeur
avec impatience... Je vous ferai remarquer qu'il
vous accuse de son côté, et je me demande depuis un
instant qui a raison de vous ou de lui.

— Oh ! Monsieur ! murmura Lucien d'une voix
triste où perçait un reproche.

— Il est évident, continua M. X..., qui poursuivait
son idée, que par suite de vos relations avec M. Petithomme, relations qui m'ont déjà été signalées,
vous aviez de grandes facilités pour envoyer à
Paris l'article incriminé.

— Mais, Monsieur, je vous jure...

— Puis Brazier n'est resté dans mon cabinet que
quelques minutes... à peine le temps de lire ce
rapport... Tandis que vous...

— Monsieur ! Monsieur ! s'écria Lucien désespéré,
je ne l'ai jamais lu, j'ignorais même son existence...
Un jour, vous m'avez dit que vous pouviez croire

à la parole d'un détenu... Eh bien, croyez à la mienne, je vous en conjure... Je n'ai pas commis la faute qu'on me reproche... Intercédez pour moi auprès du ministère... Obtenez que ma grâce soit signée... Ah! c'est affreux, continua-t-il... et de grosses larmes coulaient de ses yeux... C'est affreux d'avoir touché d'aussi près à la liberté, et d'être reconduit en prison.

— C'est vrai, fit le directeur vraiment ému, et, comme ces espérances de liberté, c'est moi qui vous les ai données, je ne veux pas qu'elles soient déçues... J'irai demain à Paris, j'expliquerai l'affaire, je vous disculperai de mon mieux, et je demanderai à ces messieurs du ministère de tenir leur promesse.

— Ah! je vous remercie, Monsieur, je vous remercie, s'écria Lucien, et il ajouta : Si vous saviez, si vous saviez...

— Quoi ?

— Quelle joie je croyais goûter aujourd'hui... qui m'attendait... et qui va pleurer en ne me voyant pas.

— Allons, allons, prenez courage, ce n'est qu'un retard de quelques jours... Après-demain, peut-être, vous serez libre.

— Dieu vous entende, fit Lucien. Mais je ne crois

20

plus à rien, murmura-t-il. Quand on a touché le port
et que...

Il n'acheva pas, et, sur l'ordre du directeur, il
reprit, suivi d'un gardien, le chemin de son atelier.

XXI

La première pensée de Brazier, en rentrant dans
l'atelier de vannerie fine, fut de chercher Sagot. Il
l'aperçut assis par terre, le dos appuyé contre la
muraille et juste en face du bureau où Lucien allait
revenir dans un instant. Aussitôt il se fit donner de
l'ouvrage, et prit place auprès de son compagnon
de la salle de discipline. Tout en tressant de
l'osier, il lui disait à voix basse, pendant que le
gardien surveillait une autre partie de l'atelier :

— Le coup que j'avais monté a réussi. Lecomte
n'a pas encore sa grâce ; mais elle peut arriver d'un
moment à l'autre... Si, auparavant, tu le perds....

mais là, tout à fait... je te donne, non seulement le
tabac, mais je te promets cinq mille francs... entends-
tu, cinq mille francs, quand nous aurons fini tous
les deux notre temps... et tu sais, moi, une promesse
à un camarade, c'est sacré... c'est comme un acte
devant notaire.

Quelques minutes après l'arrivée de Brazier,
Lucien Lecomte, à son tour, entra dans l'atelier et
reprit sa place habituelle.

Fait depuis longtemps aux plus dures épreuves et
à la résignation, il se reprochait déjà le mouvement
de découragement qu'il venait d'avoir. D'après les
dernières paroles du directeur, sa grâce n'était-elle
pas certaine? En admettant que les bureaux du ministère de l'intérieur continuassent à le rendre responsable de l'article incriminé, le ministère de la
justice hésiterait-il à tenir ses engagements? Non.
Il pouvait non seulement espérer, mais avoir toute
confiance. Ce n'était qu'un retard de quelques jours,
et, après être resté trois années en prison, il saurait
se résigner à y demeurer encore une semaine. Mais
Suzanne, qui l'attendait, Suzanne, à qui il avait
donné rendez-vous, comment allait-elle interpréter
son absence, et quel chagrin elle allait éprouver!
C'était là surtout ce qui le tourmentait. Heureusement que, vers onze heures, M. Petithomme fit son

entrée dans l'atelier, en compagnie du nouveau confectionnaire, qu'il venait installer dans ses fonctions.

— Comment! vous êtes encore ici? dit-il en rejoignant son comptable. On ne vous a pas fait appeler au greffe? Votre grâce n'est donc pas arrivée?

— Non, il y a un retard dont je n'ai pas le temps de vous expliquer la cause. Je vais écrire à Suzanne un mot que votre femme voudra bien lui porter immédiatement... Prenez garde... Sagot nous observe... Rejoignez votre collègue.

Dès que M. Petithomme se fut éloigné, et pendant que les deux confectionnaires, l'ancien et le nouveau, visitaient l'atelier, accompagnés par le gardien, Lucien écrivit ces lignes à Suzanne :

« Ma chère enfant, des affaires importantes que je n'avais pas prévues me retiennent pour quelques jours encore loin de toi... Prends patience ; je t'embrasserai bientôt ainsi que ton père... Dis-lui de se mettre courageusement au travail, sans perdre de temps... J'écris à Mme Petithomme pour lui faire diverses recommandations, et je la prie de te donner ce mot enfermé dans sa lettre... Celui qui t'aime comme son enfant. »

Un instant après, comme M. Petithomme le rejoignait sous le prétexte de lui demander un renseigne-

ment, il lui glissa dans la main le papier qu'il venait
de plier en lui disant :

— Remettez ceci le plus vite possible à votre
femme.

— Dans dix minutes, murmura Cornélius. Je n'ai
plus rien à faire ici. Mon successeur est au courant
de tout et peut se passer de moi.

Bientôt, en effet, il se retira, tandis que le confectionnaire, après avoir parcouru l'atelier, rejoignait Lucien Lecomte, lui demandait quelques derniers renseignements, quelques chiffres, et prenait
des notes sur un portefeuille-carnet qu'il avait tiré
de sa poche.

De leur place, les détenus Sagot et Brazier ob-
servaient sournoisement ce qui se passait dans le
bureau où se tenaient le confectionnaire et son comptable.

Le gardien se promenait lentement au milieu des
détenus.

Tout à coup, des cris retentissent dans un coin
de l'atelier, au fond, près de la porte vitrée.

Le gardien s'élance de ce côté. Il s'agit sans doute
d'une de ces disputes auxquelles il est habitué, et
que son intervention suffit pour faire cesser.

Mais les cris redoublent. Ce n'est pas une querelle ordinaire ; c'est une rixe sanglante. Deux dé-

20.

tenus, armés de leurs instruments de travail, sont aux prises, et essayent de se frapper.

Le gardien ne se sent pas assez fort pour maîtriser ces hommes aveuglés par la colère, et s'élance vers la sonnette électrique, qui correspond avec le poste des surveillants.

Tout l'atelier est agité, fiévreux.

Au mépris des règlements, les condamnés, toujours avides d'un spectacle, quel qu'il soit, ont abandonné leur travail et entourent les combattants. Le confectionnaire lui-même, nouveau dans la prison et curieux d'en étudier les mœurs, se mêle aux détenus et laisse Lucien Lecomte seul dans le bureau.

Celui-ci, qu'un long usage de la maison rend indifférent à toutes ces scènes qu'il a vues tant de fois, reste à sa place et se contente de regarder de loin.

Mais le gardien, après avoir pressé le bouton de la sonnette électrique, et sans attendre l'arrivée de ses collègues, est retourné bravement du côté des combattants pour essayer de les séparer. Il n'y parvient pas, et leur colère, leur rage se portent sur lui.

Alors, menacé par ceux-ci, entouré par tous, il appelle à son aide.

Lucien l'entend. Ce gardien a toujours été bon

pour lui ; c'est un père de famille, un honnête homme.

Il quitte précipitamment le bureau, pour courir au secours de ce malheureux.

Au même moment, une dizaine de surveillants armés pénètrent dans l'atelier. Une minute leur suffit pour s'élancer au milieu des condamnés, les refouler à droite et à gauche, dégager leur camarade et terrasser les combattants.

Un grand silence succède à tout ce bruit. L'ordre s'est rétabli comme par miracle. Chaque détenu s'est glissé sournoisement vers sa place et a repris son travail. Les deux hommes qui ont provoqué ce tumulte sont entraînés hors de l'atelier, les menottes aux mains. Toute leur colère est tombée. Ils ont la tête basse et ne songent plus qu'au châtiment qui les attend : six semaines au moins de cellule ténébreuse, au pain et à l'eau.

Le confectionnaire regagne son bureau avec Lecomte, qui l'a rejoint dans la foule. Il veut reprendre son travail interrompu et cherche le carnet sur lequel il écrivait les renseignements donnés par Lucien. Il fouille d'abord dans ses poches de côté. Mais il se rappelle que surpris, un peu effrayé par les cris qu'il entendait, il a laissé, dans son trouble, ce portefeuille sur la table du bureau.

— Mon portefeuille, dit-il vivement, qu'en avez-vous fait?

— Quel portefeuille? demande Lecomte.

— Celui sur lequel je prenais des notes... il n'y a qu'un instant... là... devant vous?

— J'ignore ce qu'il est devenu, Monsieur.

— Comment, vous l'ignorez? Je vous ai laissé ici seul. Vous ne m'avez rejoint que quelques minutes après.

— C'est vrai. Mais je n'ai pas fait attention... Je regardais ce qui se passait au fond de l'atelier.

— Ah! il faut que ce portefeuille se retrouve, dit le confectionnaire en élevant la voix. Il renfermait dix mille francs que j'allais apporter aujourd'hui même à Paris, pour payer des achats importants.

Tous les détenus prêtaient l'oreille, avaient levé la tête. C'était un nouvel incident qui venait rompre la monotonie de leur existence.

Sagot et Brazier, côte à côte, continuaient à tresser de l'osier, comme auraient pu le faire d'honnêtes travailleurs.

Lucien, dans le bureau, semblait atterré. Son instinct lui disait qu'un danger nouveau, terrible, le menaçait.

En ce moment, apparut le directeur, à qui le

gardien-chef avait rendu compte de la scène violente qui s'était passée dans l'atelier.

— Tous les détenus qui sont ici, dit-il à haute
voix après avoir fait quelques pas dans la salle,
seront privés de cantine pendant une semaine, pour
s'être permis de quitter leur place au moment d'une
querelle... Quant à ceux qui me seront signalés plus
particulièrement pour s'y être mêlés, demain je m'oc-
cuperai d'eux au prétoire.

Personne ne répondit. L'effervescence avait cessé,
et les condamnés se montraient d'autant plus calmes,
qu'ils avaient été plus agités quelques minutes avant.
Puis ils savaient que tout n'était pas fini ; ils espé-
raient encore un incident. En effet, le nouveau confectionnaire venait de rejoindre le directeur, et le
mettait à voix basse au courant de son affaire per-
sonnelle.

— Vous affirmez, dit M. X..., après l'avoir écouté,
que le comptable-détenu est resté seul dans le bureau,
après votre départ ?

— Oui, Monsieur, je l'affirme.

— Et vous êtes certain aussi que vous avez laissé
le portefeuille sur la table ?

— J'en suis absolument certain.

Le directeur appela un des gardiens restés dans
l'atelier.

— Depuis que la querelle a eu lieu, lui demanda-t-il, c'est-à-dire depuis un quart d'heure environ, quelque détenu est-il sorti de l'atelier ?

— Non, Monsieur le directeur, personne. On a seulement emmené les deux combattants.

— Bien. Que sous aucun prétexte personne ne sorte. Restez en faction près de la porte... Combien êtes-vous de gardiens ici en ce moment ?

— Trois, Monsieur le directeur, et le gardien habituel.

— Cela me suffit.

Il entra dans le bureau, et dit à Lucien Lecomte :

— Vous savez ce dont il s'agit... Une accusation est portée contre vous.

— Une accusation, déjà.

— Sans doute, comment voulez-vous qu'il en soit autrement ?... On laisse un portefeuille sur cette table... Vous êtes seul ici... Quand on revient, il n'y est plus.

— J'ai quitté ce bureau, moi aussi, fit Lucien... Monsieur le confectionnaire le sait bien.

— Oui, il me l'a dit. Mais vous auriez eu tout le temps de faire disparaître quelque objet... Pourquoi, du reste, avez-vous quitté votre poste ?

— Le gardien appelait au secours, et j'ai cru devoir le rejoindre.

— Soit!... Ainsi vous soutenez que vous n'avez pas touché au portefeuille ?

— Oui, je le soutiens.

— Alors, dans votre propre intérêt, on va vous conduire en cellule, et fouiller vos vêtements. En même temps on visitera minutieusement votre bureau.

Et, s'adressant au gardien-chef, le directeur lui dit :

— Vous m'avez entendu; faites exécuter cet ordre.

Comme Lucien s'éloignait, tout à coup son regard se porta sur Brazier et sur Sagot. Il tressaillit et s'arrêta.

XXII

Le directeur avait remarqué le mouvement de Lucien Lecomte.

— Qu'avez-vous ? lui demanda-t-il. Pourquoi votre regard s'est-il dirigé de ce côté ? Voyons... parlez. On vient de porter contre vous une grave accusation;

il est juste qu'on vous laisse dire tout ce qui peut
être utile à votre défense.

— Eh bien, Monsieur le directeur, fit Lucien, je
me suis tout à coup demandé si, après mon départ
de ce bureau, une autre personne n'y était pas entrée... Elle a pu profiter du mouvement qui se pro-
duisait dans l'atelier, et se glisser ici pendant que
tout le monde se portait sur un même point.

— Soupçonnez-vous quelqu'un ?

— Oui, Monsieur, répondit courageusement Lucien
à voix haute. Je soupçonne ceux qui depuis trois ans
essayent de me nuire, et dont je vous parlais tout à
l'heure, Sagot et Brazier.

Sagot, qui tenait la tête baissée, la releva brusquement, et son regard parut indiquer l'étonnement le
le plus vif.

Quant à Brazier, il affectait une indignation pro-
fonde :

— Ah ! je vous l'avais bien dit, Monsieur le directeur, cet homme me poursuivra sans cesse... A peine
suis-je sorti de la salle de discipline, qu'il veut...

— Taisez-vous, fit le directeur... Si vous n'êtes
pas coupable, on le saura bientôt, dès qu'on vous
aura fouillé, et les soupçons de Lecomte ne pourront
vous faire aucun tort.

— Oh ! on peut me fouiller, Monsieur le directeur,

s'écria Brazier. Je le demande même comme une faveur, pour bien établir mon innocence.

— Moi aussi, fit avec un sourire le joli Sagot, *la reine des Brosses,* qu'on me fouille.

Le directeur avait ordonné, à voix basse, au gardien-chef d'exécuter les ordres précédemment donnés au sujet de Lecomte et de l'emmener en cellule. Il voulait éviter à ce détenu, qu'il savait un homme bien élevé, d'être fouillé en public, devant tous les autres prisonniers.

Après le départ de Lecomte, les gardiens firent déshabiller Sagot et Brazier et visitèrent leurs vêtements avec le plus grand soin. On ne trouva rien : aucun vestige ni du portefeuille ni des billets de banque.

Mais ces recherches sur les personnes soupçonnées ne pouvaient suffire à des gens habitués aux mœurs des prisons. Il était évident pour eux que l'auteur du vol devait s'être empressé de cacher, ou de passer à un camarade, l'objet dérobé. Aussi le directeur donna-t-il l'ordre de fouiller tous les détenus présents.

Les surveillants en furent encore pour leur peine.

Alors on fit évacuer l'atelier. Chaque détenu sortit, l'un après l'autre, en passant devant les gardiens, qui l'examinaient et le visitaient encore.

Lorsque tout le monde fut parti, ce fut dans l'atelier même qu'on se livra aux recherches les plus
actives. Le bureau de Lecomte fut bouleversé
de fond en comble, avec cette habileté que les
gardiens de prison mettent dans ce genre d'opérations. Le directeur n'avait pas quitté l'atelier.
Sans prendre une part active à ces recherches, il les
encourageait de sa présence et les rendait plus mi-
nutieuses. Il avait à cœur de retrouver lui-même la
somme volée, et de ne pas laisser dire au dehors que
les détenus de la maison centrale détroussaient les
visiteurs, comme ils l'auraient pu faire dans une forêt.

Mais tout fut inutile. En même temps, le gardien-
chef annonçait à M. X... qu'on n'avait rien trouvé sur
Lecomte, et qu'il continuait à protester de son innocence.

— Laissez-le en cellule, fit le directeur. Empê-
chez les détenus de cet atelier de communiquer
avec leurs camarades. Faites-les passer dans la
salle vacante, au bout de la galerie, et ne permettez à personne de pénétrer ici.

Ces ordres donnés, et rentré dans son cabinet,
M. X... s'empressa d'avertir le préfet de Seine-et-
Marne et le procureur de la République qu'un vol
important avait été commis dans la prison.

Dans les « maisons pour peines », c'est-à-dire

dans les maisons qui ne contiennent ni accusés ni prévenus, l'initiative des poursuites judiciaires appartient aux préfets des départements. Mais, comme l'article 29 du Code d'instruction criminelle ordonne d'avertir le parquet et que les règlements sont en désaccord avec la loi, ce qui arrive assez souvent, les directeurs tournent la difficulté en avertissant, à la fois, le préfet du département et le procureur de la République.

Ce dernier, au moment où la note qui le concernait fut apportée à son cabinet, était absent de Melun; mais un de ses deux substituts s'empressa de le remplacer. C'était un jeune homme de vingt-six ans, la veille encore avocat stagiaire à Paris. Après s'être aperçu, dans des conférences où il fut obligé de développer quelques points de droit, qu'il ne possédait pas le don de la parole, il avait pris le parti de changer de carrière et de monter au parquet. Des protections puissantes l'avaient aidé, et il venait d'être nommé substitut à Melun.

Toutes les professions exigent un long stage, un surnumérariat ou un apprentissage. Les notaires, les avoués, doivent avoir été, pendant cinq années, clercs dans une étude. L'officier sort d'une école militaire ou a servi longtemps comme soldat et sous-officier. Avant de passer chef de bureau, on s'est

fait remarquer comme sous-chef et simple employé.
Mais un substitut, qui est appelé à remplacer le
procureur de la République, un substitut, qui parfois décide s'il y a ou s'il n'y a pas lieu de poursuivre,
qui présente l'affaire sous un aspect qu'elle conser-
vera souvent, qui tient le premier dans ses mains
notre fortune, notre liberté, notre honneur, notre
vie peut-être, ce substitut enfin n'est appelé à faire
aucun surnumérariat. Le ministre de la justice peut
le prendre n'importe où... et le nommer d'emblée à
ce poste délicat.

Donc, jeune, inexpérimenté, désireux avant tout
de déployer du zèle, quoique très honnête homme et
très intelligent du reste, le substitut de Melun s'empressa d'accourir à la maison centrale, en vertu de
l'article 26 du Code d'instruction criminelle, qui
permet au substitut de remplacer le procureur de
la République si celui-ci est empêché, et en vertu
de l'article 32 du même code qui l'autorise à procéder,
sans attendre l'arrivée du juge d'instruction, auquel
il doit donner simplement avis de son transport.

Dès son entrée dans la petite pièce appelée la pièce
d'instruction, il s'entoura de tous les renseignements
désirables, et demanda l'extrait du jugement rendu
autrefois contre Lucien Lecomte.

Après l'avoir parcouru, son opinion était faite :

c'était le même crime, commis presque dans les mêmes circonstances... vol et abus de confiance... autrefois par un caissier, aujourd'hui par un agent comptable... et l'ancien accusé, maintenant un condamné, fidèle à ses principes, plaidait l'innocence dans cette seconde affaire, comme il l'avait plaidée dans la première.

Alors le substitut, qui n'était pas fâché de connaître la maison centrale, et d'y paraître entouré de tout le prestige attaché à ses fonctions, se fit conduire dans la cellule de Lecomte.

Le malheureux ne s'attendait pas à ce brusque interrogatoire. En voyant ouvrir sa cellule, il pensait, au contraire, qu'on venait le délivrer, puisqu'on n'avait rien trouvé sur lui, et qu'on ne pouvait rien avoir découvert dans son bureau. Aussi, quand le jeune magistrat lui fit remarquer que, lors du premier procès, on n'avait pas découvert davantage le corps du délit, et qu'il ferait peut-être bien de changer de système, l'autre ne lui ayant pas réussi, il s'indigna contre ces paroles.

Jamais peut-être le calme, la modération, l'abaissement en quelque sorte, ne lui auraient été plus utiles : les juges instructeurs veulent bien admettre qu'un simple inculpé, un prévenu même, qui n'a pas encore eu de démêlés avec la justice, se défende énergiquement, mais ils exigent plus de soumission et de respect d'un ancien condamné et d'un détenu.

Et, cependant, la colère, la révolte de Lucien, étaient des plus naturelles, des plus humaines. Il s'était assez courbé depuis trois ans pour avoir le droit de se redresser enfin. Il avait assez subi d'outrages pour n'avoir plus le courage d'en accepter de nouveaux. La mesure de sa résignation était pleine, et maintenant son indignation débordait. On le voulait docile et soumis, parce qu'il portait la livrée du condamné. Mais son abaissement n'avait été que matériel : sous la veste du détenu, le cœur de l'honnête homme, de l'innocent, palpitait, se soulevait. Ah! il n'avait pas protesté de la sorte, lors de son premier procès, parce que, tout en ne voulant pas se souiller d'un mensonge et s'avouer coupable, il craignait de convaincre les juges et de porter leur attention sur son frère. Mais, maintenant, il n'était plus question de Georges... Celui-ci ne courait aucun danger, et Lucien se défendait avec toute l'énergie autrefois contenue, avec toutes ses colères refoulées qui jaillissaient enfin.

Le jeune magistrat crut simplement qu'on lui manquait de respect et sortit de la cellule de Lucien, très animé contre lui. Il retourna dans le cabinet d'instruction, et pria le directeur de lui envoyer,

l'un après l'autre, quelques détenus, appartenant à
l'atelier de vannerie fine.

Brazier et Sagot comparurent d'abord, souples,
doucereux, presque rampants... Ils ne savaient rien,
disaient-ils, ils n'avaient rien vu. Ils ne pouvaient
donner aucun renseignement. Interrogés, d'après
les indications du directeur, au sujet de la haine que
semblait leur inspirer Lecomte, ils protestèrent de
la sympathie que ce malheureux leur inspirait, le
plaignirent beaucoup d'être encore accusé, et dirent
que, suivant eux, il était innocent.

Le substitut, inconscient de l'hypocrisie qui règne
dans les prisons, trouva ces deux témoins très
modérés, très convenables, dignes d'intérêt.

D'autres détenus défilèrent. Ceux-ci, indisposés
depuis longtemps contre le comptable d'atelier, pour
les raisons précédemment déduites, furieux surtout
de l'avoir entendu déclarer le matin qu'il avait
quitté son bureau pour courir au secours du gardien,
hasardèrent contre Lecomte différentes insinuations
malveillantes.

Enfin, le dernier témoin, auquel l'ancien notaire
Brazier avait sans doute fait la leçon, laissa enten ·
dre qu'on n'avait pas fouillé le bureau de Lecomte
avec assez de soin, et qu'il s'y trouvait peut-être
des *planques*.

XXIII

Le directeur de la prison assistait heureusement à cet interrogatoire sommaire. Aussi s'empressa-t-il d'expliquer au jeune substitut que, dans l'argot des prisons, on appelle *planques* les cachettes dans lesquelles les prisonniers enferment les objets qu'ils veulent soustraire aux regards des gardiens.

— Ah ! vraiment ! les détenus ont des cachettes... Eh bien, les a-t-on visitées ?

— Je vous ferai observer, monsieur le substitut, dit le directeur, que si nous les connaissions elles n'existeraient déjà plus.

— C'est juste, mais on pourrait chercher... et en découvrir de nouvelles. D'après les renseignements que je viens de recueillir, je soupçonne ce Lecomte d'avoir dans un coin, connu de lui seul, quelque bonne planque.

Il prononçait avec complaisance ce mot dont son vocabulaire venait de s'enrichir.

—- Malheureusement, reprit le directeur, nous nous sommes déjà livrés à toutes les recherches

possibles. Nous n'avions, je vous prie de le remarquer, qu'à fouiller l'atelier, puisque aucun détenu
n'en était sorti, depuis le vol, sans avoir subi une
visite des plus rigoureuses.

— Et vous avez tout bouleversé de fond en
comble... sans oublier de soulever les lames du
parquet?

— Les ateliers ne sont pas parquetés ; ils sont
carrelés... et on a examiné tous les carreaux mal
joints ou suspects... Mais nous faisions cet examen
par acquit de conscience... Les lames de parquet et
les carreaux ne servent de cachettes que dans la vie
courante, en ville, à des naïfs. Nos détenus sont plus
forts que cela.

— Je retiens le mot, s'écria le substitut. Ils sont
plus forts que cela! Donc, Lecomte a imaginé une
meilleure planque. Il faut la trouver.

— Je ne demande pas mieux. Seulement, je le
répète, mes gardiens, qui sont très habiles et qui
connaissent toutes les rubriques des prisonniers,
n'ont rien découvert.

— Ont-ils visité, dans tous ses recoins, le bureau
où se tenait Lecomte ?

— Certainement. On a dérangé les meubles,
bouleversé les papiers, ouvert les casiers.

— Et c'est tout ?

— Que pouvait-on faire de plus ?

— Mais, dit le substitut, démolir les cloisons, les planches qui soutiennent les casiers, démonter les meubles, et au besoin les briser.

-— Je suis prêt, Monsieur le substitut, à faire ce que vous désirez, mais vous voudrez bien donner vous-même des ordres à ce sujet, pour que ma responsabilité soit à couvert auprès du ministère... Il me demanderait compte du préjudice que ce dégât causera certainement.

— Soit, fit le substitut en se levant, je prends tout sur moi... Et il ajouta gravement, avec une certaine solennité : J'estime que toute question d'économie, toute considération mesquine, doivent s'effacer devant la recherche de la vérité.

Le substitut et le directeur, suivis de plusieurs gardiens, se transportèrent dans l'atelier de vannerie fine, toujours inoccupé, et la démolition commença.

Quoiqu'elle fût dirigée par le jeune magistrat, elle n'amena aucun résultat. Les cloisons, les planches tombèrent, sans que le portefeuille cherché avec tant de soin apparût. On démonta les deux chaises du bureau, et les planques qu'on espérait y trouver restèrent invisibles.

Enfin, on se saisit de la table sur laquelle écrivait tous les jours Lecomte.

Le substitut s'approcha. Malgré le calme et la gravité qu'il s'imposait, il ne pouvait dissimuler une certaine émotion. Si cette table était un meuble ordinaire, comme tous les meubles, s'il n'était pas machiné, le jeune magistrat, au milieu des démolitions qu'il avait ordonnées, entouré de débris et de décombres, enseveli sous les ruines amoncelées autour de lui, se trouvait réduit à s'avouer vaincu. Si, au contraire, subitement, par un miracle, l'objet cherché, le corps du délit, jaillissait de la table, directeur, gardiens, détenus, tout le personnel de la prison était battu à plate couture, et, pour ses débuts le substitut faisait un coup d'éclat, remportait une victoire éclatante.

Hélas! la table fut inspectée sous toutes ses faces, on en retira les tiroirs, on les secoua, on les sonda, on les frappa... et ce fut peine perdue.

— Si on la démontait morceau par morceau, propose le substitut, que les obstacles ne peuvent abattre.

— Démontez morceau par morceau, ordonne le directeur avec résignation. Et il ajoute en souriant: « Bah! pendant que nous y sommes.»

On démonte, on démolit les tiroirs, on éventre le pupitre; toutes les planches sont fendues les unes après les autres... Toujours rien, absolument rien.

Cette fois, il faut y renoncer. Le substitut jette un regard mélancolique sur ces ruines nouvelles.

Tout à coup, son regard se fixe sur les pieds de la table, ces gros pieds massifs qui gisent là, par terre, tristement, réunis en un seul tas.

— Je demande, dit-il qu'on fende, l'un après l'autre, tous les pieds de cette table.

— Fendez, dit le directeur à l'un de ses gardiens.

Il veut que le sacrifice soit complet, et, du reste, ce n'est pas un grand sacrifice : la table ainsi disloquée n'a plus aucune valeur; on peut lui porter le dernier coup.

Mais le gardien qui, armé d'une hachette, fendait ces malheureux pieds, comme il aurait fendu une bûche, vient de s'arrêter.

— Qu'avez-vous?

— Il y a, là dedans, une cavité.

— Voyons! s'écrie le substitut dont le regard brille, et qui ne craint pas de prendre dans ses mains le pied de la table.

Il l'examine, il ordonne de lui administrer encore quelques petits coups de hachette, et on ne tarde pas à découvrir qu'une cavité a été, en effet, pratiquée dans ce pied massif. Une planchette la ferme,

et s'adapte à son orifice, qui se trouve parfaitement
dissimulé.

Alors le substitut plonge la main dans le trou,
et retire le portefeuille qui contient encore ses dix
billets de mille francs.

— Vous le voyez, Messieurs, fit-il en promenant
autour de lui un regard triomphant, la justice ne
se trompe jamais. Quand elle dit : « Le corps du
délit est là », il se trouve dans l'endroit précis qu'elle
a indiqué.

Les gardiens s'inclinèrent, mais le directeur ne
put dissimuler un sourire, tout en reconnaissant
toutefois que, si les démolitions étaient onéreuses
pour l'Administration, elles servaient parfois la
Justice.

Malheureusement, cette victoire seulement matérielle devait inspirer au substitut le désir d'en rem-
porter une plus complète. Après avoir fait la preuve
tangible du délit, il essayerait de faire la preuve morale de la culpabilité de Lecomte... Et, il ne fallait
pas se le dissimuler, l'excellent résultat obtenu, dès
le principe, par le jeune magistrat allait l'autoriser à
suivre l'affaire, plus longtemps peut-être que ses
fonctions ne le permettaient. En effet, un juge d'instruction, dont le substitut du procureur de la République vient de faire la moitié de la besogne, ne peut

pas tout à coup l'évincer et lui dire : « C'est bien, merci. Allez-vous en maintenant. C'est moi seul que cela regarde désormais ». Il le tiendra au courant de la marche suivie, lui fera part des témoignages recueillis, et prendra peut-être son avis.

Les premières impressions subies par le substitut, et qui avaient été défavorables à Lucien, devaient ainsi rejaillir sur ce malheureux. Pour tous les magistrats qui allaient s'occuper de l'affaire, Lucien Lecomte avait enfermé le portefeuille dans une cachette que seul il pouvait connaitre, car, depuis trois ans, seul il occupait le bureau, et se servait de la table.

La vraisemblance, comme il arrive trop souvent, devait encore une fois triompher de la vérité, qui n'est malheureusement pas toujours vraisemblable.

La vraisemblance disait : Lecomte est coupable ; les preuves morales et matérielles l'accablent ; son passé surtout le condamne. La vérité aurait dit : Avant l'arrivée de Lucien Lecomte à la Maison centrale, une cachette avait été pratiquée dans la table, par l'ancien comptable, son prédécesseur. Le détenu Sagot le savait et, pour bien mériter du notaire Brazier, son ami, après avoir volé le portefeuille, il l'avait vivement enfermé dans cette cachette. Si on la découvrait, si Lecomte était perdu, Sagot recevait

de Brazier le tabac, et plus tard l'argent promis.
Si, au contraire, on ne découvrait rien, le détenu
Sagot, à sa sortie de prison, reprenait le portefeuille
et les billets de banque qu'il contenait.

Mais, pour le moment la vérité restait inconnue,
et Lucien succombait sous une implacable vraisemblance.

Après le juge d'instruction, la chambre des mises
en accusation examina l'affaire. Elle ordonna le renvoi du prévenu à la prochaine session des assises de
Seine-et-Marne.

Lucien Lecomte redevenait en effet un prévenu.
Mais, comme il subissait une peine qui n'était pas
expirée, et qu'on ne pouvait plus songer à le gracier,
il n'en restait pas moins enfermé dans la Maison
centrale, à titre de condamné. Son ancienne situation
ne se trouvait modifiée que sur un point : au lieu
de passer ses journées dans l'atelier et ses nuits
au dortoir, il devait rester en cellule jusqu'au jour
du jugement.

FIN DU PREMIER VOLUME.

Paris. — Soc. d'Impr. PAUL DUPONT. — 3161

www.ingramcontent.com/pod-product-compliance
Lightning Source LLC
Chambersburg PA
CBHW050320030726
47505CB00003B/792